GOBOOKS & SITAK GROUP©

GOBOOKS
& SITAK
GROUP ©

朧月書版

朧月書版

重生後我決定繼承家產

NOVEL
貓尾茶

ILLUST
響

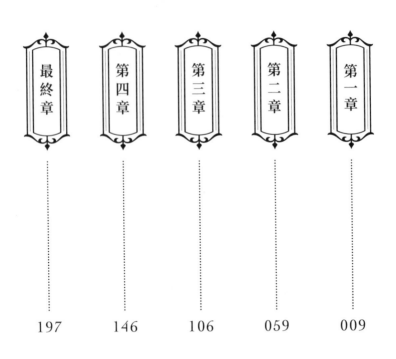

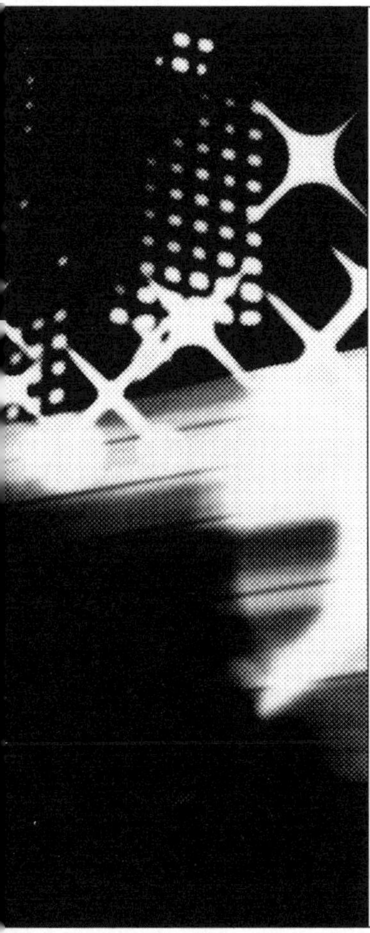

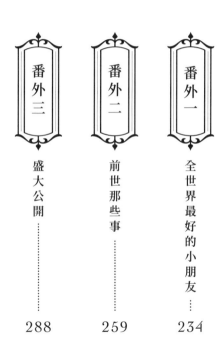

第一章

第三天中午，樺嶺村的拍攝結束後，幾位嘉賓被統一送到了機場。宋昀然直接回燕市，而秦恪則需要飛去另一座城市處理其他工作。

分別前，宋昀然把秦恪叫到角落：「你是不是明天才回家？」

「嗯，明天晚上。」秦恪問，「是公司要安排別的工作？」

宋昀然一本正經地說：「明天晚上《遇見你以後》開播，我心裡不太踏實，想私下找你一起評估評估。」

這番話他說得不太有底氣，畢竟電視劇都要和觀眾們見面了，現在評估還有什麼意義呢？

所幸秦恪只是淡淡地看他一眼，並未起疑：「那我到家後直接去找你？」

「好。」

宋昀然點了下頭，嘴角不受控制地彎了起來，「千萬別忘了，這件事特別重要。」

幾小時後，回到燕市的宋昀然馬不停蹄地投入到工作當中。

他用了最快的速度，把樺嶺村旅遊開發和呂靜宜電影投資的事，開會與星河高層們商討完，再處理了一些堆積下來的零散工作，接著就向唐助理宣布，明天他不來公司。

唐助理習以為常地問：「小宋總，您是有事需要外出？需要安排司機明天去接您嗎？」

「不用，明天我不出門。」

宋昀然頓了頓，忽然想起一件重要的事，「對了，幫我訂一束花。」

唐助理：「……什麼花？」

宋昀然鯁了一下，話到嘴邊竟有些難為情。他眼神飄忽地四下看了看，才小聲支吾道：「玫瑰花。」

唐助理震驚了，他當然知道玫瑰花代表的含義是什麼，但他想不透小宋總訂玫瑰花是打算幹什麼。

難道是要跟誰告白？

可會是跟誰呢？

唐助理面無表情地記下總裁的要求，離開辦公室之時，腦中忽然閃現出秦恪的名字。

但下一秒，痛失年終獎金的心酸就讓他狠狠地打了個寒顫。

不可能不可能。他一定是最近上網看嗑暈超話看多了，小宋總怎麼可能跟秦恪告白嘛！

宋昀然完全不知道唐助理的心思已經開始搖擺不定。

第二天起床後，他專程出門修剪了最近長長的頭髮。

再回到家時已經是下午，一大束鮮豔的玫瑰花已經送到，阿姨也按照他的吩咐，提前開始準備今晚的大餐。

萬事俱備，只等秦恪回來。

一整個下午，宋昀然都在焦急難耐中度過。

他在樺嶺村的時候就想好了，身為一名合格的霸道總裁，他應該像所有同業那樣，只要認清了自己的心意，就雷厲風行地展開追求。

這方面他根本沒有經驗，還是賀子遊出謀劃策，說霸總們追人的套路都差不多，鮮花和燭光晚餐都必須準備。

只不過考慮到他們的知名度，宋昀然只能忍痛把燭光晚餐安排在自己家裡。

不知不覺，時鐘已經指向晚上八點。離秦恪回來的時間越來越近，宋昀然的心跳也越來越快。

不知又過了多久，期待已久的門鈴聲終於響起。宋昀然幾乎是跳起來奔向了玄關。

看清可視門鈴裡出現的人影時，他又匆忙放慢腳步，理了下頭髮，清了下嗓子，然後才小心翼翼地打開了門。

秦恪沒有騙人，一下飛機就直接來了，甚至沒有回自己的家。他的行李箱還放在腳邊，為短暫離別後的重逢增添了一抹風塵僕僕的氣息。

宋昀然愣了一下，發現時間沒選好。

因為秦恪笑著看向他的神色中，似乎帶了點忙碌過後的疲憊。

「不請我進去嗎？」秦恪在他眼前揮了揮手。

「喔，進來吧。」

宋昀然讓開身，心想怎麼秦恪的嗓音聽起來也有些嘶啞？

「你沒休息嗎？」

秦恪把行李箱推進來：「有點，拍廣告熬了個通宵。」

他反手關上門，停頓一拍後又說：「不過我在飛機上睡了一會兒，應該能陪你看完今天播出的兩集。」

宋昀然暗自後悔，果然不應該這麼急。如此重要的時刻，秦恪萬一因為疲憊而心情不好，然後直接拒絕他可怎麼辦啊！

心懷不軌的宋昀然表情凝重，把秦恪帶到客廳後，想了想便問：

「你還沒吃晚飯吧？」

秦恪點頭：「沒事，不吃也沒關係。」

他彷彿沒有意識到，今天家裡的燈光調得比以往暗了幾分，直接問：

「現在開始看劇？」

語氣似乎挺急切的。宋昀然想，莫非秦恪是打算陪他評估完後，就馬上回家補眠？

這可不行。

宋昀然靈機一動，說：「我也還沒吃飯，要不然你先上樓休息一下，我做好飯再叫你？」

「……」秦恪懷疑地看他一眼，「你做飯？」

宋昀然：「……不是，我把飯熱一下。」

為了保證燭光晚餐的完美，他特別趕在阿姨離開前，學會了如何用微波爐加熱保證食物的口感。

秦恪沒有說話，而是靜靜地打量著他，彷彿試圖看穿他內心的計畫。

宋昀然咽了咽口水，關鍵時刻使出一招霸總發怒：「你還聽不聽爸爸的話了！」

「好。」秦恪低聲笑了一下，「那我在沙發睡一下。」

宋昀然懸著的心終於落下。

他只要秦恪能恢復精力迎接告白就好，至於人家想睡床還是睡沙發，都不是重要的細節。

宋昀然轉身走進廚房，生疏地對照阿姨留下來的紙條，把一道道美味佳肴依次放進微波爐加熱。

在機器發出的輕微嗡鳴聲中，他又躡手躡腳地走進客廳，想把藏在陽臺的玫瑰花提前拿進來。

經過沙發時，宋昀然忐忑地看向秦恪，卻發現對方已經睡著了。

秦恪躺在沙發上，漆黑的眼眸緊閉著，長而濃密的睫毛蓋下來，在眼底抹上一層淡淡的青色，儼然一副熟睡之中毫無警惕的模樣。燈光照在他的臉上，為他出眾的五官劃分出更為深邃的光影。

宋昀然放慢呼吸，不知不覺蹲了下來，他的視線慢慢從秦恪的眼睛，看向曾經讓他心神大亂的雙唇。溫泉裡那種口渴的感覺又湧了上來。

好想親他。

反正秦恪已經睡著了，就算偷偷親一下，也沒關係吧？

宋昀然低下頭，嘴唇即將碰到對方的瞬間，心跳忽然漏跳了一拍。他像是如夢初醒般止住動作，心中的退堂鼓敲得他震耳欲聾。

這是在幹什麼！是樺嶺村的大雪把你的腦子凍僵了嗎？

你可是堂堂正正的總裁，怎麼可以乘人之危！

宋昀然狠狠地開始自我檢討，終於咬緊牙關，決定還是按計畫行事。

不料，就在他準備起身的瞬間，秦恪闔上的雙眼，悄無聲息地睜開了。

他的眸中一片清澈，哪裡有半分睏倦的樣子。

宋昀然大驚，來不及細想就倉促地想往後退。

就在他趔趄著快要跌坐到地毯上時，秦恪忽然伸手抓住他的手腕，把他拽了回來。

秦恪輕聲笑了一下：「抓到你了。」

「？」

宋昀然正要說話，就看見秦恪懶洋洋地撐起身，偏過頭靠了過來。沒有一點預兆，又像是埋伏已久。

男人溫熱的嘴唇，在宋昀然心臟劇烈跳動的震天聲響中，含住了他的唇瓣。是比想像中更加柔軟的觸感，也是比想像中更加強勢的姿態。

宋昀然大腦一片空白，無論如何都沒有想通，事情為什麼突然變成了這樣。

而在秦恪心裡，卻是無比清楚。

如果你喜歡的人，是一個想法古怪又總是一驚一乍的小動物，那麼你要如何保證，在你出手之時，他不會嚇得倉皇逃跑？

答案其實很簡單。

把自己偽裝成獵物，等他過來就好了。

◇

那是一個淺嘗輒止的吻。

即便如此，一層羞怯的緋色也從宋昀然的皮膚裡透了出來，沿著他的耳垂一點點蔓延到脖頸，把他變成了一顆紅番茄。

他腦子裡亂得嗡嗡作響，好像不小心打翻了糖罐，吸引了無數隻蜜蜂在耳邊打轉，可他舔舔嘴唇，舌尖還是嘗到了甜絲絲的味道。

心臟在胸膛中有力地跳動著，讓他不知該說什麼。

秦恪的心跳也很快，好在他更會演，表面上多少還能強撐出淡然的平靜。

他垂眼看著蹲在沙發旁的宋昀然，心神一動，伸手揉了揉那顆毛茸茸的腦袋。

「嚇到沒？」

宋昀然反應很慢，安靜幾秒才搖搖頭說：「你剛才，好像不小心親到我了。」

「……」秦恪失笑道，「不是不小心，我就是想親你。」

「喔，是故意親的啊，那沒事了。」

宋昀然遊魂似的站起來，身體按照之前的指令，繼續往陽臺走。

秦恪坐起來，望向宋昀然的背影，心中開始倒數。

三、二、一……

宋昀然倏地轉過身來：「啊？」

他兩步跨回到沙發邊，彷彿理智終於回歸，質問道：

「誰准你親我的！」

而且為什麼是秦恪主動親他啊？按照賀子遊提供的霸總小說套路，難道不該是他按住秦恪狠狠地強吻對方嗎？

為此他昨晚還排練了好久呢！

此時此刻，宋昀然感覺自己簡直就是總裁中的恥辱。這件事要是被別的總裁知道了，肯定會背地裡笑他的。

怎麼會有人被自家的藝人親了啊。

宋昀然不知是氣得還是羞得，頭頂都快冒煙了。

他用力捏緊拳頭，凶狠地瞪向秦恪，還來不及用眼神殺死對方，就猝不及防地瞄到了秦恪唇邊的一抹笑意。

「……」

宋昀然的眼神一下就軟了，連帶著腿也有點軟。

他坐到寬敞的沙發上，低頭盯著地毯問：「你為什麼親我？」語氣還很嚴肅，頗有讓秦恪交待犯罪動機的意思。

秦恪無奈地笑了笑，換到他身邊的位置：「因為喜歡你。」

宋昀然呼吸一滯，難以相信他聽見了什麼。

他當然知道秦恪喜歡他，但根據他的推測，秦恪不是對他愛而不自知嗎？

偏偏秦恪似乎還嫌他不夠震驚，慢條斯理地接了一句：「而且你也喜歡我，對不對？」

「！」

宋昀然更加震驚了：「你怎麼知道！」

難道是賀子遊背叛他，提前向秦恪透露了風聲？

……可仔細一想，應該也不至於。

賀子遊雖然智商不高，卻是個可靠的好朋友。

秦恪看著他的眼睛：「你可是我爸爸，難道我不該知道你喜歡什麼？」

宋昀然被這句話說服了。

很有道理，了解爸爸的喜好是每個兒子應盡的義務，雖然了解完後就直接上嘴聽起來有點奇怪……算了，不管了。

成大事者不拘小節，反正只要他和秦恪互相喜歡就好了嘛。

互相喜歡……

宋昀然默念這簡單的四個字，高興的心情總算從心底竄出來。

他「嘿嘿」笑了幾聲，激動得想在沙發上打滾。

多虧每個霸總都引以為傲的自制力，才讓他克制住了這股衝動。

冷靜，千萬要冷靜。

不要表現得像沒見過世面的樣子。

宋昀然深呼吸幾次，扭過頭認真地說：「那你剛才親了我，現在我也要親你。」

話音未落，宋昀然就對自己無言了。

這又不是打遊戲，還你一回合我一回合輪流來嗎？

不過還好，秦恪並沒有出聲嘲笑，他只是配合地微微低下頭：「嗯。」

宋昀然瞬間自信了起來。

他按照賀子遊提供的小說教學，小心翼翼地伸手按住秦恪的側腰，手掌碰到的肌肉剎時繃緊，像閃過一絲微弱的電流，電得心酥酥麻麻的。他睫毛不安地顫動著，停頓半拍後，才慢慢地親了上去。

極其笨拙的一個吻結束後，宋昀然並沒有退開。

他依舊保持著近在咫尺的距離，任由自己和秦恪的呼吸在空氣裡交織。

像剛從雪地裡鑽出來的小狗，睜著溼漉漉的大眼睛，小心翼翼地湊過來碰了一下，接著就停在那裡不知道該怎麼辦了。

秦恪喉結滾了滾，聲音低沉：「還親嗎？」

宋昀然點頭。

秦恪無聲地笑了笑。

他們現在的姿勢有點彆扭，於是他索性往後靠向沙發，不知何時搭在宋昀然肩上的手一勾，直接讓人趴在他的懷裡。

這下舒服多了。

宋昀然還想繼續，不料這次竟被秦恪占領了先機。他徒勞擺了一個霸總強吻的姿勢，卻在對方細碎的索吻之中，失去了所有反抗的能力。只能被周遭清洌乾淨的氣息所包圍，然後再一寸寸地失守。

秦恪也是第一次感受到，原來只是親吻，就能讓理智如此失控。他甚至不合時宜地想起，前一世看見有粉絲評價說宋昀然笑起來很甜。可是他們所有人都不知道，這個人親起來才是最甜的。

帶了點滾燙的溫度，讓那些甜味都發酵出令人沉醉的味道，像一瓶浸在湯池裡溫過的果酒，讓人忍不住總想再嘗一口，看能不能嘗到更多更甜的滋味。

時針無聲地躍過一格。

滿室曖昧的聲響中，終於響起一聲既輕又急的抗議：「不、不行，我缺氧了。」

「……」

秦恪鬆開手，側過臉，很低地笑了幾聲。

宋昀然頭暈腦脹地大口呼吸，好不容易才稍微緩過來，這下他不僅臉紅，連眼尾都變得紅紅的。

秦恪慵懶地笑著說：「爸爸好笨啊，不會換氣的嗎？」

宋昀然怒道：「誰讓你叫爸爸了！」

語氣凶巴巴的，可惜由於呼吸不順，這句話瞬間就沒了氣勢。

這下宋昀然更生氣了。他從秦恪身上爬下來，踩到地毯上站好，冷酷地轉移話題。

「爸爸餓了，吃飯去。」

在宋昀然原本的計畫裡，這頓晚餐應該點上幾根蠟燭助興。

但現在他改變主意了，一進廚房就拿出老闆的架勢，指揮秦恪把餐盤從微波爐裡端出來，然後任由餐廳的頂燈盡數亮著，根本不考慮利用燈光烘托出什麼浪漫的氛圍。

秦恪居然笑自己，宋昀然氣鼓鼓地想，既然這樣還點什麼蠟燭。

他配嗎？他不配。

幾分鐘後，餐桌上就擺滿了琳琅滿目的精緻菜式。

宋昀然確實餓了，而且因為最後那個漫長的吻造成的缺氧，讓他感覺莫名消耗了許多體力。於是他省略掉無用的開場白，直接認真地開始填飽肚子。

不過宋昀然的脾氣來得快也消得快。

吃到一半，他的氣就消了，想了想還是好奇地問：「你喜歡我多久了？」

秦恪愣了一下，才說：「不知道。」

宋昀然對這個回答很不滿意：「你好笨啊，怎麼連這個都不知道？」

「那你是什麼時候喜歡我的？」

秦恪並沒有計較他藉機攻擊自己的智商，而是淡定地反問道。

這次換成宋昀然愣住了，他用筷子輕輕戳了下碗裡的魚肉，忽然靈感乍現。

「沒多久，可能就是泡溫泉那天開始的吧，三四天的樣子。」

太棒了，這個回答非常完美。

宋昀然得意地看向秦恪，看見沒有？爸爸對你的喜愛也就這麼一丁點，你要是不乖乖聽話，我就隨時剝奪你親我的權利。

不出他所料，秦恪聽完回答後，神色中慢慢浮現出一絲落寞。

像極了害怕會失寵的樣子。

「是嗎？原來只有幾天。」

秦恪很淺地笑了笑，笑容之中似乎有那麼些許苦澀。

宋昀然心裡一顫，頓時有些後悔。

他的確不知道喜歡秦恪多久，但如今回想起來，肯定遠遠不止這短暫的幾天，應該在更早一點就悄然動心了。

完蛋，會不會玩笑開過頭，秦恪以為我跟他只是玩玩而已啊？

果然下一秒，秦恪就抬起眼，篤定道：「那我的喜歡，肯定比你更久。」

「……」

「可能付出的感情也比你更多。」

「……」

「不過沒關係。」秦恪端起水杯，好像自我開導般，露出一個釋然的表情，「你願意喜歡我就很好了。」

宋昀然：「……你別這樣說。」

他懷疑秦恪從小缺失父愛，導致如今對他這個爸爸產生了移情作用，不敢向他奢求太多，只要能夠得到一點點愛意，就夠心滿意足。

聽上去莫名可憐。

宋昀然一咬牙，承認道：「其實也不止三四天，我剛才是逗你玩的。」

秦恪：「是嗎？」

「而且你還不知道吧，今天我把你叫過來，本來是想跟你表白的。」宋昀然衝動之下，把計畫全盤托出，「我根本不打算看什麼電視劇，鐘小峰的編劇水準我難道還不放心嗎？我知道他超厲害的，肯定不會讓公司虧本，我對他特別信任。」

秦恪：「……？」

「喔，重點不在鐘小峰。」

宋昀然及時回到主題，解釋說：「說來說去，都怪你自己裝睡親我，否則我肯定已經……啊對了，你等一下。」

他放下筷子，一路跑向陽臺。

沒過多久，就抱著一束巨大的玫瑰花跑了回來。

「這是要送給你的！」

宋昀然直接把玫瑰花束往秦恪面前一塞，秦恪連忙往旁邊躲了一下，才堪堪躲開被玫瑰花瓣砸滿臉的命運。

他意外地看著眼前這幾百朵開得絢爛的紅玫瑰，一時之間忘了該怎麼說話。

宋昀然見他不接，強行把玫瑰花塞到他懷裡。

「別客氣，收下吧。就是時間太趕了，我臨時讓唐助理選的，也不知道你喜不喜歡他的品味。」

秦恪沒辦法正面回答這句話。

說喜歡，會顯得他是被唐助理的品味打動；說不喜歡，又不符合他此時的心境。

沉默數秒，他還是點了下頭：「謝謝。」

唐助理選的就唐助理選的吧，反正只要是宋昀然的一番心意，他當然喜歡。

宋昀然驕傲地笑了起來：「要不這樣吧，既然你喜歡，乾脆我就交待一下，讓唐助理以後每天選一束送去給你？」

秦恪：「……倒也不必。」

怎麼好像又不滿意了呢？

宋昀然茫然地眨眨眼，然後一捶手心：「確實不行，你畢竟是藝人，天天收花被拍到就不好了，那就唐助理選點別的吧。」

秦恪揉揉眉心，有些無奈：「我是說，不必天天送禮物給我。」

而且他也不想天天都收到……唐助理挑選的禮物。

宋昀然愣了愣，隨即恍然大悟。

大意了。

一上來就大張旗鼓地送禮物，秦恪心裡會怎麼想？他或許會誤會自己跟外面的花心總裁一樣，以為光靠金錢就可以收買人心，一點都不懂得什麼叫做真正的喜歡。

「好，那就不送。」

宋昀然放輕聲音，溫柔而認真地保證說：「你放心吧，我不是那種人。」

吃完飯，兩人還是看了《遇見你以後》播出的前兩集。

宋昀然一心想在秦恪面前，表現出他身為總裁的專業，全程開啟評論員模式自吹自播。

「你看這段運鏡，拍得比上輩子那個版本好吧。我選的導演可是很有鏡頭審美的。」

「哇，女主這場哭戲厲害了。這個演員以前真是被埋沒了，還好我慧眼識珠把她選進公司，還力排眾議讓她擔當女主角。」

「這個男配也不錯，走出來不用說話就很貼近人設了，他也是我簽進來的。」

秦恪從水果盤裡挑出一顆形狀飽滿的草莓，餵到宋昀然嘴裡讓他暫時閉嘴後，總算找到說話的機會。

「你選的團隊不錯，把鐘小峰的劇本優點發揮到極致了。」

這顆草莓太大了，宋昀然一邊的腮幫子都鼓了起來。

他不方便說話，乾脆瘋狂點頭，對這番讚揚表示肯定。

秦恪笑了笑，問：「還要吃嗎？」

宋昀然把草莓吞下去：「可以幫我剝幾顆葡萄嗎？」

其實他坐得離水果盤不算太遠，但他懶得伸手去拿，乾脆盤腿坐在沙發上，舒服地享受專人服務。

秦恪「嗯」了一聲，又從盤中拿出一顆晶瑩圓潤的葡萄，慢慢撕去表面那層外衣。

他手指修長白淨，做起這些瑣事來，也自有一番美感。

宋昀然不知不覺看呆了，覺得秦恪那雙骨節分明的手，用來剝葡萄好像是一種天大的浪費，它更應該優雅地落在黑白分明的琴鍵上，彈奏出一首又一首動聽的樂章。

偏偏秦恪本人沒有流露出任何不悅的表情，反而樂在其中似的，接連餵了他好幾顆葡萄。

過了一會兒，宋昀然終於不好意思了。

「算了，我自己來吧。」

他換了一個規矩的坐姿，一邊伸手拿水果一邊說：「你這雙手太漂亮了，不應該剝葡萄，應該去彈鋼琴。」

秦恪猝不及防失去了投餵小動物的快樂，頗有幾分遺憾地停下了動作。

宋昀然並未察覺出他的失落，繼續問：「不過你會彈鋼琴嗎？」

秦恪說：「小時候學過幾個月，現在早就忘了。」

「為什麼不繼續學？」

宋昀然好奇地偏過頭，心中滿是惋惜，他剛才都想著要幫秦恪接一部音樂題材的電影了。不過很快，他就推己及人地得出答案。

「啊我懂的，小孩子練琴根本坐不住，我小時候也這樣，要不是家裡硬逼著我練，我肯定也會半途而廢。」

秦恪沉默幾秒，幾乎能從這簡短的兩句話裡，勾勒出宋昀然童年時期的畫像。

漂亮又調皮的小男孩，每次學琴之前都要哭鬧一番，說不定還會躺在地上打滾抗議，最後仍舊敵不過父母的威嚴，在鋼琴老師哭笑不得的目光注視下，委屈巴巴地坐上琴凳，一邊跟著節拍器彈奏，一邊嘰里咕嚕地小聲抱怨。

果然如他預料的那樣，接下來的幾分鐘，宋昀然便繪聲繪色地描述他幼年學琴的慘痛過往，和秦恪想像的場景一模一樣。

「不過原來你也會有想偷懶的時候。」宋昀然說：「看來書裡的主角，小時候也是有黑歷史的，我們都差不多嘛。」

「……」

秦恪覺得有必要為自己闢謠，緩聲開口澄清道：「我沒有偷懶。」

「啊？」

秦恪平靜地說：「剛學沒多久，我父母就分開了，當時我媽的經濟狀況付不起學琴的費用。」

宋昀然羞愧地低下了頭。

難道這就是原作設定的主角與工具人的鮮明對比嗎？

還好書裡沒把所有細節寫出來，否則他這張臉真不知該往哪裡擺。

為了掩飾尷尬，宋昀然清清嗓子：「喔沒關係的，如果你現在想學我也可以教你。別看我學得不認真，但我彈得還可以。」

秦恪看他一眼，笑著說：「我知道。」

宋昀然疑惑地問：「你從哪裡知道的？」

秦恪說：「有一年衛視舉辦的跨年晚會，你登臺表演了鋼琴獨奏。」

宋昀然皺了下眉，想起來好像是有這麼一回事。

那時他剛出道不久，才拍完一部電影，按理來說還沒有資格在最受關注的跨年晚會上露臉，但他簽約的經紀公司背景雄厚，硬是直接幫既不會唱歌也不會跳舞的他，爭取到了一個鋼琴獨奏舞臺。

平心而論，那場表演宋昀然幾乎做到了完美。可惜大多數人的討論重點，卻更集中在他是不是天降資源咖這件事上。除了粉絲以外，好像沒有人關心他那段獨奏表現出來的技巧與情感。

宋昀然曾經因此鬱悶過好久。

但他萬萬沒想到，原來……

「原來那時候你就已經關注我了！」宋昀然兩眼放光，格外振奮，「我就知道，像我這樣優秀的人才，走到哪裡都能引人注意。」

秦恪愣了一瞬，隨後啞然失笑。

不愧是他們的小宋總，總能從出人意料的角度，做出自己獨特的見解。

儘管當初他注意到宋昀然的主要原因，還是經紀人提醒他，說這個人將來或許會是你的對手，可此時此刻，他卻不想把這些掃興的話說出來。

開始的原因並不重要。

就像曾經規劃出他們人生軌跡的所謂原作裡，無論如何也不會寫到，有朝一日他會和宋昀然兩情相悅。

這一點，是連曾經的秦恪本人，也不曾想像過的畫面。

非常意外，卻也足夠讓他驚喜。

比起做一個被規劃好人生的主角，他更喜歡這樣不期而至的意外。

◇

第二天，宋昀然滿面笑容地走進了公司。

星河娛樂辦公大樓裡，每一個見到他的員工臉上都是一派喜氣洋洋的笑容。

只不過宋昀然知道，他和其他人的快樂並不完全相同。

大家高興的是《遇見你以後》首戰告捷，播出當晚的點擊率與討論度都直線攀升，而串流平臺那邊，更是在已經提供大量宣傳的基礎上，臨時決定更進一步加大推廣力道，努力把這部都市劇打造成今年的話題中心。

宋昀然也為他欣欣向榮的霸總事業感到欣慰，但更令他興奮不已的還是……

從昨晚開始，他就是有男朋友的人了！

一想到這裡，宋昀然就忍不住笑出了聲。

他趴在辦公桌上偷笑了一會兒，拿過手機傳訊息給秦恪：『**早安！**』

只睡了三四小時，在清晨就起床出門工作的秦恪：「……」

早安，他看了眼手機上方顯示的十一點，懷疑宋昀然的時間觀念跟普通人有所區別。

但他還是低著頭，打字回覆：『**早安。**』

宋昀然盯著螢幕傻笑幾聲。

原來談戀愛是這種感覺啊，他想，只是簡單的互道早安而已，就讓人這麼高興。

早知如此，他就應該快點喜歡上秦恪。

啊不對。

宋昀然轉念一想，及時糾正了剛才的想法。

要是時間點提前的話，說不定會影響他成為爸爸的偉大計畫。這可不行，他既要當秦恪的男朋友，也要當秦恪的爸爸，兩者缺一不可。

所以現在這樣，想想也挺好的。

宋昀然暗自梳理完思路，又問：『**你有空回我訊息，現在不忙嗎？**』

秦恪：『**馬上就要開始拍攝了。**』

『**那你忙完了再聊。**』

宋昀然傳了訊息，想了一下又補充道，『**好好工作，記得努力幫爸爸賺錢，不過還是要注意身體。**』

秦恪回覆說：『**你也是。**』

宋昀然看著螢幕，一時覺得好笑。

秦恪真的好笨啊，怎麼能在「幫爸爸賺錢」後面回一句「你也是」，不知道的還以為他也有個當爹的夢想呢。

算了，我可是小宋總，不跟他計較。

宋昀然寬宏大量地放了秦恪一馬，關掉手機後再回味，隱約明白自己的理解出現了偏差。

秦恪那句「你也是」，回覆的應該是「注意身體」才對。

宋昀然眨眨眼睛，臉頰不受控制地泛紅。

他好關心我啊，一定是愛慘了我。

辦公桌對面，忍無可忍的唐助理：「……小宋總，您在聽嗎？」

宋昀然一瞬間坐直了。

他像被老師抓到上課不專心的學生一樣，趕緊斂起笑容。

「在聽在聽。剛才說到《遇見你以後》追加地鐵沿線宣傳，是吧？」

唐助理：「……不是。」

「？」

宋昀然靜默片刻，想起來了：「喔對，是《南華傳》下個月開拍。」

「……」

「也不對？」

宋昀然驚訝了，他絞盡腦汁，回憶之前被他當作背景音的助理彙報，終於果斷地一拍桌子，「投資部上午開會，決定再投兩部電視劇，這下總對了吧！」

唐助理麻木了，他推推鼻梁上的金框眼鏡：「我剛才說的是，《假日慢遊》播出後，網路上出現了許多您和秦恪的CP粉。您看要不要由公司出面，跟節目組打個招呼，讓他們減少這些有損您個人形象的剪輯。」

宋昀然：「啊？」

啊？啊什麼啊！

唐助理的社畜靈魂憤怒咆哮起來，心想我要不是因為當初的烏龍被扣年終獎金，我才懶得跟你提這個呢！我跟大家一起嗑糖難道不開心嗎！

他深呼吸幾次，穩住情緒：「您這幾天沒上網嗎？」

宋昀然確實沒怎麼上網，他迷茫地眨眨眼：「對喔，第二集已經播了吧？網路上的反應怎麼樣？」

「……不如您自己看吧。」

唐助理累了，他決定消極怠工，直接點開提前下載好，名為「假日慢遊第二集嗑暈剪輯」的影片，然後把手機放到宋昀然桌上，讓老闆自己審核。

宋昀然疑惑地拿起手機，發現影片時長居然將近半小時。

要知道《假日慢遊》每一集總共也才一個半小時，其中還要分給另外兩組嘉賓許多鏡頭，他和秦恪真的能剪出二十多分鐘嗎？

看著看著，宋昀然彷彿理解了什麼。

怎麼說呢？他現在終於明白，以前嗑暈群組裡形容的「同框就是糖」到底是什麼意思了。

只要他和秦恪同時出現在畫面裡，每一次眼神的碰撞、肢體的接觸、言語的交流，都讓他打從心裡感到了微妙的害羞與竊喜。

原來網路上沒有說錯，喜歡一個人的眼神是藏不住的。

宋昀然默默拉高領毛衣的領口，遮住他不受控制翹起的嘴角，偷笑著看完了整段影片，才念念不捨地放下手機，並決定回頭自己也去網路上下載一支剪輯影片。

「就是您看到的這樣。」

唐助理說：「您和秦恪這對CP現在在網路上熱度很高，而且也按照我們的預期，為《遇見你以後》起到了不小的宣傳作用，但您畢竟不是藝人，從公司的長遠形象出發，或許還是要引導一下輿論。」

宋昀然還在想影片裡那些讓他臉紅心跳的鏡頭，含糊道：「唔，嗯嗯。」

唐助理誤會了他的意思，點頭問：「所以小宋總，對於這件事，您有什麼想法呢？」

宋昀然抿了下唇，誠實地說：「就，挺好嗑的。」

唐助理：「……」

唐助理：「？」

安靜好一陣子，唐助理才憋出一句：「您不打算制止大家嗑CP嗎？」

宋昀然被這句話問得很不好意思。

今時不同往日，曾經被他看作洪水猛獸的嗑暈粉，如今已經演變成謳歌他與秦恪絕美愛情的小天使。

想了想，他找到一個冠冕堂皇的藉口：「還是少管為妙，你不知道現在的網友有多叛逆，越是搗嘴不讓提，他們就喊得越大聲。」

話是說得很有道理，但唐助理的眼神已經逐漸麻木。

當初你扣我年終獎金的時候，可不是這麼說的，就因為我是助理而不是CP粉嗎？那我也可以去嗑暈超話簽到啊。

他看著振振有詞的小宋總，幾番欲言又止，場面一度變得十分詭異。

宋昀然回看向他：「你不同意我的意見？」

「……呃，倒也沒有。」

只是我的年終獎金可以還回來嗎？唐助理好想這樣問，又怕不慎激怒總裁，連明年的年終獎金也被提前取消。

想起這件事，唐助理的心就一抽一抽地發疼。

拋開其他蠅頭小利不談，去年公司光憑《紅白喜事》就淨賺一億五千萬，再加上秦恪這棵搖錢樹，年底簽下不少商業代言，星河終於達成首次全年盈利。

宋昀然是個大方的好總裁，為了犒勞大家整年的辛苦，發放了一筆可觀的獎金給除了唐助理以外的每位員工，連門口的警衛伯伯都沒有遺漏。

昨天年終獎金發下來，星河上下洋溢著歡樂的氣氛，但唐助理只覺得他們吵鬧。

見他吞吞吐吐，宋昀然內心越發懷疑。

難道他剛才的言論中出現了什麼漏洞？還是唐助理對他表面敬佩，實則早有怨言？他回憶著接手星河以來的所作所為，終於想起去年夏天他曾經對唐助理說過什麼。

這就是我的不對了，宋昀然深刻反省。唐助理明明是在撮合他與秦恪的第一線奮鬥，怎能平白蒙受金錢的損失。

亡羊補牢，為時不晚。

宋昀然問：「對了，你沒拿到年終獎金是吧。」

唐助理含淚點頭。

「到時我提醒他們一聲。」宋昀然親切表示，「下個月再匯到你戶頭裡，可以嗎？」

那簡直太可以了。

唐助理眼中重新出現了光芒，離開總裁辦公室的步伐都自信了許多。

重拾自信的唐助理前腳剛走，賀子遊的電話後腳就打了過來。

作為宋昀然的狗頭軍師，賀子遊在家苦等一天，遲遲沒等到兒時玩伴的回饋，終於按捺不住好奇心，主動詢問昨晚的進展。

知道結果後，賀子遊很生氣：『我要跟你絕交，虧我為你苦心謀劃，事成之後你居然還想瞞著我。』

宋昀然心想賀子遊真是太幼稚了，但小宋總今天心情好，決定不跟他計較，便解釋說：

「我只是高興起來一不小心忘記了，絕對沒有故意隱瞞。」

賀子遊更氣：『那你就是見色忘友。』

宋昀然：「……」

好像沒有底氣反駁。

賀子遊義正詞嚴地批評他：『你能不能有點出息？拿出總裁的樣子，雲淡風輕地談場成熟的戀愛，不要像個小學生一樣，談個戀愛就高興得沖昏了頭腦。』

宋昀然哼唧幾聲，更加無力反駁。

他今天連唐助理彙報工作都沒有認真聽，確實像個沒見過世面的小學生。

『我說，還是小心點吧，朋友。』賀子遊勸道：『虧你還說自己是秦恪的爸爸呢，上網看看大家對你們的評價好嗎？』

宋昀然大驚，心想難道網友誤以為秦恪才是他爸爸？

他頓時坐不住了，連忙掛斷電話，久違地切換到小帳，並且刻意避開一心只想嗑糖的CP粉，專注海巡路人的發言。

看著看著，宋昀然的心涼了半截。

「星河那組完全不像我想像中總裁帶藝人的樣子。宋昀然全程像個小孩，秦恪簡直爲他操碎了心。」

『我要是有這麼不可靠的老闆，肯定想立刻跳槽。』

『可現在星河已經逐步走上正軌，或許他在大事上很可靠？』

『那肯定也是員工的功勞，他一個傻白甜，懂個鬼投資。』

「……」

怎麼說這種話呢？宋昀然很無言。

他好想衝上去回一句「你才是懂個鬼的宋昀然」，可惜最後礙於理智，還是沒有跟網友對嗆。

一來是自降身價，二來這件事確實很難澄清。

總不能讓公司正經地發一篇聲明，說星河之所以能取得今天的成績全靠我們英明偉大的小宋總，那才是真正的貽笑大方。

算了，宋昀然點開一份放在電腦桌面的檔案，心想我才不跟他們計較。

過了幾秒，他又怒哼一聲。

果然還是好在意啊！

◇

凌晨，秦愘終於收工回到家中。

時間已晚，他沒有直接上樓找宋昀然，而是先傳了一則訊息，問他睡了嗎。

宋昀然打了一通視訊給他。

秦愘點開接通，緊接著就被螢幕裡顯示的畫面震了一下。

宋昀然居然在看書，而且厚厚的書籍旁邊還放著一臺平板電腦，他正一邊翻頁，一邊拿筆在平板上寫寫畫畫，似乎是在做筆記的樣子。

秦愘奇怪地問：「你不在家？」

『這就是我家啊。』

宋昀然迷茫地抬起眼，愣了一下才說：『喔，你沒看過吧？這間是我的書房，平時不怎麼會用到。』

秦愘點頭，心中的疑惑仍舊沒解決。

他倒了一杯冰水，咽下一口後，繼續問：「我能上樓找你嗎？」

宋昀然筆尖一頓，很想馬上點頭。但他想起網路上的嘲諷，只能硬起心腸拒絕。

『沒看見爸爸在讀書嗎？我們就這樣聊一下天吧，不然你一來，我肯定什麼都做不了。』

秦愘：「……你在讀什麼？」

宋昀然把書本立起來，展示封面：『唐助理推薦給我的，投資學的課本。』

他今天思來想去，覺得自己可能還是缺乏一些做總裁的基礎理論，想要讓網友們對他心服口服，就必須先充實自己，以後再找機會小露一手。

他大學是在國外念藝術相關的科系，突然想要補課也不知從何補起，還是向唐助理求教，才臨時從書店裡買到幾本基礎教材。

秦恪放下水杯，陷入沉默。

就很想不通，剛確定關係的第一天，宋昀然就拋下他鑽研學術是想幹什麼？

宋昀然以為他累了：『你明天不是還有工作嗎？早點睡吧。』

秦恪看著他，緩緩開口：「現在不想睡。」

宋昀然：『？』

這是什麼耍賴的語氣，難道需要他下樓講一個睡前故事，才肯乖乖上床睡覺嗎？

秦恪垂眸，聲音很低：「想見你。」

話音未落，宋昀然對學習的熱情瞬間熄滅了。

明明回家的時候，他還打定主意今天要學個痛快，結果秦恪現在一說想他，他的決心就岌岌可危地開始動搖。

反正……明天再學……也不要緊吧？

宋昀然放下筆：『既然這麼想見我，那、那你上來吧。』

很快，玄關處就響起了門鈴聲。

早早等在那裡的宋昀然立刻開門，同時還沒忘記擺出爸爸的架子，一邊往人家懷裡撲一邊說：

「以後不許這麼任性，不能再耽誤我學習。」

秦愘抱住他：「好，下不為例。」

宋昀然滿意地點點頭，想了想又響亮地親了下秦愘的嘴唇，然後才收回手臂。

「快進來。不過先說好，我們明天早上都有事，今晚不能留你太久。」

秦愘「嗯」了一聲。

其實按照他自己的性格，也不是一定要天天見面才行，但剛才在影片裡，他總覺得自家小宋總看起來精神不太好，像在外面被人欺負了的小狗，完全沒有平時的活力。

正因如此，他才無論如何都要上來看一眼才放心。

宋昀然把秦愘帶進書房：「你看，這些書都是今天新買的。」

秦愘看向書桌上壘成高塔的教材，慢悠悠地問：「怎麼突然想學投資？」

他並不反對宋昀然利用閒暇時間充實自己，但這件事發生得太過蹊蹺，是已經對宋昀然的獵奇思維有所了解的他也無法理解的現象。

宋昀然坐在轉椅上，把今天在網路上看到的言論說了一遍。

「你說，是不是很氣人？所以我要悄悄學習，然後驚豔所有人。」

事實上，秦愘現在已經狠狠地驚豔了。

有時候他真想撬開宋昀然的腦袋，看看這人的腦袋構造是否與常人不同，否則怎麼會想出用寒窗苦讀為自己正名的方法。

見他不說話，宋昀然著急了，腳下一蹬，把轉椅直接滑到他面前，揚起頭問：

「你覺得我做不到？」

「……倒也不是。」秦恪低下頭，揉揉他的頭，「但你不認為這有點太曲折了嗎？」

宋昀然苦惱地說：「我也很想馬上達到效果，但總不能又讓所有集團的帳號一起轉發誇我吧。」

想想那畫面，他自己都覺得尷尬。

秦恪笑了一下，哄他說：「那我當眾誇你，行嗎？」

「？」

宋昀然一臉茫然：「可以是可以，但你打算怎麼誇？」

秦恪撿起桌上的筆，慢條斯理地轉了幾圈：「你忘了明天是什麼日子？」

宋昀然愣了愣，接著恍然大悟。

明天是華影獎宣布入圍名單的日子！

◇

第二天中午，每年一度的華影獎入圍名單，開始在微博上逐漸公布。

網友們早就等著看熱鬧，秦恪的粉絲更是提心吊膽，不斷重新整理微博。

《紅白喜事》拿下三十億票房，秦恪在電影中的表現更是可圈可點，許多人都認為他能憑藉這部電影入圍最佳新人獎的角逐，但名單正式公布之前，大家還是難免感到一絲忐忑。

直到最佳新人獎入圍名單顯示出來的那一刻，當秦恪的名字出現在圖片中時，他們終於長長地鬆了口氣。

與此同時，正在參加活動的秦恪，也第一時間收到了消息。

今天是寧東旗下服裝品牌的春裝發表會，最佳新人獎名單出來時，秦恪正好上臺，發表會主持人從耳機裡聽到後臺的指示，就馬上用麥克風宣布了這個消息。

四周瞬間響起一片熱烈的掌聲與恭喜聲。

同樣的經歷，秦恪前一世已經體會過一次。

他接過麥克風，淡淡地向大家道了聲謝，就繼續按照事先對照的流程，配合主持人介紹此次春裝的設計理念。

幾分鐘後，面帶笑容的主持人突然神色一頓。她的表情透過身後的螢幕放大，立刻被臺下的觀眾捕捉到了異樣。他們與同伴面面相覷，誰也不知道發生了什麼。而坐在最前排的媒體記者之間，已經傳出了細碎的討論聲。

總共也就短短數秒的空白，就足以讓現場的氣氛凝固。

秦恪看著無數道投向他的視線，心中已經有了預感。

他拿著麥克風，問：「發生什麼事了嗎？」

「不好意思我再打斷一下。」主持人確認自己沒有聽錯耳機裡的話，看向面色平靜的青年，「再次恭喜我們的代言人秦恪，憑藉《紅白喜事》入圍了本屆華影獎的最佳男主角！」

四下一片譁然。

記者們更是不斷按下手中的快門，試圖記錄下這位年輕藝人會露出多麼欣喜若狂的神情。

然而，秦恪只是挑了下眉：「謝謝。」

「……就這樣？」主持人代替現場觀眾發出了難以置信的聲音，「最佳新人也就算了，這次可是最佳男主角，你第一部電影就能入圍如此重量級的獎項，難道一點都不意外嗎？」

秦恪確實不太意外。

他已經是第二次出演《紅白喜事》，早就知道比起第一次拍攝，他的演技早已有了足夠的進步，何況他也清楚今年會有哪些電影報名參賽，能從數十部電影中脫穎而出，成為評審委員會最青睞的幾名男演員之一，於他而言，不過是一場早就能夠預料的答案。

在演戲的實力方面，他向來對自己很有信心。

只不過面對主持人的追問，秦恪只能配合地笑了一下，說：「我只是把意外掩飾得比較好。」

他指了下身後的品牌LOGO，「但我想，今天的主角應該不是我的電影。」

主持人說：「沒關係，金主爸爸不會介意。」

臺下響起一片善意的哄笑，品牌方的高層也抬抬手，示意他大可以現場發表入圍感言。

代言人在新品發表會上收到入圍通知，這可是再專業的策劃也做不出的效果，如此千載難逢的宣傳機會，自然比僅僅介紹新品要轟動多了，他們哪會介意臨時打斷呢。

已經有記者站起來說：「先簡單說幾句，讓我們搶個頭條吧。」

秦恪笑了笑：「好。」

他看向臺下不斷閃爍的閃光燈，漆黑的眼眸中漾著星辰般的光芒，習慣冷淡的表情也隨之變得溫柔起來。

「那我就……」

充滿磁性的嗓音，被麥克風清晰地傳遞到會場的每一個角落，「先簡單地感謝一下《紅白喜事》的投資人，宋昀然先生。」

以為會聽到感謝導演或者感謝公司的記者們，紛紛愣住。

像是怕某人聽不清楚似的，秦恪的語速放得很慢：「感謝你對藝術的追求和對商業的敏銳，把劇組從瀕臨解散的危機中解救了出來。你是一名很專業的投資人，謝謝你看好《紅白喜事》。」

出乎預料的發言讓主持人一愣，然後才笑著評價：「我怎麼覺得，這不僅是感謝，更像是在誇我們宋總呢？」

秦恪點頭：「就是在誇他。」

本次的新品發表會除了線下邀請媒體，線上也以直播的形式播出，秦恪這番言論一出來，一片密密麻麻的彈幕瞬間蓋住了他的身影。

『宋昀然給了你多少錢？』

『宋總在嗎？我也可以誇你，我的銀行帳號是……』

『純路人，請問現在是秦老師的職場人際關係學課堂嗎？』

『老公，不要在外面隨便誇我們家孩子，他會驕傲的。』

饒是宋昀然做足了準備，也依舊被彈幕的密集程度嚇了一大跳。

他今天要和公司所有的經紀人開一整天的會，午休時由他做東請大家吃飯，等待餐廳上菜的空檔，他就打開直播看了一眼。

結果沒想到，就聽見秦恪如此直白地誇獎他。偏偏他還沒戴耳機，秦恪的聲音透過手機直接傳進了在場每位員工的耳中。

一時之間，四面八方投來的目光不禁讓他產生了當眾出櫃的幻覺。

宋昀然僵硬地關掉直播，沉默了。

心情很複雜。

今天主持人之所以會在臺上宣布喜訊，全是因為他今天一早起來，就跟寧東那邊打過招呼，想的就是既能做足效果，又能讓秦恪在發表會上狠狠地風光一把。

在餐廳包廂裡外放直播，也是想讓在場的經紀人們共同欣賞秦恪的高光時刻。

宋昀然認為他這種想法很正常。誰家兒子取得好成績，爸爸會不想拿大喇叭到處炫耀呢？

但他沒算到的是，秦恪會在發表會上突然開始誇他。

早知如此，他肯定偷偷看直播了！

現在這樣，大家會怎麼想他？

宋昀然很苦惱，遲遲不敢抬頭與其他人對視，雖說他不介意出櫃，但也沒想過會這麼早就以這種方式社會性死亡。

就在此時，忽然有人出聲：「秦恪真是……」

宋昀然一瞬間緊張起來。

那人繼續說：「太過分了！他居然一聲招呼不打，就在外面誇小宋總！」

「就是，要誇也提前說一聲嘛，我們一起誇不好嗎？」另一人接話道，「難道我們小宋總不配擁有集體稱讚的排面嗎？」

宋昀然：「？」

大家的反應似乎跟他想像中不太一樣。

他解除鴕鳥狀態，愣愣地抬起頭，緊接著就看見各位經紀人已經紛紛拿起手機，傳訊息給自己的藝人。坐在他身側的唐助理則一臉惋惜，只恨自己無法憑空造出一位藝人，不能加入這場小宋總誇誇大會。

宋昀然懂了，他完全懂了。

原來大家早已對他懷抱著一顆感恩的心，之前不過是苦於無人帶頭，只能把敬佩之情藏於心中。之前以為會因此被迫當場出櫃，到底還是他太先入為主了。

「……倒也不必集體誇我吧。」宋昀然艱難開口，「好像太刻意了一點，人家會以為我們公司的企業文化不正經。」

帶頭的經紀人茫然發問：「我們公司還有企業文化？」

宋昀然：「……」

對方乾咳一聲，糾正道：「小宋總，您這就不公平了。憑什麼秦恪能誇，其他人不能誇？」

宋昀然心想，其他人能和秦恪比嗎？

他不僅是我男朋友，還是我唯一的兒子，你手下的藝人如果能叫我一聲爸爸……

唔，不行，誰叫爸爸都無法取代秦恪在他這裡的地位。

最後，他只能揉揉眉心：「好吧，但是也別太那什麼，你們懂的。」

眾人有默契地點頭。

他們好歹也是在演藝圈混的人，知道過猶不及的道理。一窩蜂突然開誇，只會讓人懷疑宋昀然手裡掌握了大家的黑歷史。

凡事，都得講求循序漸進。

宋昀然不知道新的風暴已經開始醞釀。

當天晚上回到西城上院，他讓阿姨提前準備了一桌好菜，一邊繼續看他的教材，一邊等秦恪回家慶祝。

實話實說，雖然《紅白喜事》上映前，他就猜測過秦恪恐怕能藉此入圍最佳男演員，但等到他的想像成為現實的時候，他還是為此感到了極大的驚訝，以及一點小小的慶幸。

要知道，倘若不是他意外覺醒，秦恪也不會被連累重生。

每次想到秦恪重生前入圍最佳男演員，宋昀然心裡就有點心虛。不過還好，這個世界對秦恪依舊偏愛有加。

晚上八點多，秦恪結束了工作。

宋昀然直接把他叫來樓上，開門時想了想，說：「乾脆你也錄個指紋吧，省得每次都要我幫你開門。」

秦恪看他一眼：「不怕我錄了指紋，半夜偷襲你？」

「你是不是傻？」宋昀然根本沒有意識到這句話裡的真正含義，一本正經地回道：「我睡覺之前會反鎖臥室門的好嗎？」

秦恪無奈地笑了一聲，還想開口再說什麼，就看見宋昀然一拍腦袋，急匆匆地奔向了客廳。很快又跑出來，雙手揹在身後，站到秦恪面前故作神祕地一笑。

不知為何，秦恪心中升起一股不祥的預感。

果然下一刻，宋昀然突然抬高手臂，拉開手中的小禮炮大喊道：「恭喜你入圍啦！」

「砰」的一聲，亮晶晶的五彩紙片從上方紛紛揚揚地落下。

秦恪來不及躲開，那些繽紛的彩帶盡數落在了他的身上，這東西也不知道是什麼材質，居然帶著靜電，黏得他滿頭滿臉都是。

秦恪：「……」

他忽然不太確定，宋昀然的本意是不是想恭喜他。

宋昀然也傻眼了。

他沒想到小禮炮的射程居然這麼短，不僅沒有出現他想像中唯美浪漫的畫面，反倒讓秦恪英俊的臉上出現了一絲即將崩潰的裂痕。

秦恪沉沉地嘆了口氣，他趕著回來，中途沒有卸妝，現在有幾張彩帶黏在他的嘴唇上，讓他內心很是無言。

靜默幾秒，秦恪吐出一片彩帶：「我今天在外面誇你，結果回來你就這樣對我。」

「我不是故意的。」宋昀然連忙道歉，「不好意思啊。」

秦恪又吐出一片：「你……」

話還沒說完，他就看見宋昀然的眼睛突然一亮，彷彿發現了好玩的新大陸一般。

宋昀然湊近了些，語氣誠懇：「你這一噴一噴的，好像豌豆射手啊。」

「……」

宋昀然見他沒有反應，還以為他沒聽懂，特意體貼地講解道：「不是吧，你沒玩過《植物大戰僵屍》嗎？很經典的老遊戲，玩到後面特別刺激，簡直讓人熱血沸騰呢！」

秦恪挑了下眉，忍無可忍。

他單手勾住宋昀然的後頸，接著一個轉身，沒等對方反應過來，就已經把人壓在門上，低頭吻了上去。

當小宋總開始天馬行空地開腦洞的時候，男朋友應該怎麼做？

秦恪今天就身體力行地給出了答案——

把他親到熱血沸騰，讓他根本沒有餘力去想什麼經不經典的遊戲。

宋昀然後悔極了，覺得自己像條被壓在砧板上的魚，徒勞掙扎半天，還是被壓得死死的。

他嘴裡發出連自己聽了都害羞的聲音，到了後面索性放棄抵抗，只用雙手緊緊攀住秦恪的後背，才勉強沒有被親得腿軟到當場跪下。

他委屈地想，早知如此，就不準備這份驚喜了。

才剛浮現這個念頭，秦恪似乎就察覺到他的走神，比剛才更具侵略性的氣息強勢地迎了上來。

一個格外漫長的吻結束後，宋昀然感覺嘴都腫了。他暫時不想說話，乾脆憤怒地瞪向秦恪，用眼神表達自己的不滿。

秦恪慢條斯理地掃他一眼，很輕地笑了一聲。心情很好似的慢慢轉過身，對著玄關的鏡子清理頭上的彩帶。

宋昀然握緊拳頭，小聲嘀咕：「我警告你不要太得意，今天你在發表會誇我的事，我還沒跟你算帳呢。」

秦恪動作一頓，問：「怎麼，不滿意？」

滿意倒是挺滿意的，而且心裡也確實樂開了花。

但就是……

宋昀然眨了下眼，說：「你幹嘛不提前跟我打聲招呼啊？我看直播的時候都沒戴耳機，當時周圍有那麼多人，我臉都紅了，差點下不了臺。」

秦恪抿了下唇，不解地問：「你為什麼要在大家面前看直播？」

「當然是讓大家看你有多棒啊！誰知道……」宋昀然愁眉苦臉，把各位經紀人的反應說了一遍，不安道：「雖然他們向我保證，說絕對不會誇得好像收了錢一樣，但我還是有點緊張。」

秦恪靜了靜，安慰道：「你不需要為這點小事緊張。」

「你不懂。除了上輩子的粉絲以外，我還沒被這麼多人誇過。」

宋昀然幫他拿下黏在髮尾上的彩帶，擔憂地說：「好怕他們誇得不到位，展現不出我的風采。」

秦恪：「……」

打擾了，是他多慮了。

◇

接下來的半個月，星河的藝人展開了一場看不見硝煙的競賽。

今天你在微博慶祝入行三年，回憶完鬱鬱不得志的時光後筆鋒一轉，開始感謝小宋總慧眼識珠把你選進星河，從此開啟人生新篇章；明天我在雜誌訪談裡細數心路歷程，說著接到公司傳來的劇本時躊躇不定，還是小宋總與我深談一番，讓我重新找回了自信；後天他又拍一支VLOG，放出某天深夜練習結束後，意外發現小宋總還在公司挑燈加班，為了星河的發展，連家都不回。

起初秦恪的第一次誇獎，網友們還是以看熱鬧的心情居多，那麼這半個月下來，在種種潛移默化的洗腦之下，許多對宋昀然抱有偏見的人，終於還是動搖了。

『**……可能他真的是個好老闆？**』

『**是不是星河最近走得太順，你們都忘了它曾經被叫做衰神娛樂啊？**』

『**這麼一想，倒是可以理解星河的人爲什麼喜歡他，能帶領大家賺錢的才是好總裁嘛。**』

光是星河內部藝人這樣也就算了，讓人意外的是，幾天之後，在宋昀然的世界裡消失已久的方舟和程嘉明，居然也在採訪裡不約而同地感謝了宋昀然，說他幫助自己找到了事業的新方向。

宋昀然看到這個消息時，正在出發前往錄製《假日慢遊》最後一集的車上。

他放下手機，又拿起，過了一陣子又放下，如此重複數回後，終於忍不住轉頭，看向坐在旁邊的秦恪。

「方舟和程嘉明，是跟你串通好的？」宋昀然低聲質問。

他這十幾天以來，已經被誇到麻木，卻無論如何也沒有想到，會有不屬於星河的藝人也加入。

一切發生得太過意外，讓他甚至隱約懷疑或許這都是秦恪暗中策劃的惡作劇，試圖讓他以另一種形式達成社死。

秦恪的視線略微往下，解釋說：「跟我沒關係。」

真要說的話，秦恪還有點不爽。

這就像他特意為男朋友準備了一顆糖，想哄哄受了委屈的小動物，誰知道其他甲乙丙丁見到也紛紛效仿。

就顯得他那顆糖不夠特別了。

尤其是他聽說程嘉明也莫名其妙地加入，心中那股無名火就燒得更旺了。

關你程嘉明什麼事？

早知道還是該把上輩子的肩傷之仇報了再說。

宋昀然看了眼窗外，又扭過頭來：「所以……我真的有大家誇的那麼好？」

秦恪笑了笑：「是啊，只不過你自己沒發現而已。」

原來如此。宋昀然想，或許這就是傳說中的強而不自知。

他彎起大大的眼睛，嘴角止不住地往上翹起，感覺胸前並不存在的小紅花都更鮮豔了。

秦恪看著他一臉開心的模樣，發現宋昀然真的是一個很單純的人。容易生氣，但又很好哄。說話做事都喜歡憑直覺行動，偏偏那種野生的直覺又總能應用在正確的地方，比如他幫星河挑選的那些演員，又比如他為方舟與程嘉明指出了一條明路。

也不知原作究竟是怎麼想的，居然把宋昀然設定成一個普通的工具人。

秦恪的視線停留在宋昀然身上，冬日裡金色的陽光籠罩在他的頭頂，讓他漆黑的髮絲也鍍上一層淺金色，像一個正在發光的小太陽。

這樣的人，明明是世間罕見的珍寶才對。

半小時後，遊覽車停靠在錄製的最後一站。

《假日慢遊》的終點站，並沒有像以前那樣選在極其偏僻的鄉村，而是一反常態地選在了交通便利的現代化鄉村。

下車後放眼望去，視野裡全是風格統一的民宅。

停車場外，寬敞筆直的道路在眼前鋪開，道路兩旁是精心設計過的花壇與行道樹，不知道的還以為他們身處於城市裡的哪個高級社區。

戴嬈繞停車場轉了一圈，評價道：「不容易呀，節目組終於良心發現了。」

「也可能是他們窮酸了這麼多期，臨到結束發現經費還剩下好多，乾脆最後揮霍一把。」宋昀然接話說：「你們節目組的成本管控不行。」

錄製這麼多集，導演組早已習慣了嘉賓的調侃。

她清清嗓子說：「話不能這麼說。這集播出的時候就快過春節了嘛，我們也是為了讓大家提前感受假期的快樂，才特地把最後一集做成真正的休閒旅遊。」

「我怎麼不信呢。」

早已深諳節目組套路的邵謙懷疑道：「前面不會有陷阱等著我們吧。」

他身旁的萬雨哲則從另一個角度吐槽：「原來你們還知道，之前幾集都不算休閒旅遊啊。」

兩人有默契地交換過眼神，彼此心中都有一種即將解脫的快樂。

不為別的，就為這幾集錄製下來，嗑暈CP越來越受關注，襯得他們千軍萬馬的聲勢遠不如從前浩大。

他們早已決定拆夥，但人類的肌肉記憶有時就是如此可怕，每當看見宋昀然又和秦恪發生什麼親密互動，兩人就會不受控制地暗自與之較勁。

搞得他們整個錄製過程不斷在兩種狀態之間搖擺不定。

時間一長，連CP粉都察覺不對勁，在「怕不是要BE」和「沒有啊他們感情還是很好」兩個極端裡反覆游移。

他們累，粉絲也累。

但是沒關係，錄完這集以後，他們終於可以從無止境的惡性競爭中逃離。

想到這裡，邵謙的語氣也愉快很多：「快說來聽聽，這次我們要怎麼休閒？」

導演笑著說：「就和大家平時過年一樣就行了。」

宋昀然心中一喜：「意思是說，我只要在房間裡吃吃睡睡打遊戲就好了？」

「……」導演斂起笑容，面無表情地解釋，「當然是大掃除、貼春聯、包餃子。」

宋昀然「啊」了一聲，臉上的喜悅肉眼可見地消失不見。

秦恪瞥到他失落的表情，無聲地勾了下唇角，猜想按照宋昀然那種養尊處優的小少爺性格，導演所說的事他肯定一件都沒做過。

宋昀然的確沒做過這些事。

他一臉懵懂地跟大家一起，被節目組帶到村裡的養老院，終於明白了這次節目的主題。

說白了，就是獻愛心做公益，昇華節目宗旨之餘，還要讓觀眾們感受到和樂融融的過年氣氛。

按照節目流程，嘉賓們首先要幫養老院來個徹底的大掃除。

錄製開始後，星河這組被分配去擦室外的欄杆。

雖說宋昀然是個與家務絕緣的總裁，但既然來都來了，他也沒有矯情，乖乖拿上工具，跟在秦恪身後往樓上走去。

養老院的住宿區總共有三層樓。

他們一上樓，就有不少好奇的爺爺奶奶從房間裡出來，笑咪咪地歡迎這兩位來義務勞動的年輕人。

宋昀然長得可愛嘴又甜，一圈「爺爺奶奶過年好」問候下來，就俘獲了好幾位老人的心。

一位姓李的奶奶最喜歡他，見他笨手笨腳地擦拭欄杆，便慈祥地開玩笑說：「看看你，肯定從小在家沒幹過活，一點都不會。」

「您放心，不會我可以學嘛。」

宋昀然模仿秦恪的動作，先用刷子小心地將角落的鏽跡清除掉。

「李奶奶，現在灰塵很多，您要不還是先回房間吧。」

李奶奶不肯：「我就想在這裡看著你。」
宋昀然笑了起來：「我長得那麼好看呀？」
李奶奶認真地說：「好看，而且你長得特別像我孫子。」
「……」
沒關係，宋昀然安慰自己，李奶奶年紀大了，肯定不懂「長得像孫子」這種話，在年輕人之中已經是種嘲諷。
結果他剛做完心理建設，就聽見秦恪很低地笑了一聲。
笑什麼笑，宋昀然瞪他一眼，再笑我就叫你太奶奶教訓你！
不料他這一眼，卻讓李奶奶注意到了話不多的秦恪。老人家有些渾濁的雙眼，在那一瞬間彷彿清澈許多。她拄著拐杖，顫巍巍地想往那邊走，宋昀然怕她摔跤，趕緊扔下工具過去攙扶。
李奶奶走到秦恪面前，費力地仰起頭：「你叫什麼名字啊？」
秦恪彎下腰來：「秦恪，恪守的恪。」
「喔，你多大啦？」李奶奶的語氣越發和藹，「談戀愛了嗎？」
秦恪微微一愣，下意識將目光轉向宋昀然。
宋昀然一陣心虛：「……」
這種時候你看我做什麼！
跟拍攝影師一看到這情形，就隱約猜到有大事即將發生。他看熱鬧不嫌事大地將鏡頭拉近了些，期待拍到一些好玩的素材。
秦恪看了攝影師一眼，無奈地將視線從男朋友身上撤回。

他望向李奶奶，思忖片刻，委婉地回答：「我沒有女朋友。」

李奶奶緩慢地點了下頭，臉上表情更加滿意。

然後當著眾人的面，從棉衣口袋裡摸出一部老年人專用的智慧型手機，瞇著眼睛點開相簿：「你看這是我孫女，她在國外讀書，還沒有男朋友呢……」

「噗——」

攝影師沒忍住，一不留神笑出聲來。

宋昀然整個人都不好了。

他並不計較李奶奶想幫秦恪介紹女朋友，可是剛才明明是他一直在陪老人家聊天，為什麼李奶奶卻一眼相中秦恪做她孫女婿啊！

是他看起來不夠可靠嗎？

秦恪大概也被李奶奶熟練的操作嚇到了。

他抿緊薄唇，沉默了一下才說：「奶奶，我沒有交女朋友的打算。」

李奶奶很懂，體諒地說：「不急的不急的，你們先加微信聊一聊嘛，交個朋友也好。」

攝影師已經被可愛的老太太逗得扛不穩攝影機了。

「不好意思，我不能隨便跟人加微信。」秦恪嘆了口氣，溫和地解釋說。

「為什麼呢？」李奶奶不懂了。

秦恪笑了笑，抬起眼，指向冷眼旁觀看熱鬧的宋昀然。

「他不准我加。」

這集節目播出時，全網的嗑暈粉看到這一幕，都不約而同地原地發瘋。特別是最早入坑嗑暈的那批CP粉，更是感到了世界的玄妙。

◇

從一開始冷門到近似於邪門的亂組CP，到一同組隊參加綜藝節目，他們已經習慣每週六晚上八點慣例張嘴吃糖的美好生活。

即便如此，他們也沒料到在綜藝接近尾聲的時候，還能被塞一嘴驚天巨糖。

節目還沒播完，某八卦論壇已經為此蓋起高樓。

『他不准我加……救命，這是我能免費聽到的話嗎？』

『可以說是具備極強的自我管理意識了。』

『然然聽到這句話人都傻了，當然，我也傻了。』

『從千軍萬馬爬牆過來的，請問這對什麼時候登記結婚？戶政事務所我已經搬來了。』

『李奶奶，謝謝您，今天開始您就是我親奶奶。』

十分鐘不到，文章就被頂成當日熱門，一把象徵熱度的小火苗飄在標題後面，像極了每個CP粉嗑生嗑死的熱情。

不過既然有快樂得彷彿過年的CP粉，自然也會有陰陽怪氣得像過清明的黃泉路人。

沒過多久，一篇衍生文章就順勢出現，標題還下得格外挑釁——「禮貌發問，隔壁是在撿垃圾嗎？」。

點開文章，自稱業內人士的樓主高貴冷豔地解釋了一番圈內常識。

簡單總結下來，樓主的意思就是說，她入行十年，只見過公司控制藝人微博，沒見過連私人用的微信加好友都要經過老闆的同意才行。

所以秦恪那句話絕非糖點，而是他在隱晦地抱怨，控訴公司干涉自己的私生活。

『沒看見宋昀然跟老太太解釋的時候慌成什麼樣了嗎？笑死，被當衆揭穿冷血資本家的眞面目，換成誰不慌。』

『要我說宋昀然那麼喜歡露臉，乾脆自己收拾收拾出道吧。』

『秦恪唯粉在嗎？勸你們老公早點解約吧，別再做慈善，爲星河當血包和賣腐工具人了。』

這人也不知是哪家派來搧風點火的，接連發出好幾則回覆，恨不得把「打起來」三個字貼在頭上。

不論人氣高低，每個藝人的粉絲都會有一小群戰鬥粉，他們每天除了忙著罵同劇演員、罵競爭對手，還有必不可少的保留環節——罵公司。

秦恪剛紅起來時，部分粉絲也像其他人那樣，成天在網路上要求星河提高他的待遇，可久而久之，卻發現根本沒多少人回應。

畢竟星河親兒子的頭銜擺在那裡，秦恪簽約以來拿到的資源有目共睹，哪怕檄文寫得再言之鑿鑿，也抵不過理不直氣不壯的原罪。長久下來，反倒為秦恪招黑，最後只能悻悻作罷。

因此黃泉路人的這些言論，秦恪的唯粉並沒有給予太多關注。

他們一邊自我洗腦「秦恪只是跟小宋總關係好而已」，一邊看著節目裡生活技能點滿的秦恪，顫抖著手指發出五花八門的彈幕。

「嗚嗚嗚，我寧願你像其他人那樣什麼都不會。」

「不用連餃子都包得這麼完美吧，從小到底吃了多少苦啊？好想穿越到你的童年陪陪你。」

「為什麼可以一個人就把春聯貼好呀？想想原因我都要心疼死了。」

宋昀然看著手機，一口氣念完彈幕：「所以，你在她們眼裡，就是演藝圈內第一美強慘。」

秦恪：「……」

還有兩天就是除夕，他難得休假，想在春節前跟宋昀然獨處一下，結果就被迫聽了一段聲情並茂的恐怖言論。

西城上院的頂樓公寓，無論嚴寒酷暑，永遠保持著四季如春的舒適溫度，但此時此刻，秦恪還是默默披上了一件外套。

大晚上的，聽得他毛骨悚然，背後一涼。

可他無言以對的沉默，在宋昀然眼裡卻是另一種意思。

「唉，我也好為你難過。」

宋昀然靠在他寬闊的肩頭，情緒低沉地說：「那天錄製的時候，我下樓看見你自己把春聯貼好了，心裡別提多難受了，你從小就一個人過年嗎？」

秦恪艱難開口：「……倒也沒有。」

宋昀然不信：「在我面前就別逞強了。你說過的話我還記得呢，你小時候阿姨工作很忙，她是不是春節也要加班，根本沒空回家陪你？」

說著說著，宋昀然的嘴角就撇了下來。

在當初網路還不夠發達的時候，他也看過許多屆春晚，幾乎每年小品都會有那種家人工作繁忙、主角獨自在家的橋段。特別淒涼，一想起來就是滿滿的代入感。

秦恪深吸一口氣，說：「不至於，她春節還是能休息的。」

「那為什麼你一個人貼春聯貼得那麼熟練？」宋昀然不解地抬起頭，語氣裡滿是合理的質疑。

秦恪笑了一聲，側過臉來：「因為那時候，我們社區有不少孤寡老人。每年寒假，學校都會找我們上門獻愛心，像我這種個子高的男生，一般都會派去打掃吊燈或者貼春聯。」

意料之外又情理之中的答案，讓宋昀然無言了片刻。

原因居然如此簡單。

無他，唯手熟爾。

「這樣啊，那沒事了。」

他揉揉鼻子，收起毫無用處的同情心，起身溜進廚房倒了一杯冰水掩飾尷尬。

這件事說起來，還是要怪他身兼數職惹來的麻煩。

身為秦恪的男朋友兼爸爸，宋昀然對秦恪那個渣爹的印象太深，一不留神就腦洞大開，綜合粉絲們發的彈幕，害他發展出許多看似合理實則荒謬的聯想。

幾分鐘後，秦恪見他還不出來，索性也進了廚房。

這間公寓的廚房面積很大，正中間的中島配備了一臺可以製冰的飲水機。

宋昀然靠在中島旁，有一口沒一口地喝著水，臉上還留著鬧出誤會的羞赧，嘴脣卻在不知不覺間被浸出了誘人的光澤。

秦恪靠在門邊看了一會兒，終究還是沒忍住，幾步上前，雙手撐在中島臺上，把人圍在了自己懷裡：「這杯水有那麼好喝？」

「你讓我靜靜。」宋昀然小聲說：「好丟臉啊，我居然被粉絲洗腦了！」

萬分懊惱的語氣，讓秦恪唇角勾了起來。

他拿走那個即將見底的玻璃杯，湊過去，輕咬住帶了點涼意的溼潤嘴唇，喉結微動，低低地笑了幾聲。

兩人貼得太近，宋昀然感受到他胸膛的震動，白皙的皮膚頓時燒成一片緋紅。

現在的秦恪與他曾經討厭的那個秦恪，明明是同一個人，細微之處卻時常透露出不同的感覺。

比如他認知裡的死對頭秦恪，是一個不苟言笑的高冷冰山。

如今他真正認識的秦恪，雖然不會像其他人那樣時常哈哈大笑，卻從不吝於向他露出清淺的笑意。

尤其是當他們靠得很近的時候，秦恪低沉的笑聲聽起來會比平時更加性感，每次聽到，都像有小貓用肉墊在他心口碰了幾下，酥癢得讓人想躲又捨不得躲。

宋昀然稍微揚起下巴，回吻過去，換來對方更加熱烈的回應。直到周遭的空氣變得稀薄，牆上映出的人影才念念不捨地分開。

宋昀然被哄好了，黏糊糊地靠在秦恪懷裡，問：「今年你要去阿姨那裡過春節嗎？」

「嗯，機票已經訂好了，明天下午走。」

秦恪看著他的眼睛，輕聲說，「靜姊給了我五天假期，很快就會回來，不用太想我。」

「……？」

聽聽這自信的語氣，什麼叫「不要太想我」。

宋昀然不服氣地說：「不要太得意了，我才不會很想你。」

「真的？」

「我跟你不一樣，每年春節可是很忙的。」宋昀然虛假摻半地說道：「不光要在家陪父母，還要陪他們出去應酬，而且賀子遊他們也會來找我玩，爸爸的春節比你想像中充實多了！」

所以，他才沒空去想秦恪呢，宋昀然驕傲地想。

第二章

第二天，大年二十九，離除夕僅剩最後一天。中午時分，宋昀然回到了父母家的別墅。

路上有些塞車，他比預定時間晚了大概半小時，但按照常理來說，他並不會錯過今天的午飯。

誰知當他踏進別墅大門的一刻，卻感受到空曠得冷清。

他快步來到位於一樓左側的餐廳，只見那張長長的餐桌上，除了依次擺開的幾瓶裝飾用鮮花以外，連雙筷子都沒有擺上。

「？」

宋昀然詫異地轉頭問傭人：「今天中午我們不在家吃飯嗎？」

怎麼都沒人告訴他啊，還當不當他是太子了！

不料傭人也是一臉詫異：「先生和太太沒跟您說？他們昨天就出國度假去了。」

宋昀然直接愣在原地。

他依稀想起來，前幾天宋繼東確實打過電話給他，但他那時忙著開會，也沒聽清楚就把電話掛了，直到剛才都以為父母只不過是春節前會出國一趟。

「……他們，就這樣，把我一個人丟下了？」宋昀然還是不敢相信。

傭人為難地看著天花板，用肢體語言告訴他答案──是的，你爸媽終於等到你能獨當一面，迫不及待地扔下你出去過兩人世界了。

算了，或許人總要學著自己長大。

宋昀然可憐兮兮地坐到餐桌椅上，抱緊自己、安慰自己。

傭人小聲問：「之前以為先生和太太不在，您就不會過來，也沒準備午飯。您看中午想吃點什麼，我現在就叫人去做。」

「隨便吧，要快一點的，我現在很餓。」宋昀然有氣無力地回道。

傭人退下後，宋昀然委屈地趴在桌上，臉貼著手臂，大眼睛低垂地盯著桌面的紋路，越想越覺得自己才是演藝圈內第一美強慘。

靜默片刻，他拿出手機，慢吞吞地打字：

『秦先生，你好。你的父親因爲一些意外，不得不獨自在家過年。他從來沒受過這種委屈，請你收到訊息後，把回程的機票改到三天以內，可以嗎？』

宋昀然忐忑地盯著螢幕，猶豫了一會兒。

最後還是一咬牙，按下傳送。

◇

收到男朋友的撒嬌訊息時，秦恪已經坐在機場的ＶＩＰ候機室。

春節期間的機場永遠是一片繁忙的景象。機場廣播穿越嘈雜聲響，依次播報航班資訊，把旅客與故鄉的距離漸漸拉近。

他看著對話介面內白底的文字，腦海中不由自主地浮現出一隻委屈的小狗。

和宋昀然蹲在雪地裡畫的那隻一模一樣。

兩隻大耳朵垂下來，圓溜溜的眼睛裡滿是失落，就差自己找個紙盒蹲進去，再掛上一塊「我很乖求收養」的牌子了。

儘管宋昀然的獨自過年，並不代表他真的會一個人在別墅裡孤苦無依，但秦恪想了一會兒，還是回覆：『**想不想換座城市過年？**』

「叮」的一聲，趴在桌上的宋昀然瞬間坐直了。

手機裡新鮮送達的訊息讓他愣了片刻，反覆閱讀幾遍後，憑藉聰明的大腦成功提煉出這句話裡的重點。

——秦恪想邀請他回家過年。

就那麼捨不得跟我分開嗎？

宋昀然得意地哼哼幾聲，心想秦恪未免太黏人了，我只不過要求他提前回來而已，他居然就想把我打包帶走。一點都不獨立，該不會以後出去拍戲，半夜醒來還要到處找爸爸吧。

這怎麼可以。宋昀然想，我要當面教訓他！

下午五點，宋昀然在飛機開始降落時醒了過來。

他揉揉眼睛，望向舷窗外陌生的城市，過了一會兒，意識漸漸回籠的同時，心中隨之漫上一陣未知的恐慌。

太衝動了。

看到秦恪傳的訊息，他便趕緊通知唐助理幫忙訂票。

也虧他運氣好，買到和秦恪同班飛機的最後一張頭等艙機票，奔赴機場後連話都來不及說兩句就在最後一刻登機。

一切發生得太快，沒給他思考的時間。

直到此時，飛機離降落跑道越來越近，他才迷迷糊糊地想起來，秦恪這趟是回家陪媽媽過年的。

宋昀然瞬間緊張起來，傳說中的見家長，居然來得如此突然。

不知道秦恪的媽媽性格怎麼樣，會不會長了一雙火眼金睛，一眼看穿自己跟秦恪有姦情，然後像小說裡寫的那樣「啪」地甩出一張支票，說「給你五千萬，離開我兒子」。

……喔不是，角色設定反了。

懸著的心剛要落下，宋昀然又猛地倒抽一口涼氣。

完蛋，他這麼有錢，阿姨會不會以為……他是個強搶民男的惡霸！

想到這裡，宋昀然越來越焦慮。這股焦慮伴隨他到飛機停穩，也遲遲沒有緩解。

周圍的旅客陸續往外離開，秦恪也從第一排走過來，見他神色不安，便問：「暈機了？」

「啊？喔，沒有。」宋昀然憂心忡忡地站起身，「走吧，該面對的總要面對。」

秦恪：「……？」

取完行李，兩人搭乘電梯到了地下停車場。周圍不時有旅客經過，秦恪謹慎地壓低帽檐，看了眼手機，低聲說：「車停在C區，稍等幾分鐘，她馬上過來。」

宋昀然默默把口罩壓緊了些。

他咽了咽水口，還是沒忍住：「你媽媽凶不凶啊？」

秦恪微微一愣：「什麼？」

「就是、就是她如果不喜歡我，」宋昀然比劃道，「會不會拿衣架把我打出去？」

秦恪垂眸，看向宋昀然寫滿認真的雙眼，隱約明白了他的擔憂來自何處。

也不知道在飛機上腦補了什麼，居然覺得世界上會有人捨得把他趕出家門。

「肯定不會，她很高興我願意帶朋友回家。」秦恪篤定道。

宋昀然心想，這男朋友真的傻里傻氣的，強調說：「你不怕她看出什麼來？她可是你媽媽！」

秦恪看他一眼：「怕什麼，你還是我爸呢。」

「……」

宋昀然無言了，默默捏緊拳頭，決定當場痛毆這個說話沒有分寸的逆子，不料就在拳頭距離秦恪的胸膛不到三毫米的距離時，一輛白色的轎車就穩穩地停在他們面前。

車窗倒映出兩人的身影。

好一齣打情罵俏案發現場。

宋昀然僵在原地，等車窗降下後，與駕駛座那位容貌秀麗的中年女性對視了幾秒。

他做賊心虛，總感覺對方的眼神之中正明顯地傳遞出「這是在幹什麼？」的疑惑。

電光火石的剎那，宋昀然化拳為掌，拍了拍秦恪領口並不存在的灰塵，冷酷道：「你看看你，去哪裡蹭了一身灰。」

秦恪：「……」

別說，語氣模仿得惟妙惟肖，很難不讓人懷疑宋昀然小時候就被他爸這樣罵過。

他無聲地笑了笑，然後才彎腰朝車窗裡打招呼：「媽。」

因為這個意外的插曲，宋昀然全程幾乎不敢說話，只在上車時喊了一聲「阿姨好」，其餘時候都裝出難得乖巧的一面，雙手平放在腿上，像個第一次去別人家做客的小朋友。

當然，他沒有忘記暗中觀察。

秦恪的母親叫秦念蓉，母子倆長得有幾分相似，都是骨相極佳、眉眼深邃的高冷臉。

加上她說話時的語氣十分平靜，宋昀然更加斷定，這就是一個女版秦恪，而且還是他上輩子認識的那個版本。

秦恪家離機場不遠，二十分鐘後，車輛就駛進了一個社區。

從建築的外觀來看，這社區應該有點老舊了，但停車場內部明亮又乾淨，可見物業打理得很用心。

莫名古怪的氣氛中，三人搭乘電梯來到七樓。

秦念蓉打開門先進去，找出兩雙拖鞋放到地上，接著視線若有似無地掃過宋昀然，似乎停頓了半拍又似乎沒有，最終還是淡聲開口：「歡迎你來家裡玩。」

宋昀然猛地挺直背，雙手貼在腿邊：「打、打擾您了。」

秦念蓉又看他一眼，若有所思地收回目光。

宋昀然一口大氣都不敢喘，緊緊跟在秦恪身後，膽戰心驚地來到客廳坐下，同時偷偷用眼神暗示秦恪，示意對方快點說些什麼緩和氣氛，否則你爸爸恐怕馬上就要買回程的機票了。

秦恪心領神會：「我……」

話剛出口，手機就響了起來，他見電話是陳靜打來的，知道多半是工作的事，只好話鋒一轉，「我接個電話。」

雖然秦恪並沒有走遠，但宋昀然的內心已瀕臨崩潰。

他和秦念蓉大眼瞪小眼地看著彼此，感覺臉上的笑容一秒更比一秒僵硬。

靜默幾秒，秦念蓉毫無預兆地站起來：「吃點東西吧？」

「……謝謝阿姨。」宋昀然哪敢拒絕。

秦念蓉不置可否，轉身拿出提前切好的果盤和幾大袋零食：「吃吧，別客氣。」

宋昀然拿起水果叉的右手微微顫抖。

他心神不寧地挑起一塊哈密瓜，眼看就要餵進嘴裡的瞬間，突然聽見秦念蓉說：「我看過你和秦恪錄製的綜藝節目。」

哈密瓜應聲落地。

宋昀然：「……」

秦念蓉：「……」

兩人沉默地看著彼此，最終還是宋昀然先彎腰，撿起無辜的哈密瓜扔進垃圾桶。

「哈哈，是嗎？想不到阿姨也看這個。」

話音未落，宋昀然就後悔了。

他在說什麼鬼話啊！人家憑什麼不能看自己孩子參加的綜藝！

宋昀然麻木了，抱著破罐子破摔的微妙心情，放下水果叉，暗自思量。

是了，既然秦阿姨看過《假日慢遊》，想必她也注意到了他們之間的親密互動。說不定她早已察覺到異樣，就等著今天興師問罪。此刻還未發難，莫非是礙於秦恪在場，不便聲張？

宋昀然胡思亂想的時候，秦女士心中也是萬分憂鬱。

好奇怪，節目裡的宋昀然明明活潑開朗，蹦蹦跳跳像個可愛的小朋友似的。為什麼跟她見面半小時，卻連話都不想說？

就連她精心準備的食物，好像都無法引起宋昀然的興趣。

他／她是不是對我印象很差啊？

兩人不約而同地皺了下眉，又以相同的速度轉過頭，看向被工作纏身的秦恪。

「嗯好，也祝妳春節快樂。」

秦恪掛斷電話，甫一抬眼，就對上了兩人複雜的求助目光。

「……」

他抿了下唇，起身從行李箱中，取出一個包裝精美的禮盒：「媽，這是宋總為妳準備的禮物。」

「給我的？」

秦念蓉的冷漠臉出現了一絲意外，她接過禮盒，看清上面的品牌LOGO，正是她平時最愛用的護膚品，「這怎麼好意思，太貴重了。」

宋昀然中午急匆匆地訂票、收拾行李，能準時趕上飛機就不錯了，哪有空準備什麼禮物。他迷茫地眨眨眼睛，結果就看見秦恪遞來一個暗示的笑容。

關鍵時刻，宋昀然福至心靈，他鼓起勇氣說：「阿姨您千萬別客氣，收下吧。就是不知道您喜不喜歡這個牌子，不喜歡的話儘管說，我再叫人另外買一套。」

自從見面以來，這還是秦念蓉第一次聽見宋昀然一口氣說這麼多話。

秦念蓉內心頗感欣慰，但嘴上仍舊客氣道：「其實你人來就好了，不必特意帶禮物，畢竟秦恪跟我提過，你在公司裡總是對他格外照顧。」

眼看尷尬的氣氛終於有好所轉，宋昀然也放鬆了些，笑著說：「我照顧他是應該的，畢竟我是爸……」

秦念蓉：「嗯？」

「……霸道總裁。」宋昀然硬著頭皮，說出羞恥度爆表的自我評價，「反正我們霸總都這樣，就喜歡照顧公司的員工。」

秦恪側過臉，很輕地笑了一聲。

秦念蓉沒有發現其中漏洞，只覺得現在的宋昀然，終於和她在節目裡看到的那個宋總重疊了起來，總喜歡說些奇怪的話，但又絲毫不招人厭煩。

看來剛才只是靦腆而已，秦念蓉暗自猜測。

思及於此，她又試探著將茶几上的零食往前推了推。

「那阿姨現在去做飯，你要是餓了，可以先吃些點心。」

宋昀然點點頭，等秦念蓉進了廚房，才長長地鬆了一口氣。

嚇死他了，幸好秦恪拿出一盒禮物轉移話題，否則他真怕再繼續下去，阿姨會忍無可忍地拿出衣架直接把他打回家。

不過話說回來，那禮物終究還是秦恪準備的，宋昀然並不打算占為己有。

他吃掉一塊椰蓉酥，想了想，便招手叫秦恪過來，小聲問：「現在阿姨以為禮物是我送的，回頭她會不會怪你，說你過年都不知道準備禮物給她？」

「應該不會。」秦恪抽出紙巾，替他擦拭嘴角沾到的一小片碎屑。

指腹的溫度隔著紙巾傳遞過來，讓宋昀然產生片刻的愣神。他鬼使神差地張開嘴，想把那點甜甜的椰蓉舔回去似的，下意識探出舌尖，輕輕碰了下秦恪的指尖。

秦恪動作一頓，眼中掠過一抹意味深長的笑意。

宋昀然心跳漏掉一拍，這才意識到自己剛才在幹嘛。

他清清嗓子，裝作無事發生的樣子：「呃，你別鬧，聽我說啊。」

「你說。」秦恪扔掉紙巾，仗著他媽媽正背對客廳，抬手將指腹擦過男朋友的唇瓣，「我聽著呢。」

宋昀然嚇了一大跳，趕緊回頭往後看，確認秦女士還在專心做飯，才往秦恪手背上拍了一掌，低聲道：「給我規矩點。」

語氣特別凶狠，彷彿剛剛像小狗一樣舔人家手指的不是他。

秦恪笑著收回手，知道不能逗得太過分，否則等等他媽出來，肯定會感到奇怪，小宋總的臉為什麼會紅成一片。

宋昀然警惕地看著他：「說正經的。明天就是除夕，臨時買禮物也不好選。你說我直接給阿姨一個紅包怎麼樣？」

「嗯？」秦恪皺眉，「只給她紅包？」

聽他語氣不對，宋昀然心裡更沒底：「啊這，好像不太合適？直接給錢有點俗氣？」

「我是在想……」

秦恪睨他一眼，慢條斯理地問：「難道我不配擁有爸爸的春節禮物嗎？」

秦女士的廚房沒有門，備菜的聲響清晰地傳到客廳，令人懷疑客廳裡的輕聲交談也很可能精准無誤地傳入第三人耳中。

宋昀然嚇了一跳。

以前是他小看了秦恪，沒想到這人居然如此膽大，完全不怕被媽媽發現自己在外面認人當爸！

雖然這聲爸爸叫得合情合理，但宋昀然到底還是怕了。

他怒瞪雙眼，冷酷道：「沒錯，你不配。」

然後他驕傲地一扭頭，對上了秦念蓉欲言又止的眼神。

「……」

秦念蓉不知何時轉身面對客廳，手裡還握著一把菜刀，彷彿隨時能將宋昀然就地正法。

他背後一涼，心想不好，也不知道秦女士聽見了多少。

幸好秦念蓉只是說：「秦恪，過來幫忙。」

秦恪回了聲「好」，起身前對宋昀然說：「等晚飯做好大概還要一陣子，你要是累了可以去我房間休息一下。」

宋昀然求之不得。

他始終覺得秦念蓉看他的眼神有些奇怪，能夠短暫逃離一陣子也好。

這套房子是兩室兩廳的格局。秦恪的房間是偏小的次臥，從窗戶望出去，能看到社區的公共運動場地，有幾個國中生模樣的男孩子正在下面打籃球，激烈程度與進球次數成反比，將近十分鐘也沒能投進一球。

技術實在太菜了，宋昀然看得很難受，於是將視線轉回了房間內。

和從小擁有獨立書房的宋昀然不同，秦恪的臥室和大多數普通家庭的孩子一樣，在靠牆的位置擺放了一張小小的書桌。

書桌上方是個組合式的書櫃，放著他高中時用過的課本與幾個簡潔的相框。

其中一張照片是秦恪高中畢業的班級合照，十七、八歲的秦恪站在最後一排的最左邊，是很邊緣的位置，卻絲毫不影響他成為所有人中最搶眼的一個。

宋昀然湊近看了看，接著便愣了一下。

他記得秦恪是燕市出生的本地人，可畢業照上方卻寫著X市一中的字樣。

「咦，他沒在燕市上高中嗎？」

宋昀然自言自語地嘀咕了一句，拉開椅子坐下，用手機上網查，很快便找到了一份由粉絲整理的資料。

據資料顯示，從小學到國中那幾年，秦恪平均每隔兩年就會轉一次學，直到高一開始，才在他們此刻所住的X市定居下來，安安穩穩地讀完了三年。

隨後就是大家都知道的，考上位於燕市的電影學院，出道做藝人。

宋昀然眨了眨眼，發現他完全不知道這些經歷，但凡書裡沒寫的內容，在他的概念裡就屬於一片空白的未知世界，甚至了解得不如粉絲多。

太不像話了！

宋昀然斥責自己。

你這樣既不能算是合格的爸爸，也不能算是合格的男朋友。

廚房裡，秦恪熟練地將牛肉切成細絲，正要盛進盤裡，就看見他媽抱著一顆白菜嘆氣。兩人視線對上的剎那，秦念蓉眼裡的幽怨都快撲過來了。

「……」場面過於詭異，秦恪忍不住問，「怎麼了？」

秦念蓉苦惱地說：「小宋總似乎不愛跟我說話。」

自從星河藝人各顯神通誇老闆後，「小宋總」這個稱呼早已在網友之中發揚光大，完全枉費秦恪錄製《假日慢游》時，一口一聲宋總的用心良苦。

秦恪挑眉：「妳好像也沒怎麼跟他聊？」

「我這不是好不容易見到真人，心裡太激動了嗎？」當著兒子的面，秦念蓉的話匣子就打開了，「你知道的啊，我一激動就容易說錯話，只好少說少錯，免得被人家誤會。」

秦恪靜默幾秒，問：「妳激動什麼？」

他對自己的母親還是有幾分了解的，離婚後重新投入職場，難免有些不適應，以前因為情緒起伏太大吃過幾次虧，被迫走上假裝高冷的路線。但他一時想不通，為什麼秦女士面對宋昀然也會心潮澎湃。

秦念蓉掰開一片白菜葉：「當然是因為我喜歡他。」

秦恪：「？」

秦念蓉說：「他太可愛了，眼睛圓圓的，特別像隻小狗狗。有時候他一笑啊，我的心都化了，他如果不高興一撇嘴，哎喲我的心也跟著碎了。」

秦恪：「……」

「那節目第一集，就是你買炸馬鈴薯給他的那次。你不知道，我看著他坐在那裡乖乖地吃東西，心想這要是我家孩子就好了，肯定他想吃什麼，我就買什麼給他。」

秦念蓉停頓半拍，補充道：「嗯，而且還要買兩份，讓他吃個夠。」

秦恪無言以對。

他終於知道這是怎麼回事了。

宋昀然做賊心虛，不敢跟初次見面的阿姨過多寒暄；秦念蓉見他不如綜藝裡活潑，擔心是自己待客不周，於是越發忐忑；宋昀然感受到她的彆扭，肯定腦洞大開，內心極度惶恐。

兩人你來我往，互相試探，虛實難分。

最後造成的後果，就是宋昀然嚇得小心做人，而秦女士上演大型媽粉心碎現場。

大過年的，何必呢？

秦恪沉思片刻：「妳等一下。」

說完他洗淨雙手，到臥室把宋昀然叫了出來。

宋昀然正忙著重新規劃當爸路線，因為規劃得過於投入，一時淡忘了之前的恐懼。

直到跟在秦恪身後走進廚房，他才猛地停下腳步，慌張地看著面前的母子兩人，很怕在他不知道的時候，秦恪已經衝動出櫃。

那我現在應該跪下來，哭著說「阿姨我沒有強迫他，我們是真愛」嗎？

宋昀然不禁感到一絲焦慮，他兩輩子都沒跟人下跪過，難道今天就要為秦恪破例？

但那畫面仔細想想還挺感人的，他自己都想為之落淚了。

就在他浮想聯翩的時候，秦恪忽然開口：「重新介紹一下吧。我媽媽，秦念蓉女士，同時她也是你的媽……」

宋昀然大驚失色，不是吧，這就要改口了？他還沒做好準備呢！

所幸秦恪語速夠快，及時說完：「……媽粉。」

話音剛落，秦念蓉終於失控摀臉：「你怎麼說出來了！」

她平時很少追星——當然宋昀然也不是明星——但反正經過她的縝密觀察，網路上那些喜歡叫宋昀然兒子的「媽媽」，其實都是十幾二十歲的小姑娘。

一把年紀還跟小姑娘們混為一談，高齡媽粉心裡多少還是有點羞怯的。

宋昀然眼睜睜看著一個女版秦恪當著他的面真情流露、形象崩塌，意外之餘，內心的石頭總算放了下來。

原來秦念蓉不是不喜歡他，而是太喜歡他了。

不過沒關係，宋昀然彎起眼笑了笑，他從上輩子開始就非常擅長應對媽粉。

接下來的一整晚，秦恪作為雙方當事人的兒子，見證了一場雙向奔赴的感人場面。

宋昀然前世能擁有數量龐大的媽粉，確實是有點技術在身上的。但凡秦念蓉做點什麼，他就像小尾巴似的黏在一邊，不是圍觀就是幫忙，並看準機會給予高度讚揚。

而且他稱讚的語氣真誠中還帶著一絲崇拜，讓秦念蓉全程高興得闔不攏嘴，像從來沒見過嘴這麼甜的小孩。

母慈子孝的畫面，在這個闔家團圓的日子裡分外應景。

秦恪看了也該感到十分欣慰。

——如果不是他全程備受冷落的話。

◇

晚上十點半，媽媽提醒兩個孩子該睡覺了。家裡總共就兩間臥室，宋昀然該睡哪裡自然不言而喻。

跟阿姨道過晚安後，他回到次臥，蹲在地上從行李箱裡翻找睡衣。

「等一下誰先洗澡？」他主動問。

秦恪淡聲回道：「都可以。」

語氣聽上去過於平淡，甚至隱約透出疲憊感。

宋昀然疑惑地揚起臉：「不是吧，還沒到十一點呢，你就想睡了？」

他搖了搖頭，忍不住地感嘆，「一點都沒有當代青年的活力，爸爸對你很失望。」

秦恪懶散地靠在書桌邊：「是嗎？」

宋昀然看他一眼，忽然覺得不對勁。

他放下睡衣走過來，用手去摸對方的額頭，靜了幾秒才說：「沒發燒啊，你怎麼這麼沒精神，身體不舒服嗎？」

秦恪低聲回道：「嗯，有點。」

他捉住宋昀然的手腕，引導對方緩緩往下，最終將手停在胸膛的位置。

「可能一整晚沒人在意，心裡就不太舒服了。」

宋昀然：「……」

秦恪垂下眼睫，聲音很輕：「不過沒事，你喜歡我媽媽就好，不用考慮我的感受，反正我連新年禮物都不配擁有。」

喔，原來重點是在這裡。

宋昀然無言地想，秦恪戲癮好大，好好一句「想要禮物」不能直說，非得拐彎抹角地跟他演上一齣戲，真是好矯情的男人。

但他轉念一想，又覺得以秦恪黏人的程度，也不是沒有感到寂寞的可能。

宋昀然暗自扼腕，想了想說：「白天是逗你玩的，我像那種不給你禮物的人嗎？」

秦恪點頭：「像。」

「？」

宋昀然的面子危在旦夕，更尷尬的是他確實來不及準備。

四目相對之下，他靈機一動，挽尊道：「其實你的禮物我早就準備好了，但現在還不能拿出來，必須留到明天當驚喜。」

秦恪看他一眼：「真的？」

「當然是真的，我什麼時候騙過你。」宋昀然裝不下去了，急忙把人往外推，「好了你快點去洗澡，我突然想起有點工作需要處理。」

好不容易支開男朋友，宋昀然趕緊掏出手機臨時抱佛腳。

網路上關於送禮的建議很多，但受客觀條件限制，大多數都不適合他。

眼看宋昀然的希望越來越渺茫之際，一則留言忽然闖入了他的視野。

『**我有個小妙招。忘記準備禮物的時候，直接往自己身上綁一條緞帶，然後說「我就是最珍貴的禮物」就好。**』

宋昀然震驚極了，他從沒想過還有就地取材的好方法！而且更為重要的是，他認為自己擔得起這樣的形容。

只不過……秦恪家裡好像沒有緞帶。

宋昀然環顧四周，視線落到行李箱裡、靜靜躺著的一條圍巾上。

片刻過後，他雙手一拍。

很好，就決定是它了！

趁秦恪還沒回房，宋昀然趕緊練習了幾次。

很快，他便遺憾地發現，圍巾根本不能綁在身上，換成平時熟悉的幾種繫法，又跟禮物的主題相差甚遠。

宋昀然憑藉直覺，懷疑網友的小妙招與他的認知出現了誤差。

他只好再次求助網路，以「禮物、身體、綁」為關鍵字展開搜索，這次倒是查到一篇符合主題的文章，可惜點進去後，卻是一整排「圖片已被移除」。

留言區裡一片哀嚎，紛紛表示自己來得太晚，錯過了好東西。

宋昀然深有同感，這論壇也不知道在搞什麼，好不容易出現一篇教學文，圖片卻不能顯示出來，真讓他一顆熱愛學習的心無處安放。

算了，他扔開手機，明晚意思一下繫個蝴蝶結就可以了。

心意到了就好。

第二天，宋昀然單獨出了門，他從附近的提款機取出一筆現金，裝進了從便利店買來的紅包袋。再回去時，就看見秦念蓉正在幫秦恪拍影片。

宋昀然小心翼翼地把紅包轉移到次臥，才出來問：「你們在拍什麼？」

「說是給粉絲的新年福利。」秦念蓉鬱悶地說，「我拍出來總是不夠好看。」

秦恪走的是專業演員路線，平時不用像其他藝人要靠流量那樣頻繁地在社群上發文，但碰上春節這樣重要的節日，公司還是會要求他出來露個臉滿足粉絲。

宋昀然湊過去看了一眼，無話可說。

阿姨說她拍得不夠好看，簡直是過分謙虛，要不是靠秦恪那張臉撐著，剛才拍的這段影片完全可以用慘不忍睹來形容。

構圖是歪的、畫面是抖的、燈源也是錯的。

「……還是我來吧。」

宋昀然不忍把影片上傳出去讓秦恪掉粉，拿出自己的手機，將鏡頭對準秦恪試了一下，轉身關掉客廳那盞刺眼的頂燈，改成用射燈打光，然後換了一個拍攝的角度，手機裡的畫面立刻就漂亮許多。

秦念蓉看得連聲稱讚，媽粉濾鏡比從前更加厚重。

要不是顧忌到親生兒子就在現場，她大概會喊一句「你就是全世界最棒的孩子」。

宋昀然整個人都膨脹了：「是吧，我也覺得我超厲害的！」

「對，就該保持這樣的自信。」秦念蓉點頭回道。

真是一個敢誇，一個敢信。

被無視許久的秦恪忍無可忍：「……還要不要拍？」

「喔，要拍要拍。」

宋昀然朝秦念蓉眨了下眼，兩人默契地保持安靜，讓秦恪總算說完了司空見慣的春節祝福。

一段影片拍好，宋昀然問：「再拍一次？」

秦恪接過手機看完，說：「挺好的，你直接傳給我吧。」

宋昀然沒有反對，畢竟他也認為自己的掌鏡無可挑剔。

影片傳出去後，他還特別點開微博，又欣賞了幾遍，越看越篤定，這絕對是所有明星的新春祝福裡拍得最好的一支。

點開留言再看，果然粉絲們也對這支影片給予了高度讚賞。

也有細心的粉絲透過背景裡的蛛絲馬跡，發現了一些不尋常的跡象。

『老公回家過年了？』

『這背後的壁紙……嗯，確認過了，肯定是在媽媽家，我家也有同款壁紙。』

『笑死，暗紋小碎花，媽媽們的最愛。』

不得不說，當代網友都擁有一雙堪比顯微鏡的眼睛。

宋昀然感到萬分佩服的同時，又不禁感到一絲慶幸，還好他剛才刻意避開了窗外的景色，否則粉絲們說不定能直接挖出阿姨家的地址。

他正滑著微博，忽然聽見秦恪問：「你剛才下樓去做什麼？」

宋昀然警惕地抬起頭，見秦念蓉已經走到陽臺去接電話，才小聲回道：「昨天不是說過嗎？我要準備紅包給阿姨啊。」

秦恪啞然失笑：「還真的打算給？」

等宋昀然一臉認真地點頭後，他無奈地拍拍對方的腦袋，感慨地低聲說：

「也太乖了，難怪能有那麼多媽粉。」

「注意你說話的態度。」宋昀然拍開他的手，「而且我勸你反省自己，學著像我一樣嘴甜一點，你看這兩天我把阿姨哄得多開心啊。」

秦愘挑了下眉：「嗯，小宋總厲害。」

「那是當然。」

宋昀然驕傲地冷哼一聲，完全忘記昨天要不是秦愘幫忙，他跟秦念蓉肯定還處在互相彆扭的尷尬裡，哪能像今天這樣相處融洽。

大年三十的晚上，家家戶戶都飄出了觀看春節晚會的聲音。

宋昀然一邊跟秦念蓉介紹登臺表演的藝人，一邊用微信跟親朋好友連絡感情，偶爾還要跟秦愘鬥一下嘴，一整晚過得熱鬧又充實。

十二點的鐘聲敲響之時，宋昀然準時傳送了新春祝福給遠在國外的父母，知道他們現在跟國內有時差，也沒等回覆，而是去次臥翻出他藏了一下午的紅包，「唰」地遞到秦念蓉面前。

「阿姨春節快樂！」

秦念蓉嚇了一跳。小宋總出手過於闊綽，那紅包掏出來跟一塊磚頭似的，剛才她沒仔細看，還以為宋昀然拿出了什麼隨身武器。

不過宋昀然萬萬沒想到的是，秦念蓉也拿出兩個大紅包，發給他和秦愘一人一個。

一番愉快的紅包交換活動過後，宋昀然的微信突然響個不停。

他點開一看，發現是星河的員工正在群組裡起鬨，集體標記他，跟他要壓歲錢。

宋昀然是個大方的好總裁，接連不斷發了幾十個紅包，再一抬頭，發現不知何時秦念蓉已經把秦愘叫去主臥，正語重心長地說著什麼。

大概是辭舊迎新之際，母子間要說點心裡話。

宋昀然意識到這是個好機會。他裝作若無其事的樣子洗完澡，趁那邊還在繼續母子談心，便悄悄溜回次臥，拿出了準備多時的圍巾。

秦恪隨時都會進來，成敗在此一舉。

宋昀然深吸一口氣，站在穿衣鏡前，開始緊急將自己打扮成一件珍貴的新年禮物。

他把圍巾兩端垂在胸前，回憶著蝴蝶結的繫法，試了一下卻發現不太順利。這跟平時繫領帶的手感完全不同。

蝴蝶結想要繫得漂亮，必須保證輪廓夠明顯，可他手上這條羊絨圍巾的質地柔軟蓬鬆，繫好後軟軟地塌下，彷彿綁了條巨型鞋帶似的，效果糟糕透頂。明明昨晚還覺得心意到了就好，此刻他又情不自禁地講究了起來。

宋昀然拆開圍巾從頭再來，這一次他繫得比上次更加小心，圍巾也像聽到他的心聲一般，逐漸呈現出蝴蝶結該有的輪廓。

只剩最後一個步驟就要大功告成。

冷靜，沉著，你可以的。

他暗自為自己加油鼓勁。

——喀噠。

一道突如其來的開門聲，打破了房內的寂靜。

宋昀然大驚，嚇得力道瞬間失控，正把圍巾往兩邊拉扯的雙手陡然用力，直接將圍巾拉到了最緊。

一股被命運扼住喉嚨的窒息感，強烈地壓迫住他的脖頸。

宋昀然驚慌失措，睜大眼睛張開嘴，發出一個響亮的單音：「嘔——」

推門而入的秦恪：「……」

他來不及細想這是在幹什麼，就一個箭步衝上去，果斷且迅速地幫忙把幾乎打成死結的圍巾拆開。

秦念蓉聽到動靜也聞聲趕來。

她剛踏進房門，就被眼前的場景嚇到：「我的天！」

「咳咳咳咳咳——」

圍巾鬆開的剎那，宋昀然咳出了即將撒手人寰的動靜。他跪坐在地板上狼狽地猛喘幾口新鮮空氣，終於得以自由呼吸的下一刻，頭腦卻陷入了當機狀態。

他的身體沒有窒息，但他的靈魂已經窒息了。

秦恪把圍巾扔到一邊，蹲下身來：「好點了沒？」

秦念蓉也湊上前，焦急地幫他拍背順氣。

「怎麼搞的，怎麼會被圍巾纏住？哎呀不行，我看還是打一一九吧！」

「……不、不用。」

宋昀然聲若蚊蠅，艱難地從喉嚨裡擠出點聲音，「沒事，我坐一下就好。」

秦念蓉仍不放心，還想再說什麼，卻看見秦恪對她使了個眼色，只好一步三回頭地退出了次臥。

秦恪過去把門反鎖，然後扶著宋昀然坐到床邊。

雖然還沒有想通具體原因，但憑藉這一年以來的相處，他隱約意識到此刻該幹什麼。

——別說話，等小宋總自己緩過來。

幾分鐘後，宋昀然終於動了。

他像個機器人一般，僵硬地鑽進被窩，把被子拉高蓋過了臉，悶悶的聲音從被窩裡傳來。

「不許說出去。」

「……好。」秦恪問，「不過你可以告訴我，剛才是在幹嘛嗎？」

宋昀然藏在被子裡面的臉羞得通紅，他緊緊抓住袖口，委屈道：「你還好意思問，還不都是你害的。」

要不是因為秦恪，他哪會淪落至此！

床墊一側忽然往下稍沉。

秦恪的聲音更近了些：「嗯，是我害的。」

他似乎在旁邊躺了下來，繼續猜測，「我不應該突然開門？」

「你也不該總跟我要禮物。」宋昀然說：「明知道我沒有準備，你還偏一直要，不然我也不會想把自己……」

宋昀然的聲音戛然而止。

把自己當禮物送給你……

之前還沒有意識到，現在說出來後，他終於遲鈍地發現這句話好像十分奇怪。可身旁的秦恪似乎已經意識到什麼，他撐起身，拉開被子，看著一臉驚恐的宋昀然。

「這就是你想送給我的禮物？」

「閉嘴！」宋昀然怒道，「現在爸爸不想送了！」

秦恪的唇邊揚起一抹輕淺的笑意，他撿起落在地上的圍巾，轉頭看向羞憤欲絕的宋昀然。

「別生氣，我教你，好嗎？」

宋昀然遲疑片刻，坐起來問：「你會？」

「總之試試看？」秦恪笑了笑，「把手伸出來。」

宋昀然半信半疑地伸出雙手，然後就看見秦恪用圍巾將他的兩隻手腕捆在了一起。

柔軟的布料貼著腕間的皮膚，帶來一陣陌生的觸感。

「……你、你等一下。」

宋昀然意識到大事不妙，他好像知道昨晚那篇文的圖片為什麼會被移除了！

秦恪欺身過來，吻住他不斷亂顫的睫毛：「爸爸害怕了？」

這種時候你叫什麼爸爸！

宋昀然氣得想罵人，可惜才剛張開嘴，就眼睜睜看著秦恪伸手按下了床頭的開關。

視野陷入一片昏暗之際，他的呼吸也隨之亂了一拍。

黑暗之中，秦恪溫柔地親吻著他的唇瓣，與此同時，骨節分明的手掌卻一點一點地往下滑。

宋昀然的腦袋一片空白。

這是一種格外陌生的感受，從來都是自己處理的小祕密，突然就被秦恪掌握了主導權，讓他一時不知該如何回應。皮膚的溫度越來越燙之時，他才倉促地抗議。

「你瘋了嗎？阿姨還在隔壁。」

秦恪咬住他的耳垂，呼出溫熱的氣息：「嗯，所以你小聲一點。」

提起春節，往日宋昀然最遺憾的，就是禁止燃放煙火跟鞭炮的規定，奪走了他對除夕夜最大的期待。

只是他從未想過，原來自己也可以像煙火一樣，在新舊交換的夜晚攀上高峰再盡數綻放。

束縛手腕的圍巾不知何時已經鬆開，但宋昀然仍然保持著之前的姿勢，環上秦恪的脖子，把他當作最後的救命稻草，同時也在他手裡潰不成軍。

宋昀然整個人都錯亂了。

分不清這到底是誰給誰的新年禮物，只覺得在唇齒交錯的細碎聲響裡，他們好像再也分不出彼此的距離，不斷有交融的凌亂呼吸響起，再被掌心溫度激起的小聲驚呼壓下去。

過了好一會兒，躁動的氣氛才慢慢有了平靜的跡象。

宋昀然眼尾發紅，累得一個字也說不出來。他的腦袋在秦恪的頸側蹭來蹭去，像隻吃飽了罐頭的小狗，滿足地纏著主人撒嬌。

「別蹭。」

秦恪偏過頭，聲音啞得能擦出火來，「現在還生氣嗎？」

宋昀然傻笑兩聲，一看就知道早就被哄好了。

秦恪有點無奈：「你倒是挺高興。」

說完就皺了下眉，緊抿的薄唇間溢出一絲壓抑的音調。

宋昀然：「……」

大意了，剛才他全程只顧享受服務，完全忘記幫秦恪解決問題！

「那、那我也幫你？」他眨了下眼睛，輕聲問。

秦恪猶豫了片刻，不是不想，而是不敢。因為無法保證宋昀然真幫忙解決的話，自己會不會控制不住多做點什麼。

想看他紅著眼睛哭，想聽他不成調地求饒。光是想一想，那種欺負小動物的隱祕快樂，都能讓他每一根神經都躍躍欲試地跳動起來。

但殘存的理智卻在提醒他，現在不行，無論時間還是地點都不適合用來放任本能。

秦恪低頭親他：「叫聲哥哥來聽。」

宋昀然不太明白，可還是抱著一股「這次是我不對」的心情，乖乖地喊：

「哥哥。」

太陽穴猛地跳了兩下。

秦恪笑了聲，伸長手臂從床頭摸到面紙，擦了擦手：「先讓你欠著。」

之後就下床打開窗戶換氣，站在門邊聽了一會兒外面的動靜，確認秦念蓉已經睡了才開門去洗手間。

宋昀然不懂這「欠著」到底意味著什麼。

他像隻舒服到失去警惕性的小動物，愉快地翻過身，心想網友提供的方法真不錯，哪怕中途出了點意外，結果卻超乎他預料的美好。

等兩人各自洗漱完，已經過了凌晨四點。

宋昀然今晚消耗太多能量，睏到不行，吹完頭髮再倒回床上，腦袋一碰到枕頭就迅速進入了夢鄉。

他的睡姿同樣不安分，仗著房間裡有暖氣，就迷迷糊糊地踹開被子，睡衣下襬還被他掀上去一角，露出一截白皙緊實的小腹。

秦恪坐在椅子上，等房間的味道散去了，才關上窗戶。

一回頭，看到睡得東倒西歪的宋昀然，靜默幾秒，上前彎下腰，輕輕捏起他的臉頰，宋昀然在睡夢中發出哼聲。

秦恪鬆手，替他蓋好被子，慢慢嘆了口氣：「連新年快樂都沒跟我說，這筆帳我記下了。」

◇

大年初三，秦恪的假期結束，兩人回到了燕市。

飛機延誤了兩小時，落地後已是深夜零點。

還沒走出空橋，兩人就自覺地戴上了帽子與口罩，等待行李的時間裡，也是低調地站在不起眼的角落。

即便如此，光憑優越的身形條件，也不時招來幾道打量的目光。

宋昀然傳了訊息給司機，悄聲說：「失策，不應該跟你同班飛機回來。」

去程的時候，X市機場滿是趕著回家過年的旅客，他們滿心想的都是和家人團聚，沒有過多留意擦肩而過的兩位高挑青年。

回程的時候就不一樣了，能在大年初三抵達機場的，有不少是趁假期出遊的乘客，沒那麼歸心似箭，自然就多出幾分精力去打量周圍的行人。

秦恪轉過身，替他擋住多餘的視線：「等一下如果被人認出來，你就先跑？」

「……」

宋昀然露在口罩外的眼裡寫滿無言，頓了頓才說：「傻了嗎？你才是藝人。」

真要有意外發生，說不定還要靠他掩護秦恪呢。

所幸直到他們抵達地下停車場，都沒有引起更多的懷疑。眼熟的蘋果綠跑車出現在視野中後，宋昀然不自覺地加快了步伐。

就在此時……

「你好，請問你是……宋昀然嗎？」

一個高中生模樣的女孩不知道從哪裡突然冒出來，看清他的眉眼後，激動得險些跳起來。

「啊啊啊真的是你！」

宋昀然大驚，連忙制止道：「噓，不要吵！」

那女孩倒也聽話，點頭說：「我能不能跟你合……」

剩下的話戛然而止，她似乎這才認出走在宋昀然旁邊的人不是助理也不是保鑣，而是新晉當紅男星秦恪，直接愣在了原地。

一秒過後，眼中的欣喜變成另一種更為微妙的愉快。

「哇喔——」女孩發出一聲奇怪的感慨。

宋昀然心中頓感不妙，想要拔腿就跑，又怕對方因此受到刺激，與他們展開追逐戰引起更大的騷動。

他硬著頭皮清清嗓子：「那個，私人行程，不方便拍照。」

女孩不知領悟到什麼，笑得如同春風拂面一般：「我懂的。」

不，妳最好別懂。

宋昀然一邊往司機的方向挪動一邊說：「答應我，這件事不要傳到微博上。」

「嗯嗯，聽你的。」女孩還挺聽話，怕他多心似的，解釋說：「你別緊張，我就是剛從外地旅遊回來，不是故意跟蹤你。」

宋昀然點點頭，身體卻不受控制地往秦恪身後躲了躲。

秦恪全程沒有說話，不著痕跡地隔開小宋總與女孩之間的距離，彷彿宋昀然才是那個需要重點保護的藝人一般。

所幸兼職保鑣的司機也看到了這邊的情況，及時下車趕過來。

女孩有些害怕身強體壯的司機，只好停在原地揮手：「那我不打擾你們啦，祝你們春節快樂！」

宋昀然鬆了口氣，上車後也朝她揮手告別。

「妳也春節快樂，回家注意安全，小妹妹。」

一場尷尬中帶著友好的交流即將結束，女孩忽然氣沉丹田，大喊道：「別亂喊，我不是小妹妹！」

宋昀然：「？」

女孩握緊雙拳：「我是你媽媽——！」

「……」

宋昀然麻木地繫好安全帶，等車開遠後再回頭，還看見他的「媽媽」仍站在原地，像個送別兒子的母親一般，渾身散發出母性的光輝。

車內陷入一片寂靜。

平時不苟言笑的司機肩膀微微顫抖，要不是考慮到行車安全，恐怕已經趴在方向盤上大笑一場了。

秦恪摘下口罩，掃他一眼：「不愧是你。」

「閉嘴！」

顏面掃地的小宋總鬱悶極了，他知道自己媽粉多，卻沒想到現實裡先後遇上兩個媽粉，都有秦恪作為見證人親眼目睹。

他忿忿不平地瞪了秦恪一眼，十分納悶，大家明明是同齡人，為什麼無論前世還是今生，吸引到的粉絲群體卻完全不一樣。

秦恪勾唇笑了笑，拿出手機傳訊息給陳靜。

宋昀然把腦袋湊過來看了一眼，贊同道：「是該跟經紀人說一聲。」

哪怕剛才那女孩沒有拍照，但誰也不能保證，之後她會不會把這件事爆料到網路上。

藝人和老闆同時在機場出現的事，以前圈子裡也發生過幾次，雖然說要如何解釋全看經紀公司的心情，但也要提防有心之人拿來做文章。

幾分鐘後，陳靜回覆訊息：『**……你帶小宋總回家過年了？**』

秦恪：『**嗯，臨時決定的，忘了提前跟妳說。**』

陳靜是知道一些內幕的人，猜測問：『**你真的跟他在一起了？**』

秦恪盯著螢幕，碰了下宋昀然的手臂，將手機遞給他看：「要告訴靜姊嗎？」

宋昀然想了想，說：「告訴她吧。」

星河沒有禁止藝人戀愛的規定，早點告訴經紀人也好。

等秦恪跟陳靜溝通的時候，宋昀然也沒閒著。

他想起那女孩看見秦恪時的微妙表情，懷疑這人不僅是自己的媽粉那麼簡單，那種溢於言表的快樂，簡直就差把「嗑暈了」三個字寫在臉上。

怕不是偽裝成媽粉的CP粉。

宋昀然用袖口擋住手機，悄悄登入微博的分身帳號。

出乎意料的是，無論他如何更改關鍵字去查，也沒有看到疑似的爆料。

宋昀然沒有放鬆警惕，接下來幾天也暗中關注著網路上的消息，直到一週過後，才終於確定，看來是他錯怪了那個女孩。

人家真的是個守口如瓶的好粉絲。

宋昀然總算放下心來，全心投入到新一年的工作之中。

至於秦恪……

他早在大年初五的清晨，出發前往新的劇組拍戲。這是一部他在錄製《假日慢遊》期間就已經定下的懸疑片。製片方看中他在《紅白喜事》裡的精湛演技，甚至跳過了試鏡的環節，直接欽定他為這部電影的男主角。

沒有男朋友朝夕相伴的日子，宋昀然忽然變得有些不適應，每天醒來的第一件事，就是打開手機數日曆。

因為再過半個月，就是華影獎頒獎典禮舉行的日子。

到了那時，秦恪會跟劇組請假回到燕市。雖然那肯定會是一段特別忙碌的行程，但宋昀然已經早早想好，他們肯定能抽出時間私下見上一面。

然而世事難料。

距離頒獎典禮還有三天的時候，一則貼文悄無聲息地出現在八卦論壇首頁。

『有人能幫我看看嗎？我親戚拍到的這個人，是不是宋昀然？』

貼文裡只有一張照片。

街邊的行道樹上掛著彩燈與燈籠，路旁店鋪外張貼的春聯也清晰可見，不用細想就能猜到，這多半是春節期間拍攝的一張照片。

照片上的街道分外冷清，路上只有三兩個人。

而樓主用圓框圈出的那個青年，身形頎長清瘦，儘管全身上下裹得密不透風，也莫名傳遞出幾分帥哥的感覺。

『就露了半張臉，這誰能認出來？』

『我對比了他在綜藝裡的上半張臉，好像輪廓真差不多。』

『等等，耳朵的形狀一模一樣啊！不過這是在哪裡拍到的？』

樓主回覆：『X市。』

面對這個偏遠的城市，網友們紛紛感覺被戲弄了。

誰不知道寧東太子是土生土長的燕市人，過年期間他哪怕外出旅遊，也肯定不會出現在X市一個普通社區外面吧。

必定是個烏龍而已，散了散了。

就在貼文快要沉到第二頁之時，一則回覆突然喚醒了大家的記憶力。

『X市？……這不是秦恪的老家嗎？』

◇

消息傳到宋昀然耳中時，他正在出席《南華傳》的開機儀式。

現場除了劇組成員以外，還有大批記者到場。

星河與鐘小峰合作的第一部網路劇《遇見你以後》月初剛播完，創下平均點擊率近兩億的佳績，口碑與話題度更是遙遙領先於同期其他網路劇，正是風頭正盛的時候。

因此各家媒體對雙方的第二次合作也抱有極高的期待。開機儀式後的採訪環節，作為出品人的宋昀然也受邀參加。

他藉此機會，把《南華傳》ＩＰ衍生計畫公之於眾，在現場響起的議論聲中得到了莫大的滿足。

誰能想到一年以前，星河還是大家避之不及的衰神娛樂呢？公司能夠發展到今天這步，多虧了我這個商業小天才。

可惜總裁界沒有頒發最佳新人獎的習慣，宋昀然遺憾地想，否則憑藉他優秀的表現，豈不是能順理成章地把獎盃抱回家？

他沉浸在想像中飄飄然的時候，有記者向鐘小峰提問：「這是您和星河的第二次合作了，有信心讓《南華傳》超越《遇見你以後》的成績嗎？」

鐘小峰如今已經是有代表作傍身的編劇，雖然不會再因為壓力過大而連夜買站票逃跑，但骨子裡的鹹魚本色卻絲毫未改。

面對記者期盼的目光，他撓撓頭說：「小宋總有信心的話，我就有信心。」

記者笑了：「看來您非常信任小宋總。」

「那是當然。」

鐘小峰轉頭，與宋昀然對上目光，「我能取得現在的成績，最該感謝的就是小宋總。」

宋昀然點頭：「我也這麼覺得。」

眾人：「……」

宋昀然挺起胸膛，怎麼了？他哪裡說錯了嗎？

他看向周圍苦苦忍笑的製作團隊和演員，忽然明白了。

也是，不能把功勞全攬到自己身上。

「不過主要還是你劇本寫得好。」宋昀然及時補充，「而且你不能只謝我，也要感謝用心呈現劇本的劇組和演員，還有把你推薦給我的秦恪。」

記者的好奇心被勾了起來，連忙詢問秦恪在這個故事裡的作用。

鐘小峰便把事情的原委講了一遍。

「原來還有這一段故事。」

又有一位記者舉手提問，「說到秦恪，小宋總介意聊一下您的『緋聞』嗎？」

話音未落，在場劇組成員紛紛為之一震。

小宋總竟然有緋聞，而且聽起來還跟秦恪有關。

這可比開機採訪有趣多了！

宋昀然則是愣了一下，他第一時間想起機場偶遇的那個媽粉，當即瞳孔地震，心想不是吧？妳就是這樣當媽的？

誰知道下一刻，記者就貼心解釋：「看來您還不知道，自己在X市社區被網友拍到了？」

宋昀然悄悄鬆了口氣。

原來不是媽粉爆料，是他錯怪了無辜的小妹妹。

但轉念一想，情況好像更糟糕了……

情急之下，宋昀然勉強穩住心神，回答：「只是這樣啊，我還以為真的有緋聞呢，嚇我一大跳。」

他發揮全身的演技，表面雲淡風輕地繼續說：「也沒什麼大不了，我就是過年去秦恪家玩了幾天，難道你沒去好朋友家裡玩過？」

可以，很好，穩住。

宋昀然暗自安慰自己，不要做賊心虛，你都和秦恪以朋友身分上過綜藝了，逢年過節拜訪一下有哪裡不對嗎？

記者原本抱著把新聞搞大的心態提問，結果反倒被宋昀然的坦然噎住了。

他握緊麥克風，不死心地再問：「星河那麼多藝人，您怎麼就只去秦恪家呢？」

宋昀然振振有詞：「當然是因為其他人沒有邀請我。」

「？」

周圍幾名星河的藝人集體無言，很想不通，近距離吃瓜吃到一半，一口黑鍋便從天而降，他們面面相覷，眼中流露出相同的困惑。

是我們錯了嗎？

可是……誰沒事過年會邀請老闆來家中做客啊？

就你秦恪最離譜。

採訪結束，等記者們全部離場，宋昀然就趕緊拿出手機更新資訊。

他盯著螢幕看了看，不免感到強烈的震驚。

居然想到用耳朵形狀來辨別真假。有此等技能還逛什麼娛樂論壇，早點加入偉大的人民保母行列不好嗎？

真是浪費天賦，令人惋惜不已。

「他們眼睛裡裝顯微鏡了吧，我自己都認不出來。」宋昀然誠懇地評價道。

陪同前來的唐助理沉默了一下，問：「您剛才怎麼承認了？」

宋昀然說：「誰知道網友手裡還有沒有其他消息，我要是厚著臉皮虛假澄清，最後萬一被人挖出來，豈不是很打臉？」

唐助理無法反駁，去X市的機票是他親自訂的。

可那時他以為小宋總不過是心血來潮，想去X市旅遊而已，哪能猜到居然真的是跑去跟秦恪歡度春節。

他迷茫地望向前方，劇組的工作人員正在挪走開機儀式用過的道具。

星河史上最大的投資專案即將正式開拍，經過多方協調，這處屬於寧東集團的仿古景點，更是為劇組提供了諸多幫助。

大家團結一心，片場欣欣向榮，可他卻在周遭歡欣鼓舞的氛圍中，迎來了職場道路上的難關。

身為總裁助理，他完全看不懂老闆在做什麼。

為何會是秦恪？為何又是秦恪？為何總是秦恪？

難道……

唐助理倒吸一口涼氣：「我就說這照片出現得蹊蹺！該不會是秦恪找人偷拍，再趁《南華傳》開機的時候放出來炒作吧，他好大的膽子！」

「……」宋昀然不高興了，「不准說他壞話！」

唐助理：「？」

宋昀然抿抿唇角，白皙的臉蛋被早春的暖陽晒得發紅。

他看了眼周圍忙碌的人群，把音量控制到最低，解釋道：「我主動去他家玩的，他沒有利用我。」

唐助理錯愕地盯著宋昀然，心中湧上一絲同情。

不知道秦恪暗地裡耍了什麼手段，竟讓小宋總被賣了還幫忙數錢。社畜又到了該跟宋總和白董打小報告的時候。

這個念頭剛在唐助理的腦海中浮現，他就聽見宋昀然又說了一句。

「你不要告訴別人，其實、其實我跟秦恪在談戀愛，他是我男朋友。」

唐助理整個人愣在原地。

四周隨時有人過來，宋昀然不敢長談，著急地威脅道：「反正你心裡清楚就行，暫時別讓我爸媽知道，不然我怕他們打我……不是，教訓我。敢說出去，你一輩子的年終獎金都沒了，記住了啊，沒問題吧？」

唐助理愣愣地想，這問題可太大了。

傳出去後，你全網最後十個女友粉恐怕會直接脫粉……算了那不重要，但憑什麼我一個助理，除了本職工作之外還要辛苦地幫老闆隱瞞戀情？

虧你還好意思拿年終獎金威脅我，難道不該給我一筆封口費？

真不愧是寧東集團的傻太子，單純得叫人憐愛。

唐助理肩膀一陣沉重，一股責任感油然而生：「您放心，我保證打死也不說出去！」

宋昀然不知唐助理在腦中如何設計自己，總之十分欣慰。

下午，趁著寧東主管旅遊的高層在場，他和唐助理一起跟對方開會，商量開發樺嶺村高級旅遊路線的合作細節。

等會議結束，時間已是晚上八點。

《南華傳》的取景地就在寧東旗下的仿古景區，景區附近就有標誌性建築的寧東大飯店，為拍攝期間的劇組成員提供下榻之處。

飯店很有眼力，得知今晚宋昀然不回燕城，便為他安排了位於頂樓的總統套房，以便彰顯他高貴的太子身分。

然而他們沒想到，太子一回房間，就做了件很不高貴的事。

他鎖好門，撲到義大利進口的真皮沙發上，用抱枕蒙住腦袋，遲來地抒發出心中驚嘆。

「我的天啊！怎麼會被拍到了！」

這聲感嘆宋昀然忍了好幾個小時，現在終於喊出來了，心臟也跟著怦怦亂跳。

因為原作的安排，宋昀然上輩子就是個緋聞絕緣體，全程一心一意為秦恪當工具人，所以他從來沒有體會過，原來被記者當面追問緋聞居然是如此刺激的體驗。

很怕被人看出問題，又怕撇清得過於乾淨，導致不在現場的某人心生罅隙。

宋昀然把臉埋在抱枕裡安靜許久，再抬起頭時，因為缺氧或其他不可言說的情緒影響，從耳朵到後頸紅了一大片。

他想，我今天的回答還算體面吧，既沒有否認事實，也保護了秦恪的名聲。

秦恪如果看見那段採訪，肯定會為此感動不已，從而對自己更加死心塌地，說不定過兩天回來，一個激動就又幫我……停下，不要胡思亂想，記住你是個正經的總裁。

宋昀然拍拍臉頰，盡量不去想除夕那晚的曖昧畫面。

他重新坐好，拉過一個抱枕抓在懷裡，傳訊息給秦恪：『**你看到今天的新聞沒？**』

幾分鐘後，那邊始終沒有回覆。

宋昀然撇撇嘴，猜到此時秦恪應該還沒收工，想了一下，決定還是上網看看他今天的澄清效果。

點開爆料的論壇，已經有新的衍生討論出現：『**報！宋昀然回應了！**』

貼文中放了一段兩分多鐘的採訪影片，時間不長，但提供的資訊量已足以蓋起高樓。

『**……好傢伙直接承認了？**』

『**誰懂，我早上還說同在一座城市不能說明什麼，結果是誰被打臉，原來是我自己。**』

『**我一直以爲他們在《假日慢遊》是學千軍萬馬吃CP紅利，沒想到私交眞有那麼好？**』

『**很難想像秦恪會主動邀請人去他家。**』

宋昀然滑動頁面，看到這裡時非常不解。

這有什麼難以想像的？

雖然春節這時機是特殊了點，但賀子遊也曾經到宋家過年，他看不出哪裡值得奇怪。

肯定是論壇路人對秦恪不夠了解。

宋昀然動動手指，切到微博的分身帳號，想從嗑暈粉那裡尋求答案。

即便做足了心理準備，但點開群組的時候，宋昀然還是被聊天記錄洗版的速度震驚了。

最新款的手機竟然卡了幾秒，他好不容易等手機恢復正常，才費力地看到了最新的訊息。

『**救命，我只想嗑糖不想要眞情實感的，你們不要逼我！**』

『**嗚嗚嗚我也是，我好怕我眞的好怕，不會眞的搞到眞的了吧。**』

宋昀然好著急，這是在說什麼繞口令呢。

能不能說點有用的？

彷彿聽到他的心聲一般，此時終於有人站出來，評價道：『**要是然然邀請秦恪去他家，我都只會當普通糖，但沒想到這回主動的人會是秦恪！**』

下面馬上有人回覆：『**姊妹，我懂妳意思，這麼一想就更好嗑了。**』

宋昀然：「……？」

不好意思，當事人並沒有懂。

在他看來，今天的澄清思路其實很簡單，就是明擺著告訴大家，我們關係很好，像朋友一樣可以邀請對方來家裡玩而已。這怎麼就變得更好嗑了？

一股強烈的挫敗感瞬間湧上心頭。

就很無言，他居然想不透CP粉的嗑糖邏輯。

宋昀然沉思片刻，最終決定還是化身女高中生，天真地問：『**爲什麼更好嗑呀？**』

剛才還滔滔不絕的CP粉們，不約而同沉默了幾秒。

螢幕上短暫的停滯，讓宋昀然內心一片荒蕪，他不明白，這句話有那麼難聊？

還好一位元老粉絲認出他來：『**小十一，妳是不是忙著高考，太久沒上網？**』

宋昀然面無表情：『**是的。**』

對方說：『**所以《假日慢遊》妳也沒看多少吧，難怪了，妳肯定對秦恪的性格不夠了解。**』

「……」

開什麼玩笑，竟敢說我不了解秦恪！

宋昀然捏緊拳頭，忍了又忍：『**那妳詳細說說？**』

『**秦恪其實滿冷淡的，妳試著代入學校的高嶺之花就明白了，他不是那種會熱情邀請朋友到家裡玩的性格。**』

『**而且從平時的採訪裡也能看出來，他很少會提到家人，也明確說過想保護媽媽，不會讓阿姨跟演藝圈的人和事扯上關係。**』

『**可然然是他的老闆啊，最接近演藝圈核心的人！秦恪卻願意帶他回去見家長！這未免太特殊待遇了吧！**』

『**啊我不行了，連打出這行字我的手都在抖，他好愛他。**』

長篇大論的分析，終於讓當事人恍然大悟。

對啊，他自己怎麼沒想到？

明明在X市的時候，秦念蓉就提到過，他是秦恪第一個帶回家的朋友，而且今天採訪時，看鐘小峰那滿臉羨慕的樣子，他就應該早點領悟到秦恪確實從來不帶人回家。

「……原來在他心裡，我居然這麼特別。」宋昀然驚訝於秦恪的深情，也驚訝於自己的遲鈍，「我好傻啊，居然還要靠外人分析，才能明白他有多愛我。」

他低下頭，向群組裡那位不知名軍師道謝，猶豫了一下，補充道：『**這也太好嗑了。**』

訊息剛傳出去，手機忽然響了起來。

宋昀然定睛一看，發現是秦恪打來的視訊，不由得緊張了一下，有種偷偷嗑糖被本人當場捉住的錯覺。

他心虛地搓了搓手，點開通話的下一秒，臉上的緊張就剎那消失不見。

取而代之的，是藏也藏不住的驚豔。

秦恪大概還沒拍完戲，身上仍舊穿著電影裡的戲服。筆挺的深色警服，完美襯托出他平直的寬肩，繫著領帶的白色襯衫領口抵在脖頸中間，顯得本就明顯的喉結比平時更加突出。

胸前的徽章閃爍出微光，讓宋昀然隔著螢幕都能感受到角色身上警界菁英的氣勢。秦恪氣質本就出眾，穿上這身警服後，似乎變得更加挺拔英俊。

這也太帥了吧。

宋昀然眨眨眼睛，恨不得鑽進手機裡，近距離看得更清楚些。

秦恪目光淡淡地望過來：『……爸爸，你矜持點。』

宋昀然哽了一下，所有制服誘惑的氣氛全被某個尊稱破壞了。

「你禮貌嗎？」他鼓了鼓腮幫子，控訴說：「我就看看而已，又沒動手，哪裡不矜持了？」

秦恪很淺地勾了下唇。

他今天早上四點就起床化妝，拍到深夜還沒結束，要不是片場的機器出了點問題需要臨時維修，恐怕都沒有機會坐下來喘口氣。

特別累，但男朋友剛才用直勾勾的眼神看著他，像隻傻掉的小狗似的，又讓他原本疲憊的頭腦感到一絲放鬆。

宋昀然現在才有心思分心打量手機那邊的環境。

「你一個人在保母車裡？」

『嗯，小柯去幫我買水了。』秦恪說：『只是中場休息，今晚大概要通宵。幸好你還沒睡，否則就要等到明天才能視訊了。』

宋昀然撇了下嘴角，懷疑秦恪又在藉機裝可憐。

前世他自己做演員的時候，也經歷過不少次通宵拍戲的情況，但他走到哪裡都是精力旺盛的人，如今回想起來並不覺得有多累。

怎麼今天一聽到秦恪要通宵，竟然就隱約心疼起來了呢？

換作以往，宋昀然肯定會擺出爸爸的架子，教訓說：「不要在那裡賣慘。你既然拿了片酬，拍戲辛苦點是應該的。」

可他一想到之前CP粉的分析，心臟就像被小貓的爪子摸過一般，不爭氣地軟了下來。

「怎麼剛開拍就通宵啊？製片組在幹嘛？就不怕把藝人身體拖垮嗎？」宋昀然不高興地嘟噥道：「過兩天你還要參加頒獎典禮呢，萬一生病了他們能負責？」

秦恪安靜了一下，覺得今晚的小宋總特別乖巧。

他輕聲笑了一下，問：『你這是……溜出門不小心被拍到，心中有愧，所以想裝個乖小孩？』

宋昀然的心軟額度直接宣布歸零。

他挑起單邊眉毛，怒道：「清醒點行嗎？我堂堂正正上街，有什麼好愧疚的！」

秦恪說：『那就是像小柯說的那樣，你在發表會上進行了無效澄清，所以現在不好意思了？』

「……」

宋昀然麻木了，雖然說他自己也覺得那番澄清一點作用都沒有，反而讓外界更加嗑生嗑死，但秦恪怎麼可以這樣對爸爸說話？

「我勸你不要置身事外。」他說：「小心大家的腦洞越開越大，最後變成『當紅男星為了資源，甘願接受潛規則』，到時候你還笑得出來？」

秦恪沉吟片刻：『好像也不錯。』

他眼底掠過一抹調侃的笑意，語氣誠懇。

『小宋總打算哪天潛規則我？』

宋昀然大驚：「瘋了吧？這種話也敢說，你知不知道潛規則是什麼意思啊？」

秦恪慢條斯理地抬起眼，用眼神示意，他無比確切地知道何謂潛規則。

或許是那身筆挺制服的效果加成，宋昀然被他看得臉頰發燙，腦海中甚至不受控制地出現秦恪穿著制服，跟他進行潛規則活動的限制級畫面。

冷靜，千萬冷靜。

宋昀然深吸一口氣，轉移話題：「對了，後天就要頒獎了，你準備好獲獎感言了嗎？」

秦恪回道：『這還用準備？』

宋昀然愣了愣，這才意識到秦恪確實不需要準備。

上輩子他拿過最佳新人獎了，這輩子再拿一次，不過就是把從前的獲獎感言再說一遍而已。

「可是，你上次拿獎的時候還不認識我。」宋昀然認真地提醒，「這次難道不打算感謝我嗎？我可是投了兩千萬呢。」

見他一臉委屈的可憐模樣，秦恪不忍心再騙他了，承認道：『放心，最佳新人獎的感謝名單，一定會有你的名字。』

宋昀然彎起嘴角：「這還差不多……咦？不對呀。」

他趴在沙發上，奇怪地歪歪腦袋，「你忘了嗎？還有最佳男主角呢。」

手機裡傳來了短促的敲門聲。

秦恪示意他稍等，轉身開門，從助理小柯手裡接過一瓶冰礦泉水，然後又關上門，坐回來喝了幾口。

前後大概只安靜了一分鐘而已，急性子的宋昀然卻已經等不及了，他以己度人，驚訝地猜測道：「不會吧你也忘了？這就有點過分了吧？」

他連連搖頭，恨鐵不成鋼地說：「孩子，爸爸對你很失望，就你這金魚腦的記憶，確定能記住臺詞嗎？」

秦恪無奈地放下水瓶，看著他的眼睛：『我沒忘。』

「？」

『只不過可能會讓你失望，我大概得不到獎。』

秦恪靠上椅背，坦然地繼續道：『從規則來說，評審通常不會把最佳新人和最佳男主角頒給同一個人。何況這次獎項的競爭很激烈，哪怕以我現在的水準，也很難贏過周青岩老師。』

周青岩就是前世斬獲本屆影帝頭銜的男演員。圈內赫赫有名的老戲骨，演了四十多年電影，國內外拿獎拿到手軟，任誰提起他，都會誇一句實至名歸。

宋昀然「啊」了一聲，他承認秦恪的分析很有道理，但還是忍不住惋惜。

「我都忘了這屆還有周老師，太可惜了，本來我還想著，你要是能一口氣拿到兩個獎，肯定能憑一部電影就封神了。」

剛才還信心滿滿的小動物，轉眼間情緒就低落下去。

秦恪放輕聲音，語氣溫和地說：『你別難過，我想要的只是演好戲而已。』

宋昀然搖頭：「這可能由不得你，畢竟你可是書裡的主角，按照原作的發展，將來你總有一天能走上神壇。」

秦恪：『走上神壇，然後呢？』

「然後……就大結局了啊。」宋昀然困惑地問，「你還想要什麼？」

『所以你看，那多無聊。』秦恪隔空指了指他，『倒不如做個普通人，像這樣跟你聊天更開心。』

宋昀然：「……」

宋昀然：「！」

這就是來自主角的愛嗎？

那他算不算是……把主角拉下神壇了啊？

嗯，真不錯，不愧是我。

第三章

週六傍晚，一年一度的華影節頒獎典禮，終於在萬眾期待中拉開了帷幕。

從舉辦典禮的燕城大劇院，到劇組臨時休息的飯店，短短一公里的道路兩旁，早已有無數粉絲和媒體在那裡等候，準備迎接即將登場的熠熠星光。

而主辦方分配給《紅白喜事》劇組的房間內，意外地被低氣壓層層環繞。

「秦恪還沒到嗎？」

主辦方工作人員臉上寫滿絕望，「我們已經將你們的紅毯入場順序往後調了幾組，再往後都快壓軸了，這肯定不合規矩。還有五分鐘，你們做好主演缺席的準備，到時候直接上吧。」

說完就急匆匆地關上房門離開了。

《紅白喜事》的導演默默喝光一杯茶，與製片人面面相覷。

眾所周知，《紅白喜事》是部低成本電影。

所謂低成本，就意味著項目籌備之初，他們不僅錢少，人也少。和其他人丁興旺的劇組相比，今天有空到場的幕後團隊成員也就他們兩位。即便去年一舉拿下三十億票房，但他們都來不及見過大世面。

這還是第一次受邀出席電影節頒獎典禮，心裡本就緊張，沒想到一個突發意外，更讓他們本就缺乏的抗壓性雪上加霜。

秦愘回程的航班，由於航空管制誤點了。

房間的電視正在直播其他劇組的紅毯儀式，導演和製片人雙眼無神地看向螢幕，心中五味雜陳。

別人的劇組全員到齊，再反觀他們……

製片人幽幽嘆了口氣：「看來只能我們兩個走紅毯了。」

導演沉痛地點了下頭。

國內影視行業發展這麼多年，特別少人出席紅毯的劇組不是沒有，但人家好歹有一兩個演員撐場面，哪像他們，就剩兩個相貌平凡的中年男人。

想想等一下走上紅毯的畫面，導演都能腦補出那將會是多麼無人在意的淒涼場景。

早知如此，就該不由分說地把劇組其他演員也抓幾個過來。大家都是十八線藝人，甚至是龍套演員也沒關係，至少看起來夠熱鬧啊。

想到這裡，導演不由得端起空空如也的茶杯，對空暢飲。

就在此時，輕快的門鈴聲響了起來。兩個愁苦的中年男人頓時雙眼放光，製片人一個箭步衝過去開門。

「你終於……」話音戛然而止。

宋昀然從門後露出腦袋：「嗨？」

「小宋總，你怎麼來了？」製片人意外地把他迎了進來。

宋昀然踏進房門，環視愁雲密布的房間，朗聲宣布。

「我來陪你們走紅毯，給你們撐場面啊。」

時間回到十分鐘前。

劇院觀眾席裡，宋昀然把入場票收起來，滿意地評價說：「不錯，正對舞臺，這個位置視野很好。」

「你小聲點，誰知道周圍有沒有你的媽粉。」一同前來的賀子遊接話道：「昀然，我真的太感動了，沒想到你願意捨棄貴賓席，坐在這裡陪我。」

宋昀然看他一眼：「你知道就好。」

作為《紅白喜事》的投資人，前幾天主辦方就徵詢過宋昀然的意見，問他想不想跟劇組一起走紅毯。

宋昀然才鬧出被偷拍的事件，正是想要低調行事的時候，想了想便拒絕了，只叫主辦方幫他安排一個貴賓席的位置，他想近距離看秦恪上臺拿獎。

結果今天早上，賀子遊就可憐兮兮地打來電話，說他被人放了鴿子，手裡多出一張觀眾票，想叫宋昀然陪他一起看頒獎典禮。

「我簡直犧牲太大了，知道嗎？」

宋昀然指向視野更好的嘉賓席區域，「你看那裡坐的全是娛樂公司的老闆，我明明可以在那裡跟他們談笑風生的，說不定等頒獎結束，就能談成一樁生意呢。」

話音剛落，秦恪的電話就打了過來。

宋昀然立刻警惕地觀察四周，見陸續進場的觀眾們還在尋找座位，這才點開手機，小聲開口：「喂？」

秦恪語速很快：『爸爸，幫我個忙。』

「……」

無事獻殷勤，非奸即盜。

宋昀然輕哼一聲，端著爸爸的架子：「說吧，在外面做什麼壞事啦？」

賀子遊鄙夷地看他一眼，宋昀然做了個鬼臉還回去。

緊接著，他就聽見秦恪在電話那頭說因為航班誤點，他才剛出機場，但《紅白喜事》劇組馬上就要走紅毯，自己肯定趕不上。

「啊，就這件事啊？讓他們自己走不就好了嗎？」宋昀然無法理解，「演員因為意外趕不上紅毯的事又不是第一次發生，不要緊吧。」

而且他今天既沒穿正裝，又沒做造型。很愛面子的小宋總皺皺眉，不想以非常隨便的形象出現在公眾面前。

秦恪那邊的背景音忽然淡了下去，像是換到了一個安靜的角落。

他解釋道：『別人或許不要緊，但換作他們兩個，可能會出點問題。』

接下來的兩分鐘，宋昀然聽著手機裡的聲音，感到十分無言。

原來前一世的時候，《紅白喜事》的導演和製片人第一次走紅毯，上場時緊張過度，大腦一片空白。要不是當時有秦恪在旁邊提醒，他們恐怕會鬧出不少烏龍，淪為業界笑柄。

宋昀然驚訝極了，因為上輩子他看過這個劇組走紅毯的情形，當初只覺得導演和製片人言行十分僵硬，根本沒想到他們兩個如此誇張。

不過想想《紅白喜事》試映時，坐在他身邊的導演那副緊張到失了魂的模樣，倒也不是沒有這種可能。

部分業界的幕後人員都有點這種小毛病，離開自己擅長的領域就會很不自在，特別是到了人多的場合，就會像突發性恐懼症一般，完全失去對身體的主控權。

一邊是幫他賺錢的製作團隊，另一邊是他在意的個人形象。

宋昀然在天秤兩端遊走片刻，想了想說：「想要我幫忙也不是不行，但你先求我一聲來聽聽。」

賀子遊在旁邊聽不下去了，吐槽道：「你有事嗎？尾巴都快翹到天上去了，還在那裡演霸道總裁給誰看？」

「閉嘴！」

宋昀然氣急敗壞地踹他一腳。

兩人打鬧的動靜傳到手機那邊，換來秦恪的一聲輕笑。短促的氣聲透過手機傳進他的耳中，像輕飄飄的羽毛刮過耳廓，帶來微微酥麻的感受。

緊接著，在宋昀然還沒做好準備的時候。

『求你了，爸爸。』

低而慵懶的嗓音猝不及防地響起，彷彿夜半無人時的性感呢喃一般，把他的意識瞬間拖入了旖旎無邊的陷阱裡。

宋昀然腦子裡「嗡」的一聲，被比想像中更有殺傷力的語氣，炸出了無數個煙火。

他愣愣地顫了顫睫毛，倉促低頭看向腳尖，低聲回答道：「……喔，好。」

起身之時，臉紅得像隻蒸熟的螃蟹。

◇

黑色轎車緩緩駛向紅毯，大劇院已經近在眼前。

宋昀然往後梳了下額髮，發現此刻的心情已經恢復了平靜。

很奇怪，從飯店出發的時候，他還以為自己「故地重遊」，肯定會有諸多感慨。

比如上輩子的今天，我是以演員的身分走上紅毯；比如想到當晚捧起最佳新人獎盃的人是秦恪，肯定又要為卑微的工具人身分流下兩行熱淚。

可等到這一刻真的來臨時，宋昀然才發現，那些曾經讓他困擾不已的原作劇情，好像在不知不覺間都化作了無關輕重的背景設定。

此時此刻，他心裡想的全是，一定要完美地完成秦恪交給他的任務。

「馬上要下車了，你們快擦擦臉上的汗水。」宋昀然抽出幾張紙巾，遞給已經開始不安的導演和製片人，「打起精神來，不是誰都有機會跟投資人一起走紅毯的，這是你們的榮幸。」

不說還好，說完之後這兩個人雙腿顫抖的頻率更高了。

宋昀然抿了下脣，心想當初的秦恪真不容易，明明自己也是個初出茅廬的新人演員，還要費心照顧這兩個不可靠的大齡兒童。

車門打開時，閃光燈和尖叫聲同時翻湧而來。

宋昀然長腿往外一跨，穩穩踩在地面後，才俐落地將身體探出車外。他挺直脊背，脣邊妝點恰到好處的笑容，一回頭，笑容僵在臉上。

導演和製片人居然同時從前後排下車，兩人都只顧著低頭往外鑽，可想而知，兩顆腦袋狠狠地撞在一起。

幸好有他擋在車門外，這尷尬的一幕並沒有被鏡頭捕捉到。

等他們總算下了車，宋昀然主動站到最右，把正中間的位置讓給導演。

三人踏上紅毯，盡頭的主持人也開始按照臺本介紹。

「下面向我們走來的是《紅白喜事》劇組，他們在本屆華影獎總共入圍了最佳新人、最佳男主角和最佳電影三個獎項……」

「咦——？」

一片整齊的詫異聲響，稍稍蓋過了主持人的聲音。

宋昀然側過臉，看向欄杆外的粉絲區域。

一群年輕女孩拿著秦恪的手幅，看了看他，又往後看了看已經開走的轎車。

我那麼帥的老公去哪裡了？

大家齊刷刷地將視線又轉了回來。

周圍太過嘈雜，宋昀然沒辦法向她們解釋，只能彎起眼笑了一下，想藉此達到安撫的目的。

偏偏就在此時，附近的閃光燈快速閃爍幾下，耀眼的光芒盡數落進他的眼中，剎那間，漫天星河都像藏進了他那雙清澈的眼睛。

原本有些失望的人群忽然騷動起來。

「啊啊啊啊，太可愛了！」

「宋昀然！媽媽愛你！」

「秦恪的女朋友也愛你——！」

亂七八糟的稱呼讓宋昀然嘴角一抽，他斂起笑容，冷酷地扭過頭，目不斜視地走完了剩下的紅毯。

主持人面帶笑容，繼續說：「以及我們要向現場和螢幕前的觀眾朋友們解釋一句，《紅白喜事》

的主演秦恪由於交通因素，暫時無法到達現場。不過我們很榮幸邀請到了《紅白喜事》的出品人宋昀然先生……」

宋昀然放慢腳步，正準備向主持人頷首示意，視線餘光就看見導演已經同手同腳地走過了採訪區域。

他內心瘋狂吐槽，表面波瀾不驚地把人拽回來，又把傻站在原地的製片人拉到主持人身邊，然後才若無其事地接過主持人遞來的麥克風。

主持人看他一眼，用眼神表達對他及時救場的感謝，然後才問：「幾位對今天拿獎有信心嗎？」

導演和製片人異口同聲：「不太有。」

主持人：「……」

宋昀然心好累，對秦恪的同情心瘋狂飆升。

他拿起麥克風，試圖挽回一點面子，「他們開玩笑呢。其實電影還沒上映的時候，我們對票房和獎項就抱有很大的信心了。」

「喔？不愧是永遠自信滿滿的宋總。」

主持人善意地調侃道：「您說的獎項，包括今晚的最佳男主角在內嗎？」

……倒也沒那麼自信。

宋昀然下意識想這麼回答，可是話到了嘴邊，他卻忽然想起前兩天視訊的時候，秦恪輕描淡寫地跟他分析獲獎情勢的神情。

在秦恪看來，他拿到最佳男主角的可能性小得幾乎忽略不計，這不僅是出自他對命運的了解，也同樣出自他理性的判斷。

但那樣的分析，太過冷靜，也太過謹慎。

宋昀然握緊麥克風，腦海中浮現出另一種答案。

秦愘明明是那麼淡漠的性格，卻親口說比起所謂封神的虛名，他只想簡簡單單地跟自己在一起，對於秦愘而言，那未嘗不是一種獨屬於他的瘋狂。

他真的好喜歡我。

既然如此……

宋昀然想，我替他張揚一回，把最好的祝福送給他，應該也是在回饋他的愛意吧。

「對，包括最佳男主角。我知道這次入圍的演員都很強，但……」

宋昀然看著攝影機的方向，語氣驕傲，「但是我相信秦愘才是最強的！」

宋昀然想得很簡單，他就是純粹地送上一份祝福，好讓秦愘知道，哪怕結局早已注定，但爸爸永遠是你最堅強的後盾。

他向來是想到什麼就說什麼，殊不知麥克風還沒放下，直播彈幕已經炸掉了。

『有些偏愛大可不必這麼明目張膽哈。』

『我一個人看直播還要看小情侶秀恩愛，這到底是什麼人間疾苦。』

『多誇幾句，我們CP粉就愛聽這個。』

娛樂論壇裡，也有人因為他這句話，開始正經地討論秦愘能不能一躍成為今晚的最大贏家。

這種容易引戰的話題，很快就成為所有人討論的焦點。

有說宋昀然盲目捧殺的，有說《紅白喜事》不自量力的，還有說宋昀然因愛沖昏頭腦，失去理智的。

最後一個說法很快就被CP粉點讚成了熱門留言，讓發言的當事人不得不在留言區裡惱羞成怒：

『你們嗑暈粉是不是有病！我罵宋昀然是個智障你們也能嗑？』

場面一片混亂之際，頁面上終於出現了一個理性發言。

『根據影評人的綜合意見，入圍的五位演員裡面，大家都很看好秦恪或者周青岩。』

『他們確實是入圍名單裡，對角色塑造掌握得最精準的兩個人。』

『但《紅白喜事》是部喜劇片，編劇擅長玩的是冷幽默，這類題材在喜歡追求深度的評審那裡向來不討好。』

『綜上所述，還是拍現實題材的周青岩拿獎的希望更大。』

有理有據的說法得到了大多數人的支持。

能夠入圍影帝角逐的人，演技自然都很精湛。但最終想要拿到獎盃，往往不能光依靠演員自身的努力，題材、剪輯甚至評審喜好，都會成為影響結果的元素。

秦恪首部處女作能夠斬獲三十億票房，已經屬於天降紫微星等級的成功，就算這次拿不到最佳男主角也是雖敗猶榮。

眼看討論朝著理性的方向偏去時，原作者忽然筆鋒一轉：**『這點道理我們普通觀眾都明白，宋昀然身為圈內人肯定也很清楚。所以大家不要把他的話當真，人家只是情人眼裡出西施罷了。』**

網友：『……』

鋪墊那麼多，結果你是在嗑糖！

你們嗑暈粉的心思，真是深不可測。

◇

燕城大劇院內，宋昀然把兩個大齡兒童帶到了座位上。

他狠狠地鬆了口氣，這趟艱難的護送旅途總算結束了。真的很不願再回想，剛才進劇院時，這兩人還差點在樓梯上摔了一跤。

跟周圍的人寒暄幾句，宋昀然就回到了觀眾席，傳訊息給秦恪：『**搞定啦！**』

秦恪：『**嗯，我看到直播了，謝謝。**』

宋昀然：「？」

就這樣？你難道沒意識到，應該誇誇屢次力挽狂瀾的爸爸嗎？

就在他悶悶不樂的時候，秦恪的下一則訊息躍上螢幕：『**不愧是小宋總，任何棘手的場面都難不倒你。**』

宋昀然盯著螢幕，片刻過後，嘴角不受控制地揚了起來：『**好好坐你的車，少在那裡拍馬屁！**』

他心滿意足地收起手機，一轉頭，對上賀子遊欲言又止的目光。

宋昀然警惕道：「……幹什麼？」

賀子遊深吸一口氣，才說：「你看起來，好像那種圓滿完成任務然後被主人表揚了的小狗。」

「……滾！」宋昀然怒道，「你罵誰是狗呢，我可是他爸爸。」

「你說是就是吧。」

賀子遊聳聳肩，用肢體語言表達一些鄙視。

宋昀然還想再說什麼，穹頂的燈光在此時暗了下來，隨著恢弘的交響樂響起，絢爛的舞臺徐徐拉開了帷幕。

宋昀然上輩子參加過這場頒獎典禮，對歌舞節目依稀還留有印象。

他沒太關注臺上在表演什麼，時不時把目光投向劇組嘉賓席，十幾分鐘後，總算看見秦恪的身影出現在《紅白喜事》空缺的座位上。。

終於趕上了。

宋昀然鬆了口氣，盯著遠處那瘦削挺拔的背影看了一陣子，才慢慢收回目光，關注頒獎典禮的情況。

又過了一會兒，兩位頒獎嘉賓走上臺，宣布道：「接下來該頒發本屆的最佳新人獎了。」

大螢幕依次播放著入圍演員的表演片段。

輪到《紅白喜事時》時，主辦方給出的片段，是秦恪在電影裡因為一連串的烏龍導致心態崩潰的情節。

即使早就看過一遍，現場觀眾看到這裡時，仍然發出了哄堂大笑。

VCR播放完，幾部攝影機立刻對準五位候選人。

秦恪淡淡地抬起眼，臉上完全看不出舟車勞頓的疲憊，只是脣角微勾地看向鏡頭，眼神平靜中帶著篤定。

分明是同一張英俊的臉，卻是和電影裡截然相反的氣質。

間隔極短的前後反差，讓賀子遊愣了一下，悄聲感慨：「這麼一對比，他真的好會演。如果不是親眼看到的話，我不相信秦恪能演出這麼貪財又搞笑的角色。」

「他就是這麼厲害。」

宋昀然與有榮焉地回道，心想這還不是最厲害的。

世界上只有他和秦恪知道，這個角色秦恪已經演繹過兩次，明明是一模一樣的劇情和臺詞，他甚至能表現出比之前更加豐富的理解。
演好一個角色並不難。
難的是第二次演繹的時候，還能在極其優秀的前提下，展現更加精湛的突破。
為懸念留足時間後，兩位嘉賓一同拆開了裝著結果的信封。
雖然早就知道答案，宋昀然還是情不自禁地緊張起來。他睜大眼睛，身體稍往前傾，不想錯過接下來的每一個細節。
女嘉賓看向臺下，微笑著公布：「讓我們恭喜……秦恪。」
雷鳴般的掌聲剎時響遍全場。
秦恪在無數道目光的注視下，站起身扣好西裝鈕釦，站到聚光燈的中央，接過了屬於他的第二座最佳新人獎。
宋昀然拍得掌心都紅了，還是賀子遊看不下去，提醒他差不多可以停了，他才放下手，和大家一起聽秦恪的獲獎感言。
大螢幕清晰地投射出秦恪英俊的面容，他笑了笑，把麥克風支架抬高了些，淡聲發表獲獎感言。
和前世一樣，感謝評審、感謝劇組成員、感謝每一位支持過電影的觀眾。
然後，他停頓兩秒，目光緩慢地游走在嘉賓席之間……
直播導播彷彿猜到秦恪在尋找的目標，也在此時將鏡頭將對準嘉賓席，卻只拍到貼著宋昀然名字的座位上空無一人。
彈幕集體陷入一片迷茫。
『**……人呢？**』

『笑死，秦恪的心理陰影面積該有多大，我拿獎了，但老闆並不在意甚至提前離場。』

場內，宋昀然一拍腦袋：「糟糕，忘記提醒他我換到觀眾席了！」

怎麼會犯下這樣的錯誤！

他後悔得要死，恨不得站起來朝舞臺揮手。

千鈞一髮之際，一道嘹亮的聲音在劇院裡響起。

「看這裡！你們小宋總在這裡！」

不知何時已經認出宋昀然的觀眾，手舞足蹈地指向自己前面那排。不得不說，這位熱心觀眾嗓門還挺宏亮的。

一瞬間，不僅是臺上的秦恪，就連嘉賓席的各位藝人和業內人士都一同扭過頭來。

宋昀然猝不及防地在大螢幕上看到了自己一臉驚恐的表情。

他完全不知道自己是什麼時候暴露了身分，想要轉頭去看揭發他的熱心觀眾，又怕動作做得太過明顯，會讓他的心虛表露無遺。

「謝謝這位觀眾。」

秦恪笑了一下，目光穿越重重人群，看向光線昏暗的觀眾席間那個模糊的身影。

「嗯，這次能拿獎，更要鄭重地感謝宋總，謝謝你雪中送炭，才讓我今天能夠站在這裡。」

頒獎嘉賓是個經常上網的人，聞聲調侃道：「欸，可我看你們公司其他藝人，都叫他小宋總呀。」

秦恪挑眉：「別這樣說，給我們宋總留點面子。」

宋昀然麻木了。

賀子遊在旁邊笑瘋了。

第三章

還好秦恪理智尚存，在此時鞠躬下臺。否則數以萬計的網友，恐怕會發現之前還在紅毯上放狠話的宋昀然已經握緊拳頭，對著空氣惱羞成怒。

因為這個意外，宋昀然半天沒回過神來。他覺得自己被秦恪調戲了，而且還是在大庭廣眾面前。

思及於此，宋昀然萬分震驚。

這也太大膽了吧，也不怕被人看出些什麼端倪！光是一個最佳新人獎就讓秦恪如此放肆，要是換作最佳男主角……

宋昀然神經一顫，突然開始慌張。

他忐忑不安地盯著舞臺，在度日如年的焦慮之中，終於迎來當晚最有分量的獎項之一。

眼看又有兩位頒獎嘉賓緩緩上臺，他幾乎快不能呼吸了。

賀子遊看他一眼：「……有句話，我不知道該不該說。」

宋昀然：「啊？」

「他今晚應該當不了影帝。」賀子遊說：「你不要緊張成這樣，面對現實放輕鬆，好嗎？」

考慮到周圍已經有人認出自己，宋昀然只好湊過去，小聲說：「我現在希望他別拿獎。」

賀子遊：「？」

宋昀然緊張極了：「你不知道演藝圈有拿到影帝就當場出櫃的優良傳統嗎？我還沒做好準備呢！」

「……」賀子遊沉默片刻，艱難開口，「是我淺薄了。」

宋昀然贊同地點頭，心想他早該明白，秦恪就是一個傻乎乎的戀愛腦。

說不定在趕來劇院的途中，就被自己在紅毯上送出的祝福感動得智商離家出走，直接含淚發誓，今晚要是拿到影帝，就必須出櫃出個痛快。

一想到這裡，宋昀然簡直無法呼吸。

他完全失去了一個霸總該有的表情管理，焦躁不安地盯著嘉賓手裡的動作，腦中已經想好萬一劇情改變，那麼今晚他該用什麼樣子上熱搜會比較體面。

然而，當嘉賓念出「周青岩」三個字的下一秒……

一股前所未有的失落，席捲了他所有的思緒。

宋昀然睫毛微顫，目光下意識地在人群中尋找秦恪的身影。

他看見秦恪微笑著為今晚的最大贏家鼓掌，內心深處的委屈一陣陣漫上來，讓他的眼尾也低落地垂了下去。

是啊，其他人不知道，秦恪兩次挑戰同一個角色，表現得究竟有多好。

所以命運並沒有因此偏愛他。

意識到這一點後，宋昀然緩慢地低下腦袋，躲開賀子遊打量的眼神，用手背揉了揉泛酸的鼻尖。

口袋裡的手機，忽然震了一下。

宋昀然點開微信，看見對話框裡出現秦恪幾秒之前傳來的訊息：『**別難過。**』

「……」

請問你哪隻眼睛看見我難過了？宋昀然暗自腹誹，你後腦杓上裝眼睛了嗎？

他抿抿嘴角，回覆道：『**好鬱悶啊，原來我的祝福沒有生效。**』

手機又是一震。

下一則訊息隨之而來。

秦恪：『誰說的。或許它只是要多醞釀一年，等到明年的今天再生效？』

明年嗎？

宋昀然思考了一會兒，覺得這也不算遙遠。

他重新振作起來，打字說：『**那就約好了，明年！**』

緊接著，他又追加一條囑咐，『**不過出櫃的話，還是要提前跟我說一聲哈。**』

秦恪：『**……？**』

宋昀然把螢幕轉向賀子遊，小聲說：「你看看他，被我揭穿心事還裝傻，肯定是害羞了。」

賀子遊被迫看完聊天記錄，心中猶如萬馬奔騰，每一隻馬蹄下飛濺而起的都是同一個字。

靠。

自己的兒時玩伴該不會是外星人吧？

他的思考模式好奇怪啊，為什麼跟我們地球人不一樣？

「從頭到尾只有你在腦補出櫃。」

哪怕從小就見多了宋昀然的神奇思維，賀子遊依舊忍不住捏著嗓子，模仿粉絲的語氣。

「不要憑空汙蔑我們秦恪哥哥的清白。」

做作的語氣聽得宋昀然頭皮發麻，他搓搓手臂泛起的雞皮疙瘩，解釋說：「你不要不相信我的猜測。秦恪只是看起來思想成熟而已，其實私底下特別傻，我又當男朋友又當爹，真的為他操碎了心。」

賀子遊不受控制地翻了個白眼。

如果他有罪，法律會懲罰他，而不是聽智障朋友在這裡秀恩愛。

偏偏宋昀然本人並沒有意識到這一點。他憂心忡忡地看了眼遠處的秦恪，可惜對方始終沒有回頭看觀眾席，光看後腦杓根本分辨不出秦恪此時的心情。

但看聊天記錄裡的語氣，他應該把職場失意的男朋友哄好了吧。

我真棒，宋昀然在心裡為自己貼上了十朵小紅花。

然而這一幕看在賀子遊眼裡，卻是小宋總眼巴巴地遙望男朋友，像隻遲遲得不到主人回應的小狗。

賀子遊靜了片刻，說：「別看了。等一下不是有後臺採訪還有慶功宴嗎？你既然是投資人，可以順理成章地跟去參加吧？」

宋昀然倒是想去，但他還有更重要的事需要完成。

「不行，等一下我要去應酬。」他說：「有家經紀公司的人約我見面，說是想跟星河談合作。」

賀子遊不置可否地「喔」了一聲。

宋昀然又問：「正好，你要不要一起來？省得以後賀叔叔又拿我當榜樣教訓你，不如今天就讓你學學，怎樣做一個運籌帷幄的總裁。」

賀子遊果斷拒絕：「不去，我的理想就是做個混吃等死的富二代。」

他停頓一拍，調侃道：「我又不像有些人，兢兢業業當總裁，就是為了泡男明星。」

被兒時玩伴意有所指地諷刺了，宋昀然惱羞成怒。他狠狠踩了賀子遊一腳，在對方發出慘叫的時候，握緊了拳頭。

什麼泡男明星……說得他像個惡劣的總裁似的……認真談戀愛能叫泡嗎？

但是……雖然賀子遊肯定只是在開玩笑，可是等到以後大家漸漸發現他們的關係確實非同一般，會不會真的這麼認為？

就像圈內很多藝人和他們背後的金主那樣，認為他跟秦恪之間也是一筆骯髒的交易？

宋昀然皺緊眉頭想了想。

看來，這櫃遲早得出。不過出櫃的時間和方式需要好好規劃。

宋昀然立即認真地思考起來，可惜直到頒獎儀式結束，也沒有想到好方法。

他無奈地跟賀子遊道別，出門上車，前往今晚的飯局。

◇

三分鐘後，車輛在距離大劇院不到兩公里的一家私房菜館停下。

宋昀然無言地揉揉眉心，沒想到目的地居然這麼近。

他沒有急著下車，而是傳了則訊息給正在跟他聊天的男朋友：『**我到了，先不聊了，你去忙吧，晚上我們飯店見。**』

秦恪回道：『**嗯，注意安全。**』

宋昀然看著螢幕笑了笑。

這有什麼好注意安全的？他出來跟人吃頓飯、聊合作而已，難道餐廳裡會埋伏著豺狼虎豹嗎？

不過吐槽歸吐槽，他還是乖乖回了個「好」，才收起手機下車。

今晚約他吃飯的人姓徐，是家小經紀公司的藝人總監，捧出過最紅的藝人是一位三線電視劇演員。

本來收到邀約時，唐助理是想拒絕的。

現在的星河可是業界冉冉升起的新星，哪裡來的貨色也想約他們小宋總吃飯，也不看自己配不配。

但宋昀然卻不贊同唐助理的想法。

畢竟去年的星河也是家小公司，他經歷過四處求合作無門的窘迫，推己及人地覺得至少給人家一個面談的機會。何況接下來星河還要投資幾部影視劇，也確實需要從外面找演員。

徐總監為表誠意，包下了這家私房菜館。

宋昀然一進門，就有服務生過來帶路，帶他穿過店內曲折的迴廊，抵達位於庭院最裡的大包廂。包廂門簾掀開，宋昀然走進去，意外地發現裡面居然坐了三個人。

為首的身材發福的中年男人，必定就是徐總監。在場的另外一男一女長得都挺漂亮，應該是他們公司的藝人。

宋昀然腳步一頓，沒想到對方直接把藝人帶來了，但他沒有多想，禮貌地朝三人打過招呼，坐到圓桌的主位。

徐總監大概平時疏於鍛煉，笑起來時臉上的肉把眼睛擠成一條縫。

「宋總願意大駕光臨，真是我們的榮幸啊。」

「別這麼說。」宋昀然有些不好意思。

徐總監搖頭：「宋總不用謙虛，您的藝人今晚剛拿了獎，您還願意抽空來見我們，我們心裡的確特別感激。」

說著，他像剛想起來似的，把服務生叫過來，「去看看紅酒醒好了沒。」

宋昀然聽這架勢，應該是要喝酒為他慶祝。

果然等服務生端來紅酒後，徐總監就使了個眼色，讓那位年輕的女藝人為宋昀然倒酒。

「不好意思，我不喝酒。」宋昀然擺手拒絕了，指了指桌上的茶杯，「我喝茶就好，你們都輕鬆點吧，反正今天只是見面認識一下。」

他都這麼說了，徐總監只好悻悻作罷。

這家私房菜館的味道不合宋昀然的胃口。他隨便吃了幾口，就放下筷子，聽徐總監介紹今天帶來的兩位藝人。

那個容貌秀麗、氣質文雅的女孩今年才十九歲，是舞蹈學院的一名學生，前不久剛簽進他們公司；另外那個眉眼精緻得像洋娃娃一樣的男孩，則是公司培養的唱跳偶像，只不過參加過兩次選秀都沒出道，最近打算轉往影視方面發展。

宋昀然對這兩人的名字都沒有印象，說明前世他們都沒混出名堂。

但他深諳工具人的悲慘命運原理，並沒有因此就對兩人掉以輕心，而是仔細打量過他們的模樣才做出判斷。

不太行，好看是好看，但完全沒有辨識度。更沒有像秦恪那樣，一個眼神望過來就充滿了讓人著迷的故事感。

簡單來說，都不適合做演員。

徐總監不知道宋昀然心中已經有了判斷，還在試探道：「聽說星河打算投資呂靜宜導演的下一部電影？」

宋昀然點頭：「是有這麼一回事。」

這是他在錄製《假日慢游》後期時，跟同為嘉賓的呂導商量好的事，也是樺嶺村旅遊開發計畫中的一環，消息雖然還沒對外公布，但圈內差不多已經傳開了，也沒什麼可隱瞞的。

但他話鋒一轉，委婉地說：「不過這部電影的投資方不止星河，而且呂導用人的要求也很高。」

言下之意，就是電影選角他不能全權做主。

徐總監會意地笑了一下：「這我們當然知道，只是閒聊罷了。不過宋總您看，他們兩個既年輕形象又好，還特別懂事，如果能有一個在網路劇裡露臉的機會……」

喔，原來目的在這裡！

宋昀然恍然大悟，發現徐總監說話還真有幾分技巧，先拋出呂導的電影虛晃一招，等被拒絕之後再提出在網路劇裡露臉，對比之下，頓時顯得他們並非好高騖遠之輩。

再加上之前的拒絕，就會讓人感覺若是再三拒絕合作，會顯得太過無情。

宋昀然學到了，但他不為所動。

星河確實有投資幾部網路劇的想法，塞兩個配角進去也在他的能力範圍之內，可他是想認真做總裁的，這種既不符合要求又沒有過往交情的藝人，他實在沒理由為人家破例。

不過直接拒絕的話，好像太不留情面了。

宋昀然端起茶杯，還沒想好如何接話，就聽見徐總監說：「曼曼，愣著幹什麼？沒看見宋總的杯子空了，快過去倒茶。」

被叫做曼曼的女孩連忙站起來，拎起茶壺走到宋昀然這邊，甜甜地笑了一下：「宋總。」聲音嬌軟悅耳，像清晨停在窗外的黃鸝鳥，一般人聽見都會酥了骨頭。

不巧的是，宋昀然不是一般人。

他把茶杯遞過去，語氣誠懇：「謝謝。」

曼曼愣了一下，臉上笑容未變，稍稍俯下身，露出領口下雪白的肌膚，她雙眼含情地望著宋昀然，指尖彷彿無意地擦過宋昀然來不及抽回的手掌。

「？」

宋昀然莫名其妙，這人倒茶怎麼不看茶壺啊？萬一熱水濺出來怎麼辦！

算了，畢竟人家不是專業服務生，可以理解。

他正寬宏大量地為曼曼找理由，結果下一刻，女孩不知怎麼搞的，突然手一歪，滾燙的熱水就灑到了桌上，順著光滑的桌面，淅淅瀝瀝地滴落下來。

宋昀然早有準備，一個極限閃現，躲過了差點滴到他褲子上的茶水。

漂亮，他在心中為自己鼓掌，好帥氣的躲避傷害！

徐總監：「……」

曼曼：「……」

曼曼手足無措地看向徐總監，在對方擠眉弄眼的暗示裡，硬著頭皮說：「對不起對不起，宋總您沒燙到吧？」

說著就不顧戲臺早已崩塌，扯過幾張紙巾，按照劇本強行往下演。

宋昀然眼睜睜看著女孩的手，迅速而柔軟地往某個不可描述的部位靠近，嚇得大喝一聲：「這是在幹什麼？」然後趁著對方愣住的間隙，把椅子拉遠了些。

包廂內的氣氛凝固了幾秒。

宋昀然難以置信地瞪大眼睛，終於醒悟了過來。

沒錯，這家餐廳裡果然埋伏著豺狼虎豹，徐總監今晚約他出來的目的並不單純。

曼曼被他的怒喝一驚，臉色頓時變得慘白。

她也是第一次被經紀人帶出來做這種事，主動尋求潛規則的行為，以及宋昀然退避三舍的動作，都讓她僅存的自尊心隱隱作痛。

徐總監見情勢不對，立刻出聲打圓場，訕笑道：「宋總你別生氣，她就是一個還在讀書的小姑娘，平時做事就大剌剌，笨手笨腳的，讓您見笑了。」

宋昀然半信半疑地看向曼曼，見她侷促不安地纏緊紙巾，忽然有些不確定，莫非是他誤會了？

可是剛才那種怪異的感覺，又始終縈繞在他的心頭。

真的好奇怪，等等找個藉口開溜吧，他想。

徐總監把曼曼叫回去，回想著宋昀然剛才那副驚恐萬分的模樣，彷彿嬌滴滴的小女孩是什麼可怕的猛獸一般。

片刻過後，徐總監懂了。

看來，寧東太子不喜歡女人。不過沒關係，幸好他還有備案！

冷靜幾分鐘後，徐總監忽然開口：「光吃飯好像少了點氣氛。」

他轉過頭，看著身邊的男藝人，「那邊不是有麥克風嗎？去，唱幾首給宋總聽聽。」

男藝人點點頭站起來，風情萬種地睨向宋昀然，問道：「宋總喜歡聽什麼歌？」

宋昀然：「……」

哪個正常人會用這種語氣說話啊，簡直有病。

事到如今，宋昀然哪怕再遲鈍，也足以得出答案。

是的，他早該明白，就像許多小說裡寫的那樣，每一位成功的總裁都難免經歷類似的遭遇。

不得不說，這位徐總監也真是個心思敏捷的人才，眼見派出女藝人誘惑不成，就當機立斷派出男藝人補上。

他好會啊，宋昀然佩服地想。

被三雙別有深意的眼睛看著，宋昀然覺得自己像個進了盤絲洞的唐僧，要不是他預料到三個蜘蛛精的陰謀，肯定等等就會被做成一盤菜，擺到桌上了！

果然古人誠不我欺，商場如戰場，隨時都會有生命危險。

算了，或許這就是總裁的宿命吧。

欲戴皇冠必承其重，這點道理宋昀然還是懂的，但想到他是放棄了秦恪的慶功宴來赴這場飯局，怒火就隱隱竄了上來。

秦恪那麼喜歡他，知道他在工作和男朋友之間選擇了工作，不知道心裡多難過呢。

宋昀然眼前出現了一幅淒涼的畫面。

觥籌交錯的晚宴上，每個人見到秦恪都會道一聲「恭喜」，他隱忍著眼中的失落與人寒暄，卻在轉身之時紅了眼眶，含著熱淚灌下一杯香檳。

說不定還會拎著酒瓶躲到無人的角落，想要打電話給他抱怨，最終卻克制地收回了手指。

太可憐了，嗚嗚。

宋昀然感覺這件事不能就這麼算了。

他視線凜然地掃過面前三個蜘蛛精，認為罪魁禍首還是這位徐總監。做藝人往往都有身不由己的時候，要不是經紀人教唆，他們肯定不敢亂來。

就決定是你了。

宋昀然用一種看寶可夢的目光看著對方：「要不還是你來唱吧。」

徐總監臉上橫肉一僵：「宋總您別開玩笑。」

「沒開玩笑，我就喜歡看一些不專業的人做些不專業的事。」宋昀然撐著下巴，歪過頭，一雙澄澈的眼睛乾淨又明亮，好像他真有這種奇怪的喜好一般：「別害羞，放下你的身段，唱幾首聽聽。」

徐總監幾乎被他天真的眼神騙了過去，站到麥克風前問：「那……宋總您想聽什麼？」

宋昀然看了眼桌上的清燉鴨架湯：「先來一首《數鴨子》吧。」

「……」

徐總監麻木了，這他媽難道不是兒歌嗎？

這下他總算回過神來，宋昀然根本不是想聽他唱歌，而是故意想整他！

可小宋總的頭銜擺在那裡，他又不得不唱。

隨著難聽的歌聲響起，剛才的包廂還瀰漫著墮落的錢色交易氣息，猛地一變，一股難以言喻的荒唐感充斥整個空間。

徐總監沒丟過這麼大的臉。

當他看見宋昀然舉起手機錄影的那一刻，臉頰頓時漲成了豬肝色，本就不穩的氣息一個錯拍，直接唱破了音。

「噗哧。」

曼曼沒忍住，不小心笑出聲，緊接著又驚恐地摀住嘴。旁邊的男藝人也沒好到哪裡去，他嘴角抽搐地掐緊虎口，好怕自己當場笑出鴨叫。

宋昀然本來想讓徐總監多唱幾首，但這歌聲簡直太折磨人了，再聽下去他怕自己沒命活著回去見秦恪。

於是他轉過頭，問兩位藝人：「看見沒有？不好好做人就會變成一個笑話。」

兩人想要點頭，但是又不敢。

如果可以靠正經途徑拿到資源，誰會願意犧牲色相呢？可是他們都是圈子裡最不起眼的小藝人，徐總監在公司位高權重，他說的話他們哪敢不聽。

宋昀然想了想，問：「你們公司的大老闆是誰？」

男藝人小聲說出一個名字。

「原來是他啊。」

宋昀然當了一年總裁，手裡還是有點人脈的，當即拿出手機傳了一則訊息給對方，然後示意兩人看向螢幕，眨了眨眼說：「放心吧，明天徐總監就滾蛋了。」

說完，他便站起身，頭也不回地走出包廂。

大門闔攏前的剎那，曼曼驚喜的聲音飄進了他的耳中：「他好帥啊。」

可不是嗎！

宋昀然自豪地挺起胸膛，感覺胸前的小紅花更鮮豔了。

◇

短暫的三分鐘後，宋昀然回到了飯店。

剛做了件除暴安良的好事，下車時他的步伐邁得格外豪邁。

秦恪明天一早還要回劇組拍戲，因此今晚並不會回西城上院，而是選擇在電影節主辦方提供的飯店套房入住。

宋昀然從司機那裡拿過備好的房卡，一路雄赳赳氣昂昂地乘上電梯。

「滴」一聲，他俐落地刷開房門，即將踏進房間的腳步在看到套房的客廳亮著燈時，突然停了下來。

聽到動靜的秦恪從客廳出來：「結束了？」

「你、你沒去慶功宴？」

宋昀然傻站在門邊，心中百感交集，就那麼難過嗎，我的寶貝兒子？

秦恪把他拉進房間：「劇組一共只來了三個人，能慶祝多久？採訪結束後在飯店餐廳吃完飯就散了。」

……原來想像中的秦恪淚灑慶功宴事件並沒有發生。

宋昀然的罪惡感稍微消退了些，坐到客廳沙發上後，說：「可你們這也太簡單了，就算只有三個人，也可以再找地方續攤啊。」

話音剛落，秦恪神色微妙地變了變。

導演確實提議過續攤，但導演跟製片人都是年近五十的中年人，兩人討論半天，居然決定找個地方按摩捏腳。

這提議過於樸實無華，秦恪想也不想就拒絕了。

宋昀然卻是看得心中一驚。

是了，儘管沒有淚灑慶功宴，但秦恪肯定還是不高興的，關鍵時刻親愛的爸爸沒有出現，他哪有什麼閒情逸致去續攤呢？

他拽了下秦恪的袖口：「好了別難過，我這不是回來陪你了嗎？」

秦恪說：「……我沒有難過。」
宋昀然見他強行硬撐，不禁越發內疚。
他想起小時候宋繼東跟他說話的語氣，拍拍雙手說：「你的獎盃呢？拿來給爸爸看看。」
秦恪進臥室把獎盃拿了出來。
華影節的獎盃設計得十分漂亮，金色的立體膠捲鑲嵌在晶瑩剔透的白色水晶獎座上，被周圍的燈光一照，連下方那行名字都閃耀著細碎的光芒。
宋昀然一時忘記了看獎盃的目的，他屏住呼吸，想要伸手去摸，又不知為何遲遲沒有動作。
上輩子的時候，他也是入圍了最佳新人獎，最後卻只能坐在臺下，眼睜睜地看著秦恪捧起獎盃，還因為被攝影機捕捉到撇嘴不悅的表情，被送上熱搜狠狠地罵了一波。
他從來沒有想過，有朝一日能和這座獎盃離得這麼近，好像一伸手，就能觸碰到曾經遙不可及的星光。
秦恪垂眸，看著小狗垂下去的眼尾，抿了下唇。
他徑直把獎盃遞過去：「送給你，好不好？」
「？」
宋昀然詫異地抬起頭，怒道：「你是不是在羞辱我！」
秦恪：「……」
宋昀然很有骨氣地說：「又不是我的最佳新人，我才不要呢。」
說完又悄悄偷瞄了一眼，好想要啊，可是不行，他要做個有原則的好總裁。
他痛苦地將雙手揹到身後，一副打死我也不會收的樣子。

秦恪無奈地笑了笑，抬起宋昀然的下巴，湊過去含住他的嘴唇吮了一下，才用哄小孩似的語氣問：「誰說最佳新人不是你的？」

宋昀然被他親得暈頭轉向，快要停止運轉的大腦勉強思考了一下，竟覺得這邏輯毫無破綻。

秦恪是最佳新人，秦恪是他的男朋友，秦恪是他的好兒子。

那更進一步說，最佳新人不就是他的嗎？

「既然你都這麼說了，獎盃我還是收下吧。」宋昀然點點頭，把獎盃抱在懷裡，一臉認真地強調，「反正你以後也是要嫁……呃，住進我家的，我可以先幫你保管。」

秦恪勾唇：「嗯，我的就是你的。」

宋昀然被哄高興了，拿著獎盃湊近沙發旁的落地燈，仔細欣賞上面雕刻的紋路，眼中的光芒比獎盃更加燦爛。

不料就在此時，秦恪忽然問：「不過你的飯局怎麼也結束得這麼早？」

「別提了，什麼飯局啊，我到了才知道……」宋昀然倏地卡住，突然意識到不能說出真相。

秦恪放棄慶功宴在飯店乖乖等他回來，萬一知道真相後，誤會他在外面亂來怎麼辦？

思及於此，宋昀然改口：「才知道他們一點誠意都沒有，就派了個打雜的過來，我就提前回來了。」

秦恪直覺事實沒這麼簡單：「是嗎？」

「不然你以為還能怎樣？」宋昀然心虛地推了他一把，「對、對了，你還沒卸妝呢，都這麼晚了，順便去洗澡吧，我們趁這時間聊一下天，不然明天你會起不來的。」

秦恪看了他一眼，最終還是沒說什麼。

等到客廳裡只剩下自己一人，宋昀然才長長地鬆了口氣。

他趕緊打電話給唐助理，通知對方把徐總監拉進黑名單，並再三囑咐以後合作對象一定要謹慎挑選。

唐助理答應得挺好，卻在準備結束通話前，忽然提高音量：『小宋總！您今晚幹嘛了？』

宋昀然嚇得渾身一顫：「什麼幹嘛了？」

唐助理語氣嚴肅：『我剛收到消息，有人拍到您今晚跟兩個藝人同桌吃飯，而且還有不少親密舉動？』

宋昀然直接愣在原地。

他是中了什麼出門必被偷拍的詛咒嗎？

唐助理馬上把照片傳過來。

宋昀然一看，大驚，還真的是他今晚吃飯的場景。

看角度應該是從室外透過窗戶縫隙偷拍的，照片有好幾張，包括曼曼倒茶時偷摸他手、曼曼主動往他身上靠、他面帶笑容地給兩位藝人看手機。

由於拍照距離和角度的關係，模糊的畫質加上錯位的構圖，看起來倒真像一個紈褲子弟在餐廳裡左擁右抱。

「什麼鬼啊！」宋昀然氣得要死，「事情根本不是照片裡拍到的那樣。」

唐助理當然選擇相信他親愛的小宋總：『一定有人故意汙蔑您。您別急，我馬上連絡人刪文。』

宋昀然呼吸一滯：「照片傳到網路上了？」

『是的，行銷帳號都開始發了。』唐助理推測道，『速度這麼快，對方肯定有備而來，說不定是星河的競爭對手。』

掛掉電話，宋昀然跌坐進沙發，陷入了茫然。他萬萬沒有想到，當總裁還會遇上被造謠抹黑的事。

今晚的飯局，會是徐總監設計的圈套嗎？

宋昀然眉頭緊鎖，認為應該不至於。

徐總監連《數鴨子》都不敢不唱，哪有那麼大的膽子和能耐，瞬間聯合行銷帳號來造謠。

可若不是徐總監，又有誰會想針對他？

今晚可是秦恪拿獎的好日子，如果是星河的競爭對手，直接對付臺面上的藝人不好嗎？

當然，宋昀然並不希望秦恪被偷拍，他想了想，自己反正是個總裁，傳出一點謠言也不要緊，只要及時澄清，總不會像藝人那樣沒了通告。

「幸好被偷拍的不是秦恪。」

宋昀然看著獎盃感嘆了一句，然後一瞬間站起來。

糟糕！他剛才是怎麼跟秦恪介紹今晚的飯局的？

——就派了一個打雜的過來……

宋昀然回憶這句話，懊惱地猛拍腦袋。

好端端的你撒什麼謊啊！

這下好了吧，等秦恪看到照片，肯定會以為你背著他幹壞事了！

就算你可以解釋，也會顯得你是在心虛掩飾！

宋昀然在客廳裡來回踱步，急得口乾舌燥。

他打開冰箱，拿出一罐飯店提供的飲料，扯開拉環猛灌幾口，緊急思考等一下要如何跟秦恪說清楚。

一罐飲料見底的時候，臥室那邊傳來開門的聲響。

宋昀然回過頭，像做了壞事的小朋友一般，忐忑不安地看著秦恪。

秦恪穿著飯店的白色浴袍，微微敞開的領口裡，露出些許緊實的肌肉線條。視線再往上，就是他鋒利的喉結與清晰的下頷線。

還挺帥的。

連蹙眉沉思的模樣都比普通人要英俊很多，就是不知道為什麼，秦恪似乎動了動，一下子變成了兩個秦恪。

宋昀然晃晃腦袋，想看清楚些。

結果不晃還好，晃完之後，他眼前居然出現了三個秦恪。

哇，是影分身！

宋昀然震驚極了，然後他就看著三個秦恪走到他面前，不約而同地齊聲問道：

「……你喝酒了？」

「啊？」

他低下頭，瞇起眼辨認一番，這才發現手裡拿著的不是飲料，而是一罐啤酒。

難怪那麼難喝。

宋昀然皺了下鼻子：「完蛋，我喝酒了。」

秦恪：「……嗯？」

「我又要重生了。」宋昀然心如死灰地說道。

◇

一回生二回熟，宋昀然很有經驗了。

他跌跌撞撞地走進臥室，躺到床上，蓋好被子，準備迎接重生的降臨。

秦恪無奈地跟進去，坐在床邊問：「為什麼突然喝酒？」

宋昀然不想解釋，他數著秦恪漆黑雙眸中的星星，心中油然產生一股訣別的悲涼。

「下次再見面，你肯定不喜歡我了。」

是的，這一次他不是因為覺醒而重生，所以大概不會影響到身為主角的秦恪。

那麼無論他重生到原作的哪個階段，書裡的秦恪都不會喜歡他。

他們第二世的回憶會被命運一筆抹去，他又要費很大的功夫，才能讓秦恪願意叫他一聲爸爸，願意低下頭來溫柔地親吻他。

太不公平了，宋昀然拽緊被子鬱悶地想，難道這也是工具人的宿命嗎？

秦恪摸摸他的頭：「別亂說。你喝醉了，先睡一覺吧，等你再睜開眼，會發現我還是喜歡你。」

「太過分了！你明知道我睡著了會重生，還勸我睡覺！」

宋昀然心都碎了，氣得一直拍床，「你是不是在外面有狗了！」

「……」

「不對，你是不是在外面有爸爸了？」宋昀然怒斥道：「我不允許你有別的爸爸，親生的也不行！」

秦恪抿緊薄唇，這個要求他實在做不了主。

而且宋昀然這次醉酒來得蹊蹺，平時滴酒不沾的人，為何會喝光一罐啤酒？必定是他洗澡的時候發生了一些意外。

看來有必要看看手機。

思及於此，他便伸長手臂，想去拿床頭櫃上正在充電的手機。

宋昀然大驚失色，他一個起身，像顆小炮彈似的撞進秦恪懷裡。

秦恪猝不及防，勉強撐住床沿，才避免了兩人一起摔到地上的慘劇，但懷裡的小動物並沒放棄，死死扒拉住他浴袍的領口不肯鬆手。

原本微微敞開的浴袍，猛地往下一滑。

宋昀然抬起頭，緊張兮兮地說：「不要看手機。」

秦恪的呼吸有些急促，懷裡這人發燙的臉頰就貼在他的胸口，說話時的吐息也一下下地拂過他的皮膚，些微的酒氣順著胸膛慢慢往上攀爬，融入了他的每一次呼吸之間。

他盡量穩住心神，低聲問：「看一眼都不行？」

宋昀然瘋狂搖頭，又拚命點頭，直到把本就眩暈的腦袋晃得更加迷糊了，才黏糊糊地說：「你不要相信他們說的話，我沒有做對不起你的事。」

聽起來更可疑了。

秦恪自然相信他的小宋總，但此刻他更多的是在懷疑，宋昀然又因為一些小事大開腦洞。

見他不說話，宋昀然心裡更不安了。

他委屈地撇撇嘴角，解釋說：「我是被冤枉的。」

「嗯？」

「真的，我沒在外面左擁右抱。」他用溼漉漉的眼睛看著秦恪，格外認真地說：「我一天是你爸爸，就一輩子是你爸爸。外面那些野花野草，我連看都不想看一眼！」

語氣還挺驕傲。

但緊接著，他又小聲嘟噥道：「可是你馬上就會忘記這件事了，等我重生了，你見到我，一定會覺得這人看起來好不順眼，長得真像路邊的工具人，看偉大的主角一腳把他踹開！」

很好，話題又回到了重生上。

秦恪頂著滿頭問號，手裡用了點力，把浴袍領口奪了回來，然後輕輕地把醉得胡言亂語的男朋友放回床上躺好，同時安慰說：「我不會踹開你。」

「那誰知道呢？」宋昀然尾音上揚，表示自己的質疑。

跟喝醉的人沒辦法講道理，秦恪今天算是懂了。

於是他沉思幾秒，換了一個更直白的說法：「不然這樣吧，如果我踹了你，以後你就加倍地踹回來？」

宋昀然瞪大眼睛，彷彿抓住對方的把柄般提高音量。

「好哇，我就知道，你果然想踹我！」

秦恪：「……」

是他草率了。

「我對你這麼好，你居然還想踹我。」宋昀然難過極了，「秦恪，你沒有心。」

這種情況下，感覺說什麼都只會留下證據。

秦恪揉揉太陽穴，心想還是閉嘴算了。

然而宋昀然不依不饒，又坐起來問：「你為什麼想踹我？」

「……你聽錯了，我想踹自己。」秦恪回道。

宋昀然現在又顧念起父子情分，深情款款地說：「聽好了，爸爸很喜歡你的，你要對自己好一點，有些時候不用那麼懂事，偶爾放縱一下也沒關係。」

「這怎麼行，我不許你自虐。」

秦恪垂眸看著他，很意外會聽見如此正經的勸說。

宋昀然嘿嘿一笑：「你還不知道吧，過年的時候秦阿姨偷偷找我聊過天呢。她說你從小就很懂事，其他小朋友放寒暑假就到處去玩。但你不一樣，你每天騎腳踏車去送飯給阿姨，有一次摔跤了還瞞著她，要不是她回家發現垃圾桶裡有用過的棉花棒，你肯定能瞞一輩子。」

在秦恪看來稀疏平常的過往，被他突然提起，瞬間把記憶拉回了許多年前。

無數個寒來暑往的日子，於曾經的秦恪而言，只不過是冬雪與夏日的反覆交疊。他不覺得那些日子有多苦，也不覺得它們需要得到何種補償。

但是……

「阿姨還說，我一看就是家裡寵壞了的小孩，但她很高興我能跟你做朋友。因為遇到這麼活潑的我，說不定能讓你學會敞開心扉，以後不用再一個人面對所有的困難。」

秦恪很輕地笑了一聲。

但是他的確願意，能遇到像太陽般溫暖的一個人，幫他把曾經痛苦的過往，慢慢變成暖洋洋、散發著棉花糖香味的未來。

宋昀然眨眨眼睛：「聽完這些話，你是不是很感動？感動的話就記清楚點，等我重生以後，這個世界說不定就沒有小宋總了，你要堅強地活下去。」

「……我現在不感動了。」

秦恪捏了下他的臉頰，皺眉道：「看來是真的不能喝酒。」

「本來就不能喝。」宋昀然在他掌心裡蹭了蹭，忽然問：「什麼東西在響？」

秦恪深吸一口氣：「好像是你的手機。」

在客廳裡響了很多次。

宋昀然現在聽不得手機兩字，頓時如臨大敵：「沒有吧，你聽錯了。」

「沒聽錯。」秦恪柔聲哄他，「或許有人有急事找你，我幫你接還是你自己接？」

宋昀然氣急敗壞：「你這孩子怎麼不信爸爸的話呢！」

他翻身下床，光腳跑到客廳把響個不停的手機拿進來，當著秦恪的面按下了關機鍵。

「你看，它睡著了，不會響的。」

秦恪頓了一下。

如果沒看錯的話，剛才螢幕顯示的來電人……

應該是白婉寧。

「你掛了你媽媽的電話。」秦恪提醒道，「小心阿姨到時候罵你。」

宋昀然神經一顫，潛意識裡殘留著自己闖禍了的記憶。一想到身處全家食物鍊頂端的白婉寧，他就毛骨悚然。

情急之下，他決定逃避現實。

「少在那裡騙爸爸！」

宋昀然又爬上床，把手機放在另一個枕頭上，拉高被子，連機帶人全部蓋住。

「我們都睡了，我們什麼都不知道。」

秦恪：「……」

挺周到的，還記得幫手機蓋好被子，大概是怕它著涼吧。他也不太懂。

安靜了一陣子，他輕輕掀開蓬鬆的羽絨被，發現宋昀然已經睡著了，捲翹的睫毛蓋過眼底的臥蠶，臉蛋還有點酒後的緋紅，呼吸均勻而平緩。

看來強撐著不願重生的堅持，終究還是敗倒在了母親的威嚴之下。

秦恪長長地嘆了口氣，總算可以拿起手機研究宋昀然今晚酗酒的原因。

不用費神尋找，他很快就在熱搜上找到了答案。

一張張引人遐想的照片出現在眼前，讓秦恪的眼神慢慢冷了下來。

他想起之前宋昀然可憐兮兮做出的保證，大概猜到了這人究竟在心虛什麼。但秦恪無比清楚，宋昀然不是那種人。

更令他在意的是……

這些言之鑿鑿攻擊宋昀然人品的行銷帳號，依據他前世的經驗，都是屬於一家公司。而那家公司，和他曾經的經紀人許平向來交往密切。

秦恪心中漸漸浮現出一個答案。

他想了想，把枕頭上的另一部手機拿起來，開機後用宋昀然的指紋解鎖。

沒過幾秒，手機就響了。

這次是宋繼東打來的。

秦恪滑開接聽，還來不及開口，對方就急匆匆地開口：『寶寶你終於接電話了！嚇死爸爸了！』

「……」

寶寶？

宋繼東沒有給他打斷的機會，滔滔不絕：『別害怕啊寶寶，爸爸媽媽已經有頭緒了。這次是有人故意設局針對寧東，多半是想藉由打壓你拉低寧東股價。這王八蛋活得不耐煩了，居然敢拿你開刀，爸爸肯定不會放過這個陸、陸什麼……』

秦恪淡聲問：「陸年亭？」

『對，就是他！』

宋繼東猛地一愣，聲音變了調，『你是誰！』

秦恪：「我……」

『你為什麼會有昀然的手機？』宋繼東怒氣沖沖地喝道，『快讓他接電話！』

秦恪：「他現在恐怕接不了，已經睡……」

宋繼東急壞了：『你、你竟敢綁架他！是不是陸年亭派你來的！』

「……」

秦恪無言了，他不是陸年亭派來的，他只不過是陸年亭的親生兒子而已。

以及，他好像終於明白了。

為什麼宋昀然的思考模式總是那麼獵奇。

第四章

凌晨三點，宋昀然醒了過來。

他望著天花板發呆，意識像掉進了棉花堆裡，軟軟的找不到頭緒。

我是誰？我在哪裡？現在是哪一年？

醉酒過後的腦袋隱隱作痛，宋昀然摀住頭呻吟一聲，迷迷糊糊地翻過身，然後停下動作。

昏暗的房間裡不知為何開了一盞小燈。

暖黃色的光線照出枕邊人熟睡的輪廓，無論怎麼看，這人都是秦恪。

「？」

宋昀然小心翼翼地伸出手，摸了下對方的嘴唇，又觸電般收了回來。

有呼吸，有觸感。

是活人。

可他不是重生了嗎？為什麼會跟秦恪睡在一起？

還是說……他其實並沒有重生？

宋昀然快被腦袋裡的問號淹沒了，他慢吞吞地坐起來，下意識尋找手機，至少先確定現在是什麼時候。

找了一圈，才看到房間裡兩部手機都放在秦恪那邊的床頭櫃。

無奈之下，宋昀然只好用手肘撐著枕頭，謹慎避開身邊的男人，試圖偷偷把手機拿過來。

可是他還沒碰到手機，秦恪就被他的動作吵醒了。

男人幽幽睜開眼，視線慢條斯理地在他臉上掃過，意識逐漸回籠般，低聲開口。

「醒了？」

「……嗯。」宋昀然有點緊張，試探道，「你認識我，對嗎？」

秦恪笑了一聲：「不然呢？」

宋昀然並沒放鬆警惕，在這資訊不對稱的情況下，他根本無法確定自己是否重生了。

於是他心生一計，問：「我跟你，是什麼關係？」

秦恪靜默片刻，忽然起了捉弄的心思。

他坐起身，慵懶地靠在床頭，看他一眼：「你失憶了？」

宋昀然斟酌著回覆：「可能失憶了，但又沒完全失憶。」

秦恪忍住笑：「那就是失憶了。」

他撥了下睡亂的頭髮，平靜地說：「你不知道嗎？寧東已經破產了。」

「什麼？」

宋昀然如遭雷劈，怎會如此，世界上竟然還有寧東破產這樣的可能嗎？

「為了還債，宋家把你賣給了我。」秦恪面無表情地說道。

宋昀然搖頭：「不會吧，我爸媽很疼我的，肯定不會把我賣給你。」

秦恪點頭：「他們也不願意，但這不是不得已嗎？」

完全超出認知的地獄開局，讓宋昀然瑟瑟發抖。

他悄悄往床邊退回去一些，惶恐地問：「那我們為什麼睡在一張床上，該、該不會……」

秦恪拖長語調，慢條斯理地說：「嗯，就是你想的那樣。」

一首貝多芬的《命運交響曲》在宋昀然腦海中驟然響起。

激昂的樂符衝擊著他脆弱的心臟，彷彿命運伸出無情陰冷的手，衝進他春風得意的生活，不顧他的掙扎將他拖進了命運的洪流。

上輩子……不是，上上輩子的時候，他有個助理很喜歡看網路小說，受對方影響，他對這方面的題材也是略有涉獵。

家道中落的小少爺落到壞人手裡，被人關進小黑屋這樣那樣，其中穿插幾十章「你不要過來」和「你叫破喉嚨也沒人救你」的拉扯，還要經歷一連串虐身虐心的互相折磨才能獲得快樂結局。

宋昀然千算萬算，沒算到第二次重生後的劇本竟然是這樣寫的。

他藉著朦朧的燈光打量秦恪。

很年輕，哪怕姿態慵懶，也擋不住眉眼間的銳氣。

該死，他們不會正處於初期虐身虐心的階段吧！

宋昀然更加害怕了，也不知道秦恪喜歡什麼手段，會不會像那些書裡描寫的那樣，對他……想到這裡，宋昀然暗自感受了一下。

感覺除了腦袋有點疼，身上其他部位都沒有任何不適。

也就是說，秦恪好像沒有虐待他？

宋昀然稍微放心了點，小聲問：「我爸爸媽媽還好嗎？」

「挺好的。」秦恪看著他，「你家的 Monica 也很好。」

也好，宋昀然想，千金散去還復來，只要一家人都還在就好。

他低著頭發呆，忽然意識到哪裡不對：「咦？我怎麼穿著衣服睡覺？」

而且這衣服好像……

是他作為星河娛樂總裁出席頒獎典禮的那套？就連腦袋裡的酒後眩暈感，似乎也完美符合他意外喝酒的記憶。

眼看宋昀然臉上懷疑乍現，秦恪不動聲色地說：「你昨晚被人灌了酒。」

宋昀然：「……啊？」

秦恪眼中漫上一層薄怒：「你不聽我的話，一意孤行想重振寧東。背著我出去連絡寧東以前的合作伙伴，結果被人騙到酒吧。要不是我及時趕到，現在說不定被賣到哪裡去了。」

宋昀然驚呆了，想不到自己居然如此有事業心，都拿了金絲雀劇本還不忘東山再起。

不愧是我，天生總裁。

可秦恪提起這件事，似乎不太高興。

眾所周知，金主生氣的時候，金絲雀都會倒大楣。

宋昀然不想倒楣，他雖然喜歡秦恪，但他喜歡的不是這個秦恪，所以他不願意跟眼前這位既熟悉又陌生的人發生任何關係。

「我身上好像有股酒味。」他躡手躡腳地縮到床邊，「我可以去洗澡嗎？」

一副又怕又乖的樣子，差點讓秦恪忍不住說出真相。

他點了下頭，打算等宋昀然洗完澡出來再說。

等浴室門關上，秦恪便伸手按亮了臥室的頂燈。之前只留一盞小燈，也是怕宋昀然半夜醒了，迷迷糊糊地摔下床。

結果事實證明，小宋總永遠比他想像的更加離譜。

轉眼之間，臥室裡一片明亮的光輝。

秦恪去客廳那邊的洗手間洗了把臉，出來時神色間的睏倦被清醒替代。

他回到臥室，看了一下手機。

關於宋昀然私會小藝人的熱搜已經被撤了下去，八卦論壇裡還有不少人在倖存的貼文裡展開討論。

有媽粉深信自家孩子是清白無辜的，有路人震驚自己曾經被喜劇人表面欺騙的，有人故作清醒說資本家都是一丘之貉的。

自然而然，也有人討論到星河的藝人是否也參與過類似的錢色交易。

首當其衝被懷疑的，當然非秦恪莫屬。

他神色自若地看完討論貼文，把罵宋昀然罵得最過分的那幾則留言一一檢舉，然後才切到手機連絡人介面。

裡面有一個他與宋繼東長達十分鐘的通話記錄。

事情發生才幾小時，宋昀然的父母眼界又太高，查出事情可能跟陸年亭有關之後，第一直覺就想到對方是想跟寧東的股價較勁。

其實陸年亭哪有他們想得那麼有能耐。他只是想拿到國外一家公司的國內代理權，想在那家公司猶豫時，短暫地抹黑寧東的形象，以此為自己增加籌碼而已。

秦恪對這位親生父親的品性還算了解。他不敢正面與寧東硬碰硬，只敢對宋家看起來最好欺負的宋昀然下手。

前世的頒獎典禮結束後，宋昀然因為在秦恪拿獎時臭臉而上了熱搜，就是出自陸年亭與他的好友許平之手。

那時宋昀然作為藝人，頻繁在公眾面前露臉，加上他又是不擅長控制情緒的人，能抓到的把柄自然很多。

這輩子宋昀然轉到幕後，也不知道陸年亭花了多少心思，好不容易讓人偷拍到一點足以作為黑歷史的證據，就迫不及待地發出來。

可惜無論前世還是今生，陸年亭的如意算盤都算不好。

「他在家做不了主，只能用這點下三濫的手段，手裡沒有其他招了。您明天安排人澄清就好，等小宋總醒了，我會跟他解釋清楚。」

電話裡，秦恪避開不能提及的祕密，把陸年亭為人處世的風格，全部透露給了宋繼東。

宋繼東總感覺哪裡怪怪的。

兒子平白無故被人冤枉了，心情不好不回家跟父母哭訴，居然大半夜跑去找公司一個藝人喝酒？而且這人剛好還是陸年亭的兒子？

天底下哪有這麼湊巧的事？

宋繼東與身旁的妻子低語幾句，又說：『你說自己跟陸年亭多年不連絡，但我看你對他還挺了解。』

秦恪笑了一下：「畢竟身體裡流了一半他的血。」

言下之意，就是陸年亭這人哪怕再上不了檯面，到底也是他的親生父親。

血緣之間的冥冥感應，他就算不想承認，也的確躲不開。

宋繼東在手機另一端皺緊了眉。

他直覺這個叫秦恪的年輕人有點奇怪，需要謹慎防範。

掛斷電話後，他轉頭對白婉寧說：「等事情解決了，還是要叫寶寶回來一趟。」

白婉寧：「嗯？」

宋繼東望向窗外，語氣惆悵：「寶寶那麼傻，我好怕他被秦恪騙了。對於這種跟壞人沾親帶故的危險分子，必須找個理由讓他解約。」

白婉寧：「……」

我看你也聰明不到哪裡去，她淡定地想，你要是真敢展現父親的強權，說不定回頭孩子又要跟你一哭二鬧三絕食。

這段插曲，秦恪當然無從知曉。

此時他正坐在床頭，等待「重生」後的宋昀然洗完澡出來。

浴室裡，宋昀然泡在雙人浴缸中，咕嚕咕嚕吹出幾個泡泡。

寧東破產了。

想到這個悲慘的事實，他心裡難免生出些許感慨，早知道重生後世界線會發生如此巨大的變化，那他打死也不會喝下那罐啤酒。

一切都沒了，他家的別墅、莊園、集團、財產，父母千辛萬苦掙來的家業，都被他一頓豪飲敗光了。

這也太不科學了。

家裡那麼多錢，怎麼會衰落到賣子還債的地步？也不知道秦恪花了多少錢買他，宋昀然評估著自己的身價，心想少於十億都是跳樓大拍賣吧。

……

咦，等等？

宋昀然猛地一愣，想到一個關鍵問題——秦恪哪來的錢買他？

一線天光終於鑽進他的大腦。

他環顧四周，發現這間浴室的裝潢十分熟悉，再細細回想醒來時臥室的布局……

這明顯就是華影節主辦方包下的那家飯店！

宋昀然迅速從浴缸裡爬出來，連頭髮都來不及擦，隨手扯下一件浴袍裹到身上就衝出門外怒道：

「你騙我！」

秦恪抿緊唇角，看著眼前這隻怒氣沖沖、彷彿剛淋過暴雨的小狗。

烏黑的溼髮貼在臉上，細膩白皙的臉頰被熱水蒸得透出緋紅，那件浴袍裹得雜亂無章，腰帶凌亂地纏住下襬，大大地露出一雙筆直修長的腿。

很單純，也很色情。

小狗對男人目光中流露出的欣賞渾然未覺，正忙著汪汪亂叫。

「我根本沒有重生，就是睡了一覺而已！你好大的膽子，連爸爸都敢騙！」

秦恪側過臉，勾了下唇角。

等他再轉回來時，神色間已是嫻熟演出的上位者姿態。

「胡說什麼，又不乖了？」

「……？」

宋昀然剛剛建立起來的自信，在這一刻岌岌可危。

這人是不是演的啊？他不太確定地想，可秦恪看起來真的好熟練，宛如包養過八百個金絲雀的資深金主。

宋昀然清清嗓子，說：「我家就算破產了，也肯定不會把我賣給你，你又沒錢。」

最後四個字，他說得格外小聲，好像音量再加大一點，就會刺痛秦恪的自尊心。

但秦恪並不在意，他只是問：「誰說我沒錢？」

宋昀然：「……」

似乎也有那麼一點道理，寧東都能破產了，秦恪難道不能有錢？

他捏緊拳頭，虛張聲勢：「總不能光憑你一張嘴說了就算，你要拿出證據才行。」

秦恪想了想，回道：「你父母私底下會叫你寶寶。」

「……」

靠，鐵證如山！

宋昀然顧不上尷尬了。

長大後，父母從不在外人面前喊他寶寶，唯一一次例外，還是他之前受傷住院的時候，他們不小心在唐助理面前叫過幾次。

有年終獎金的威脅懸在頭頂，就算借給唐助理十個膽，他也不敢往外傳。

寧東破產了，寧東真的破產了。

宋昀然剛才的氣焰一下子煙消雲散。他默默站在原地，第二次接受了家道中落的打擊，連髮絲都透露出無可掩飾的頹喪。

偏偏冷血無情的秦恪不為所動，彷彿惡魔低語一般呼喚他。

「寶寶，過來。」

低啞的嗓音充滿十足的誘惑。

宋昀然差點就過去了，但他憑藉引以為傲的自制力抵抗了誘惑。

他急中生智，否認道：「其實我不是宋昀然！」

「……那你是誰？」秦恪挑眉問。

「我、我是一個穿越來的……呃，一名光榮的警察！」

宋昀然挺起胸膛，正義凜然地指控說：「秦先生，你涉嫌人口販賣……」

話還沒說完，秦恪就意味深長地「喔」了一聲。

他抬起薄而白淨的眼皮，目光似乎透過白色的浴袍，看到了宋昀然身穿警服的模樣。

片刻過後，他笑得像個渣男似的：「那就更刺激了。」

「？」

你在說什麼東西啊！

宋昀然快崩潰了，爸爸正要對你進行普法教育，你脖子上那顆好看的部位能不能把黃色廢料倒乾淨再說話！

秦恪斂起笑容，好似耐心告罄般低聲重複：「我再說一遍，過來。」

宋昀然沒招了，可憐兮兮地問：「過去幹嘛？」

「當然是幹點該幹的事。」秦恪說，「你的Monica還在我手裡，想要牠活命的話，你就得乖一點。」

想到Monica天真的笑容和雪白的毛，宋昀然的眼尾就不由自主地低垂下來。

他鼓起腮幫子，狠狠經歷了一番天人交戰，最後還是為了一條狗命，不情不願地走到了床邊。

想不到這輩子的秦恪居然這麼壞。

他悲哀地想，早知如此，他絕對會抱著以前那個秦恪說很多很多遍「我超喜歡你」。

而壞人秦恪，此刻想的卻是另一件事。

他不知道是什麼時候看過一本書，書裡說為什麼人在面對可愛的事物時，會忍不住產生欺負他們的衝動，根據科學的解釋，那其實是大腦的自我保護——為了避免人體受不了刺激，被活活可愛死。

可是現在，秦恪發現那個理論站不住腳。

因為哪怕他欺負了半天，心臟快速跳動的頻率也沒得到絲毫緩解。再不做點什麼，他可能真的會被可愛死。

於是他掀開羽絨被，用眼神示意宋昀然躺上來。

宋昀然不敢反抗，抱著一種來都來了的微妙心態，直挺挺地躺在床上。

秦恪抱住他，親了親他的嘴角：「知道自己喝醉後，做了什麼嗎？」

宋昀然心如死灰：「我讓你叫爸爸了？」

「……那倒沒有。」

秦恪唇邊噙著若有似無的笑意，緩緩解開宋昀然身上的浴袍，然後翻身將他壓在身下。

「你就像這樣，扯開我的浴袍，把臉貼在我的胸口說話。」

溫熱的呼吸在胸膛蔓延開來。

宋昀然喉嚨發緊，莫名覺得這一幕有些熟悉，只不過兩人的角色對調了。

腦海中依稀閃現的畫面，讓他困惑地低下視線，卻只能看見秦恪從他的脖頸開始往下，在他身上烙下一個接一個的吻痕。

宋昀然難耐地蜷縮起腳趾，求饒說：「別、別親了。」

秦恪的嘴唇與嗓音都像淬了火，滾燙地繼續道：「你說你沒有在外面左擁右抱，又說等我再見到你，肯定會嫌你是個礙眼的工具人，把你一腳踹開。」

「……唔。」

宋昀然咬緊牙關，不敢再發出任何讓自己害羞的聲音。

但很快他就意識到這樣不行，因為他根本沒辦法呼吸了！

趕在憋死自己之前，他被迫張開嘴大口呼吸，身體不由自主地扭動著，想逃避秦恪接下來的攻勢。

秦恪稍微抬起頭，以視線為筆，緩慢記錄著宋昀然身上每一寸情動的證據，靜了幾秒才繼續道：「你還說，等你重生了，世界上就再也沒有小宋總，我要一個人堅強地活下去。」

宋昀然眼看就快不行了，卻在此時突然聽到一個久違的稱呼。

小宋總……

秦恪提到了小宋總！

他詫異地瞪大眼睛：「你叫我小宋總，我聽見了！」

秦恪看著他：「嗯，所以呢？」

「所以我沒有重生！」

宋昀然欣喜不已，完全忘記自己的處境，訓斥道：「秦恪你完了，居然敢戲弄爸爸，等著吧，爸爸回去就封殺你！」

秦恪無所謂地笑了一下。

「好，封殺吧。」他說：「不過在那之前，你欠我的還是得還。」

宋昀然一臉迷茫。

秦恪那雙漂亮得應該去彈鋼琴的手，停在浴袍的腰帶上方。

「昨晚你在我這裡闖了那麼多禍，一點都沒考慮到我的感受就自己先睡了，你說，是不是該還？」

「……你講點道理好吧，這要怎麼還啊？」宋昀然不服氣地反駁道。

話音剛落，最後一點布料就被扯了下來。

秦恪說：「肉償。」

針對秦恪的提議，宋昀然一開始是想拒絕的。

他今晚過得跌宕起伏，心情大起大落，不僅被秦恪耍得團團轉，最後還莫名其妙揹上一筆債務，誰能服氣？

但是沒辦法，眼前的秦恪太好看了。

跟平時在外人面前那種冷淡的氣質完全不一樣，和除夕那晚有點相似，但又更好看一些。

伴隨著唇齒交融的細碎聲響，房間溫度升高了許多。

秦恪不知道是熱出了汗，還是蹭到了宋昀然身上來不及擦乾的水珠，髮絲間有了微潤的潮溼感。

他低頭看過來，眼睛也像在水裡浸過一般，清亮得能映出宋昀然的身影。

宋昀然害羞地捣住臉，從指縫裡偷偷看他。

大概是最近拍戲太辛苦，他的身形比記憶裡清瘦了幾分，肌理的線條也更加明顯，每當他動作的時候，兩人炙熱的皮膚貼合在一起，就能擦出無形的火花。

宋昀然被那些火花徹底點燃了。

好像發燒般神智不清，顧不上掩飾神色間的羞赧，緊緊抱住秦恪結實的肩背，讓他和自己離得更近。

氣氛很好，身體也很合拍。

可惜好景不長，沒過多久，宋昀然突發奇想，邊喘邊問：「你、你說我這樣……像不像，無尾熊？」

秦恪：「……」

宋昀然想像著自己的姿勢，雙手抱住秦恪，雙腿環在他的腰間，可不就像一隻抱著樹幹不肯鬆手的無尾熊嗎？

他越想越覺得合理，眼前甚至浮現出變成無尾熊的他，和變成一棵桉樹的秦恪。桉樹枝繁葉茂，樹冠還長著一張秦恪的臉。

那畫面過於好笑，宋昀然一不留神就笑了出來。

秦恪停下動作，眉間微蹙地看著他：「你笑什麼？」

「……」

宋昀然心虛了一瞬，他又不傻，這種時候還有空想無尾熊，豈不是顯得秦恪不行？

可是人的大腦有時候就是不受控制，他看著秦恪，都懷疑對方的腦袋後面會突然長出幾片桉樹葉。

不行，更好笑了。

宋昀然的嘴角瘋狂抽搐，他知道是自己的問題，很想強忍住大笑的衝動，但越是壓抑，泛紅的眼尾就憋出越多的淚水。

「哈哈哈哈哈我不行了……」宋昀然說：「你讓我先笑一下。」

只是笑就罷了，偏偏他的身體還扭來扭去。不管是精神上還是身體上，秦恪都快瘋了。

不想做得太過火的理智在此刻分崩離析，他舔了下嘴唇，啞聲警告。

「宋昀然，你真的很欠教訓。」

宋昀然愣了愣，很快就被迫理解到秦恪所說的「教訓」是什麼意思。

他再也沒空去想關於無尾熊與桉樹的笑話。

整個人變成一隻在狂風巨浪中顛簸的小船，當海浪拍打襲來的時候，彷彿骨架都會被強勢的衝擊撞得粉碎，當海浪稍稍退去，他拚命地呼吸想要休息一下，但緊接著下一次更用力的衝擊就接了上來。

「我錯了，哥哥我錯了……」宋昀然聲音顫抖地求饒，「放過我吧，我再也不笑了。」

秦恪吻掉他眼尾的淚水：「想讓我放過你？」

宋昀然說不出話，秦恪這逆子一邊問話一邊撞得更凶。他只能可憐地點頭，試圖用萬分委屈的眼神打動對方。

秦恪似乎思考了幾秒，攻勢平息了些許。

宋昀然心中的竊喜還來不及升起來，就感覺眼前一花，像條魚似的被人撈起來翻了個面，不屬於他的身體重量壓下來，徒勞揮舞的雙手也被強勢的力道鎮壓下去。

發燙的耳垂被人輕輕舔了一下，熟悉的聲音帶著陌生的語調，在他耳邊低聲響起。

「來，叫聲爸爸聽聽。」

◇

天色微亮，被房間厚重的窗簾一併擋在了外面。

宋昀然躺在床上，累得一根手指都抬不起來。

他這輩子、下輩子、永生永世，都再也不想見到無尾熊了。

而此時此刻，讓他產生心理陰影的罪魁禍首，正舒服地靠在床頭，有一下沒一下地玩著他的頭髮。

宋昀然很氣：「能不能別玩了？」

剛一開口，他就被自己的聲音嚇了一跳。

怎麼啞成這樣啊？不知道的還以為他被……好吧，他確實是被那什麼了。

秦恪指尖一頓：「嗯？」

一個簡簡單單的發音，配合他手中動作停住的反應，讓宋昀然後背一涼。

糟糕，他剛才是不是說了「玩」字？

萬一秦恪被這個字刺激到，突然獸性大發繼續玩他的話，那該如何是好！

宋昀然是真的不行了，他顫悠悠地抬起眼，迎上秦恪意味深長的眼神，下意識眨了眨眼睛。

不過秦恪的重點並沒有放在用語細節上。

他只是氣定神閒地笑了一下，像隻饜足的貓科動物般瞇起眼問：「怎麼跟爸爸說話的？」

宋昀然：「……」

一瞬間，哭著喊爸爸的記憶翻湧而來，但他並不想認帳，紅著臉說：「認清你的身分，少在那裡胡說八道。」

「又失憶了？」說著，秦恪就捏起他的下巴，拇指摩挲過那一小片皮膚，「看來需要再複習一下。」

宋昀然當場目瞪口呆。

還來？

他震驚極了：「你還能來？這也是原作主角的天賦嗎？」

看著他一臉認真的表情，秦恪啞然失笑。

他鬆開手，低頭與身邊的小動物交換了一個綿長的吻，才拍拍對方的腦袋說：「如果你需要的話，我可以再努力試試。」

宋昀然被這個吻哄得如墜雲端，乖巧地搖頭說：「我覺得現在這樣就可以了，真的很好，你也不用那麼努力。」

雖說他今天哭了個痛快，也不記得被迫叫了多少聲爸爸。但拋開那些不談，整體過程還是挺愉快的。

他和秦恪之間，有種令自己都感到詫異的默契，許多時候不需要說話，哪怕一個眼神、一個動作，兩人似乎就能明白彼此想要什麼。

除了身體有那麼一點痠痛之外，他們的第一次體驗，幾乎稱得上完美。

宋昀然是個很想得開的人，當即決定看在秦恪表現優秀的份上，不計較他半途妄想稱爸的行為，主動提議說：「一起洗澡再睡覺？」

秦恪眸色微沉，靜了片刻才說：「我倒是想。」

「？」

宋昀然難以置信地瞪他一眼：「什麼意思，爸爸主動約你洗澡你還想拒絕？」

「……不是。」秦恪拿過手機，「六點了，再過半小時我要出發去機場。」

宋昀然愣了一瞬，大夢初醒般反應過來，原來半小時後，秦恪又要去外地拍戲了。被這句話提醒，昨晚的記憶也漸漸在腦海中復甦。

他默默地仔細回憶了一番，等秦恪洗完澡出來，想了想之後便問：「那個飯局的事，你已經知道了？」

秦恪一邊收拾行李一邊說：「嗯。你睡著後我上網看了。」

宋昀然不好意思地撓撓頭，心想還好自己藉著醉意先表示過無辜，否則男朋友猝不及防上網看見他的「緋聞」，不知道心裡會有多難過。

不過這種情況下，還是需要做點保證。

宋昀然繼續說：「你放心，以後出去談事，我都會把唐助理帶去。就是不知道照片是誰拍的，等我查出來，一定不會放過他。」

秦恪轉過頭，想起宋昀然醉酒錯過了真相。

他放下手中的行李，坐到床邊解釋道：「照片是陸年亭找人拍的。」

宋昀然茫然地問：「陸年亭是誰？」

秦恪抿了抿唇：「我爸。」

第四章

意料之外的答案讓宋昀然的大腦出現了剎那的空白。

長久以來，他對秦恪的親生父親只有一個渣男的印象，突然之間渣男具象化成了有名有姓的「陸年亭」三個字，讓他本能地開始思考一個嚴肅的問題。

陸年亭為什麼要偷拍我？

該不會是……

宋昀然倒吸一口涼氣：「他知道我跟你談戀愛了？」

秦恪：「……？」

「然後藉此來勒索你？」

宋昀然認為自己的分析十分合理，許多電視劇裡都是這樣演的。

從小對孩子不聞不問的渣男，等到孩子功成名就了就像吸血鬼一樣湊上來，甚至揚言如果拿不到錢就要親手毀掉孩子的前程。

是了，昨晚秦恪剛拿了獎，這不就是最好的時機嗎？

眼看宋昀然臉都氣紅了，秦恪連忙出聲：「不是你想的那樣。」

「你不用瞞著我。」宋昀然說：「他是不是背地裡威脅過你很多次了？你也真是的，發生這麼大的事幹嘛不告訴我！」

比起小宋總以往的神奇腦洞，這一次的猜測竟然被襯托得沒那麼離譜，特別是言語間透露出的關懷與急切，更是讓秦恪心中湧上一股暖流。

然而，該解釋的還是要解釋。

「他沒有威脅過我，也不知道我們的關係。」秦恪脣邊揚起一抹笑意，淡聲說：「如果他想針對我，那麼被偷拍的人就該是我，而不是你了。」

宋昀然鯁了一下：「……是喔。」

他尷尬地停頓半拍，轉念一想還是覺得不對，「那他沒事偷拍我幹嘛？」

總不會搞半天，陸年亭其實私底下是他的私生粉吧？

這個想像過於恐怖，讓宋昀然頭皮發麻。

幸好秦恪很快地把昨晚和宋繼東說過的話又說了一遍，再順便解釋了宋昀然前世幾次被媒體抹黑的原因，最後總結道：「你別怕，他的計畫不會得逞。而且再過一兩年……」

秦恪原本想說，再過一兩年，除了臉以外一無是處的陸年亭，就會被現在的妻子嫌棄，兩人很快就會打起離婚官司，要不是他被迫重生的話，說不定現在已經看到陸年亭被掃地出門的場面。

但宋昀然是個急性子，直接打斷問：「再過一兩年他就會得到懲罰了？」

「……倒也沒那麼快。」

「這怎麼行。」

宋昀然現在對陸年亭的厭惡達到了巔峰，他稍作思考，抬起頭，說出了一句霸道總裁的經典臺詞。

「天涼了，陸年亭也該破產了。」

◇

臨走前，秦恪把他前世知道的、與陸年亭有關的事，全部說了出來。

宋昀然一一拿手機記下，發現他當演員時，好幾次被媒體抹黑都與陸年亭脫不了關係，甚至有兩次莫名其妙丟了通告，也是因為這人與秦恪以前的經紀人許平從中作梗。

「原來這些事你都知道。」他不滿地挑眉，「你就眼睜睜看著他們欺負我？」

儘管表情到位，實際上宋昀然的抱怨並沒有太多底氣。上輩子他跟秦恪是對手，抹黑對手能叫抹黑嗎？那叫商業競爭。

但他今天被迫叫了太多聲爸爸，總該找個場合討回來。

結果沒想到，秦恪從善如流地認錯：「對不起，以前是我的錯。」

啊這，下跪得也太快了吧。

你在《紅白喜事》片場跩生跩死的氣魄呢？

宋昀然面上不顯，內心狂喜，看來我已經完全征服了原作的主角，讓他從心靈到身體，都對爸爸心悅誠服。

至於床上那點小小忤逆……

罷了，只是孩子的叛逆行為而已，大可不必計較。

不過爸爸的架子已經擺出來了，一時很難收起。

宋昀然點點頭，問：「知道自己錯在哪裡了嗎？」

話剛說出口，他心中就有一絲絲的後悔。語氣的掌握出了差錯，沒能表現出父親的威嚴，反倒像是在無理取鬧，還兼具了矯情與撒嬌的綜合效果。

不會吧，我的演技退步了？

想到這裡，宋昀然便羞愧地低下了頭。

秦恪以為他在暗自神傷，想了想坐到床邊，抬手輕輕摩娑著他的後頸，直到小狗舒服地瞇起了眼睛才說：「我不該聽信外面的傳言，對你產生那麼多誤會。」

想起上輩子見過的那個閃閃發光的宋昀然，男人的語氣更真誠了些，「我應該相信自己的眼睛。」

不是仗勢欺人的富二代，也並非不知進取的資源咖。

就是一個特別純粹也特別乾淨的小王子。

宋昀然卻疑惑地皺了下眉，他不知道秦恪曾經如何看待他，下意識把這句話按照字面意義來理解。

片刻過後，他恍然大悟：「你承認我比你長得好看，是嗎？」

秦恪：「？」

心中莫名產生一股挫敗感，他又沒能預測出小宋總的思路會往哪個方向轉彎。

宋昀然被自己的想像力深深取悅，高興地說：「太好了，我也這麼覺得。不過你也別洩氣，雖然比不過我，但放出去跟其他人比，你的勝算還是很大。」

說完還伸出手，拍拍秦恪的肩膀以示鼓勵。

秦恪艱難開口：「……謝謝。」

宋昀然抬起下巴，自豪地回應：「不用謝，這是爸爸應該做的。」

◇

六點半剛到，秦恪準時出門奔赴機場，偌大的套房內只剩下宋昀然一人。

他無事可做，加上被折磨整晚的疲憊漸漸襲來，便把昨晚拍攝的徐總監唱歌影片上傳至微博，並附帶文字：『**一些潛規則現場。**』

對於這個回應，宋昀然十分滿意，深感自己的嘲諷與不屑已經盡數體現。

替自己澄清完以後，他沒再浪費時間，洗完澡出來倒頭就睡。

再醒來時，已是傍晚五點。

他這一覺睡得很沉，秦恪走之前應該有跟飯店打過招呼，這幾個小時裡沒有人問他是否退房，也沒有客房服務上樓打擾。

宋昀然滿足地在床上打了個滾，把臉埋進枕頭裡，彷彿還能聞到秦恪身上清洌的香水味，以及一絲叫他臉紅心跳的、頗有侵略性的氣味。

冷靜點，不要細想。

他拍拍怦通亂跳的胸口，洗漱完後去餐廳吃了點東西，就叫來司機送他回父母家。

路上閒著沒事，宋昀然打算上網一下，欣賞一下自己的豐功偉績。

在他的幻想裡，嘲諷力道滿分的回應，必定能讓吃瓜網友們驚呼「小宋總好雲淡風輕，實乃總裁楷模」。

然而等他點開第一則留言，驕傲的笑容就凝固在臉上。

『**嗚嗚嗚早上六點半發回應，寶寶肯定一整晚沒睡好吧！**』

宋昀然：「……」

他確實一整晚沒睡好，但原因並沒有大家腦補的那麼可憐，而且憑什麼早上發文就是徹夜難眠，難道不能是他早睡早起嗎？

抱著微妙的不服，他點開這則留言裡面的回覆，想看有沒有人能明察秋毫。

可惜的是，並沒有。

之淚。

這則留言簡直炸開了媽粉窩，那些年齡可能還沒他大的「媽媽」們，集體趕來為他落下兩行慈母

「我一想到然然出去吃個飯都被人偷拍，心都碎了。」

「造謠的人你睡了嗎？我家孩子睡不著，你但凡有點良心就該跪下來道歉。」

「我就說昨天那些照片不可信，也不看看然然的臉多漂亮，他能潛規則誰啊？別人潛規則他還差不多！」

看起來是在幫他說話，但宋昀然完全感動不起來。

都在說些什麼亂七八糟的，不知道這群人平時是怎麼想的，居然寧願胡扯一些他更適合被潛規則的虎狼之詞，也不願相信他是個見慣大場面的成熟人士。

宋昀然無言地滑動頁面，沉思一會兒後，又覺得還行，至少大家願意相信他的人品。

他默默跟媽粉們和解了，滑微博的動作越發穩重。

緊接著，一則刺眼的留言，就躍入了他的眼簾。

「服氣。所以昨晚有些人就是沒參加秦恪的慶功宴，唯粉都醒醒吧，別人說秦恪是星河親兒子，你們就信了？哪家親兒子拿了獎，老闆一點表示都沒有，還有心情去聽油膩中年男唱《數鴨子》？」

這則留言深深刺痛了秦恪粉絲的心，紛紛在底下附和起來。

「講個笑話，親兒子拿獎比不過一首兒歌。」

「別說慶功宴了，秦恪昨天發的照片就他媽隨便吃了頓飯而已，我考上明星高中的慶祝都比這有排面。」

「宋昀然祖墳冒煙才簽到這麼個天才演員，你公司第一個拿獎的藝人喔，就這點待遇？」

「氣死我了，星河娛樂倒閉了！」

粉絲罵公司倒閉早已是飯圈常見的行為，但宋昀然看到這則留言時，還是難免眼皮猛跳，有種被

人詛咒的恐懼感。

他在腦中迅速盤點了一遍星河的運營現狀，確定公司不會倒閉後，驟然升高的血壓稍微降下去。

別跟不明真相的粉絲計較，他安慰自己，唯粉都是這樣的，不如我們看看CP粉會有什麼反應吧。

他熟練地切換帳號，滑起嗑暈超話，結果意料之外但又在情理之中的，發現不少人都陷入了悲傷中。

總結下來，就是頒獎典禮的時候有多甜蜜，典禮結束之後就有多感傷。

他們先從秦恪發的文裡發現宋昀然並未到場；再被行銷帳號帶風向，以為宋昀然馬不停蹄趕去潛規則不知名藝人；最後一覺醒來迎來致命一擊，宋昀然用一則貼文證明，對，他就是沒跟秦恪一起慶祝拿獎。

再結合宋昀然曾經說過，他之所以過年會去秦恪家，都是因為秦恪主動邀請他⋯⋯

由此可證，他們以為的雙向奔赴，到頭來全是秦恪單方面倒貼罷了。

鏡頭前的糖點再多又如何呢？私底下宋昀然根本不在乎秦恪的感受！

有理有據的一番推論，看得宋昀然差點就信了。

他越看越覺得好笑，心想以前總有人說他腦洞獵奇，那些人真該來看看，這才叫真正的腦洞大。

可惜笑著笑著，他一個手滑，又刷新出一則貼文。

『嗑不下去了，我上對CP就是單箭頭太粗，這對又是這樣。真的想不明白，這麼重要的時刻他居然沒有表示，拿獎後零互動我還嗑個鳥啊，渣男！』

宋昀然：「⋯⋯」

莫名其妙就變成了渣男，這事誰能忍？

少爺脾氣一下子就竄上來，宋昀然拉起袖子，依靠最後的理智沒有跟人對罵，而是在小號發了一篇文：『**宋昀然肯定不是渣男啊，他只是分得清主次的好總裁而已！**』

幾分鐘過去，並沒有人理他。

宋昀然不知道，他這個帳號用得少，上來也只是轉發些貓貓狗狗的影片，觸及率低得可憐，根本上不了即時動態，換言之，就是別人搜索他的名字，也根本看不到他的貼文。

他孤獨地等了半天，最後乾脆點開嗑暈群，決定為自己反黑。

相比超話裡的兵荒馬亂，元老級CP粉淡定許多。

他們認為，誰都有分身乏術的時候，缺席一場慶功宴不算什麼大事，說不定小宋總錄下這首《數鴨子》，就是想傳給秦恪逗帥哥一笑呢。

宋昀然無處安放的苦衷，終於得到了極大程度的緩解。

因為他原本錄影的時候就是這麼打算的，只不過因為後來發生的一系列插曲，打亂了他的計畫而已。

還是群組裡的小伙伴懂我。

宋昀然欣慰不已，心情好了大半，見正好有人猜測「說不定吃完飯就去找秦恪玩了」，便抱著順勢澄清渣男汙名的想法，打字說：

『**對呀，聽說他們昨晚住同一個飯店房間，直到今天早上秦恪才走呢，明明關係還是很好嘛，然然一點都不渣。**』

眾人：『……』

眾人：『？』

宋昀然愣了愣，他這句話又有哪裡不對嗎？

靜了幾秒，有人問：『**妳從哪裡聽說的？**』

宋昀然靈機一動：『**我同學的哥哥在星河工作，每天接送小宋總上下班，是他告訴我們的。**』

很好，這個回答無懈可擊。

宋昀然滿意地點點頭，我可是有人證的，這下你們總該相信我肯定不是渣男了吧。

然後就有人回覆他：『**……醒醒，這瓜一看就是假的，妳怎麼連這種爆料也信啊？**』

宋昀然麻木了。

他不想再跟這屆最難帶的CP粉糾纏，氣鼓鼓地點開微信，開始向秦恪訴苦。

我簡直太委屈了。他鬱悶地想。

不僅沒人從澄清裡看出他總裁人格的亮點，還要冤枉揹上渣男的名聲，自己跑出去解釋，竟然被人當作是個亂吃瓜的智障。

大段大段的文字傳出去後，為了讓自己的處境看起來更可憐一點，他還特意把群聊記錄截圖傳過去：『**你看他們這都在說什麼，氣死爸爸了！**』

訊息剛傳出去，宋昀然突然驚覺不對！

這可是CP群組，他怎能暴露自己的女高中生身分！萬一被秦恪誤會他私底下偷偷嗑自己的糖，那豈不是臉都被丟盡了？

宋昀然顧不上懊惱，趕緊把手速發揮到極限，把訊息一則則撤回。

幸好他反應迅速，沒幾秒的工夫就撤得一乾二淨，除了螢幕上留下幾則撤回提醒以外，一切都沒有露餡。

他剛要鬆口氣，手機忽地一震，秦恪傳了一則訊息過來。

很簡單的幾個字：『**……我看見了。**』

傷害性很大，侮辱性也極強。

宋昀然腦子裡「嗡」的一聲，險些把手機當場捏碎。

不要自亂陣腳，他安慰自己，或許秦恪只看見你撤回訊息，並沒看清具體內容呢？

對，就那麼短短兩分鐘不到的時間，他不可能這麼倒楣。

自信的笑容剛從唇邊揚起，手機緊接著又是一震。

秦恪：『**嗑暈群是什麼？**』

「……」

宋昀然無言了，看見就看見，還非得問出來，就這麼愛看爸爸社死嗎？

挑釁，赤裸裸的挑釁。

他幾乎能從短短兩行字裡，看到秦恪得意洋洋的醜惡嘴臉。

這人說不定在心裡嘲笑我呢。宋昀然想，有什麼可笑的，不就手滑加了個CP群組又一直沒退出嗎？搞得好像發現了我的黑歷史一樣，又不是什麼大事。

……是啊，不是什麼大事？

宋昀然驚覺之前一直在當局者迷的處境中，直到此刻才意識到，他既沒在群組裡高呼嗑暈世最真，也沒誘導粉絲嗑糖，甚至連超話都從未參與過。

我只是個清清白白的無辜路人而已，他想。

一股強大的底氣油然而生，宋昀然恢復鎮定，打字說：『**淡定點，別像個小學生似的一驚一乍，爸**

爸去臥底幫你調查粉絲群體而已。』

秦恪：『是嗎？』

宋昀然：『你但凡有點事業心，就該關注一下自己的粉絲。真以爲光靠公司給的資源就能歲月靜好？不過都是爸爸在替你負重前行罷了。』

對，就是這樣沒錯。

俗話說得好，每一個成功的男人背後，都有一個優秀的……男人，而他就是在看不見的角落，為秦恪遮風擋雨的梁柱。

宋昀然成功自我說服，感覺自己的形象越發高大偉岸，想必秦恪看到他的回覆，絕對會羞愧得無地自容。

不出所料，秦恪很快展開反省：『**……你說得對，我是應該多了解了解。**』

『**知道就好。**』

宋昀然回完訊息，抬頭見車輛已經駛入莊園，漸漸往別墅的車庫靠近，便冷哼一聲，收起手機。下車時步伐邁得大了點，拉扯到痠痛的大腿。

宋昀然皺了下眉，心裡暗罵幾句秦恪王八蛋，迎著司機困惑的眼神，迅速做好表情管理，假裝若無其事地往別墅走。

司機叫住他：「小宋總。」

宋昀然嚇了一跳，唯恐被對方瞧出端倪，轉頭問：「怎、怎麼了？」

司機指著被遺忘在後座的最佳新人獎獎盃：「這個要幫您拿進去嗎？」

「喔，你給我吧。」

宋昀然接過閃閃發光的獎盃，沒有多想，抱著它進了別墅。

一進門，他就向傭人問清宋繼東的位置，然後直奔書房找他爸談事情。他已經在來的路上想好了，想要盡快解決陸年亭，最好的方法就是尋求父母的幫助，對於寧東而言，想讓陸年亭破產就跟捻死一隻螞蟻一樣輕鬆。

宋昀然勝券在握，推開書房大門就喊：「爸——」

夜色降臨，書房裡燈火通明。

明晃晃的燈光照亮他懷裡的獎盃，反射的光線恰好打在宋繼東的眼眶上，差點閃瞎了老宋總的眼睛。

「什麼東西在閃！」

宋繼東來不及關心備受委屈的兒子，倉促地抬手抵擋傷害。

宋昀然默默把獎盃放到書桌上：「你別緊張，只是個獎盃而已。」

「？」

宋繼東放下手臂，仔細觀察過書桌上的發光體，然後陷入了長久的沉默。

「事情的經過你知道了吧，氣死我了，陸年亭太過分了。」宋昀然沒有發現他爸的異常，直奔主題抱怨起來，「這件事你能忍嗎？反正我是不能。現在陸年亭就是我的頭號敵人了，必須報復回去才行。」

宋繼東：「……」

他艱難地看向氣鼓鼓的兒子，語氣微妙：「所以你就把他兒子的獎盃搶走了？」

宋昀然莫名其妙：「啊？」

父子倆大眼瞪小眼地對視半天，最後還是宋昀然先反應過來，無奈解釋。

「……我沒搶，他自己送給我的。」

宋繼東更加無法理解。

雖說他從來不涉足演藝圈，但多少也知道這座獎盃對演員來說，是莫大的榮譽和鼓勵。

秦恪平白無故把一生只能拿一次的最佳新人獎盃送給他，怎麼想都有股濃重的陰謀味道。

怕不是看我家寶寶單純，就用些花里胡哨的小禮物迷惑他的心智。

宋繼東把那個礙眼的獎盃推到旁邊，語重心長地勸道：

「寶寶啊，依爸爸看，秦恪這人你還是不要深交為妙，無事獻殷勤非奸即盜啊。」

宋昀然無言地抿抿唇，這事他很難解釋。

「具體原因太長了我懶得說，反正秦恪不是你想的那種人。」他微妙地紅了紅臉，小聲道：「其實他人特別好。」

小宋總欲蓋彌彰的神色看在老宋總眼裡，顯得更加可疑。

宋繼東冷酷道：「是嗎？那你跟爸爸說說，他究竟好在哪裡。」

「他……」宋昀然說不出話，乾脆拿出響了好幾聲的手機，「等一下，好像有人找我。」

宋昀然的本意是藉著看手機的機會，抽空思考該怎麼回答。

結果點開手機一看，血壓就上升了。

秦恪傳給他好幾個連結。

從「嗑暈糖點總結一」開始，標號由小到大，洋洋灑灑占滿了整個螢幕。

最後一則訊息是：『**原來五二〇的祕密藏在這裡。**』

宋昀然內心充滿了疲憊。

他早該明白，秦恪哪會那麼聽話，原來底牌藏在這裡。

眼看那些偷偷點開過的連結，以另一種形式一行行陳列在眼前，宋昀然羞得臉都紅了。他完全可以想像到秦恪在對面打字時，眼中帶著調侃的模樣，甚至耳邊已經迴響起秦恪語氣中夾雜笑意的聲音。

宋繼東不知道兒子正在遭遇羞恥處刑，還在繼續追問：

「別演了，說吧，他這人到底怎麼樣？」

宋昀然憋了半晌，滿臉通紅地怒道：「……他就是個垃圾！」

宋繼東：「……？」

前後反差太大，老宋總完全看不懂。

及時響起的敲門聲，打斷了兩人之間詭異的沉默。

白婉寧推門而入，先看見神色忸怩的兒子，再看見桌上那個閃閃發光的獎盃。

她不動聲色地挑了下眉：「你們兩個躲在這裡聊什麼呢？」

見老婆大人駕到，宋繼東連忙解釋：「妳來得正好。我就說秦恪那小子心術不正，寶寶剛才親口說了，他是個垃圾。」

「我……」

宋昀然欲言又止地張開嘴，不知從何說起，總不能說他被秦恪調戲得惱羞成怒了吧。

白婉寧似乎不以為然。

她坐到沙發上，想了想問：「這次的事，你自己打算怎麼解決？」

終於提到正事，宋昀然鬆了口氣，他短暫地從被調戲的窘迫中脫離出來，認真地說：

「我想讓他破產。」

「這麼生氣啊？」白婉寧笑了一下，「能告訴我為什麼嗎？」

宋昀然說：「他汙蔑我的人格，還……還對秦恪很不好。」

可惜重生前的過往無法細說，他頗有幾分遺憾地想，要是能夠全盤托出，說不定不用他開口，爸媽就直接出手替天行道了。

白婉寧點了點頭：「可他對秦恪不好，跟你有什麼關係？」

宋繼東附和道：「是啊，人家父子之間的事，你幹嘛插手呢？」

誰跟他父子之間啊，秦恪官方唯一指定爸爸是我！

宋昀然在心裡狠狠地反駁了一句，急中生智：「他干涉過秦恪的代言，合作告吹以後害我損失好大一筆錢呢，以前是我大人有大量沒跟他計較，這次他敢在我頭上動土，不就得新仇舊帳一起算嗎？」

聽上去也有點道理。

宋繼東思忖片刻，轉而看向白婉寧，示意由她做決定。

對上大名鼎鼎的白董，宋昀然不得不更謹慎些，他把秦恪給的情報全部說了出來，強調道：「陸年亭名下好幾家公司都經營不善，否則他也不至於狗急跳牆急成這樣，對付他一點都不難。」

白婉寧「嗯」了一聲，又問：「秦恪連他爸的底細都告訴你，你就不怕他騙你？」

宋昀然怒道：「……他肯定不會騙我。」

「你怎麼知道不會？」宋繼東搖頭，「你不是剛說過他是垃圾嗎？」

宋昀然麻木了，老宋關注的重點根本就不對啊！

他咬緊嘴脣，一言不發，試圖營造出被人渣欺負了的可憐太子形象，以此打動父母的慈愛之心。

過了一會兒，白婉寧彷彿想清楚了，淡淡地說：「外界沒聽說過陸年亭資金周轉不靈，既然如此，他公司的帳務肯定有問題，私底下把柄多得很，找出來公諸於世就可以了，他撐不了多久。」

宋昀然恍然大悟，也對，這輩子陸年亭手裡沒有秦恪這棵搖錢樹，缺少一筆重要的資金來源，為了能在他現任太太那裡瞞天過海，肯定忙著到處拆東牆補西牆。

既然對方想用輿論抹黑他，那他為何不投出一記迴力鏢呢？

輿論造勢嘛，宋昀然有自信地想，這個我很熟。

可惜他的自信還沒膨脹半分鐘，白婉寧話鋒一轉，說：「相關的資料我可以讓人幫你準備，至於究竟如何查出來，你就自己想辦法吧。」

宋昀然當場愣住，指了指自己，難以置信地問：「妳是說，我自己查？」

白婉寧彎起眉眼：「不願意的話，也可以就這麼算了。反正他對寧東也構不成威脅，爸爸媽媽沒時間理他。」

「……」

宋昀然猶豫了許久，最後還是一咬牙：「好吧。」

聽他不情不願地答應下來，白婉寧眼中閃過一絲詫異的情緒，而宋繼東則不解地看看老婆，又看看兒子，總覺得他似乎錯過了什麼重要的資訊。

等兒子垂頭喪氣地出去了，他才悄聲詢問：「寶寶被人欺負了，我們幫他解決就是了，何必為難孩子呢？他又不擅長做這些事。」

「不擅長還願意答應下來。」

白婉寧轉過頭，目光落在之前放著獎盃的角落，靜默幾秒後，無奈地笑了笑，「代表他長大了。」

宋繼東：「長大了嗎？我怎麼沒看出來，明明還是傻乎乎的啊？」

白婉寧睨他一眼：「別說他傻了，我看你自己也沒聰明到哪裡去。」

連孩子談戀愛了都看不出來。

全家唯一智商擔當白婉寧，感覺肩上的擔子更重了。

◇

深夜，宋昀然躺在床上輾轉反側。

他今天傍晚才醒來，現在根本睡不著，特別是一想到接下來的繁忙事務，他的心情就越發沉重。

《南華傳》已經開拍，一系列IP開拍計畫也進入最後的衝刺階段，加上其他大大小小的投資，本來就讓他很忙碌了，如今偏偏因為秦恪，還額外添了一項讓陸年亭破產的光榮任務。

越想，宋昀然就越覺得委屈。

他辛辛苦苦是為了誰，結果秦恪居然還拿暴露了嗑暈群組的事大肆嘲笑他。

太不像話了！

宋昀然慢吞吞地從床上爬起來，摸過手機，打了一通電話給秦恪。

訊號接通，手機那頭響起的聲音卻不是秦恪，而是他的助理小柯。

小柯還是第一次接到總裁的電話：『小、小小宋總，您有什麼事嗎？』

宋昀然滿頭問號：「秦恪呢？」

『他在拍戲呢。』

「……他拍戲你就隨便用他手機？」

宋昀然皺緊眉頭，難道他們公司的藝人助理培訓如此不到位？

小柯連忙解釋說：『是秦恪叫我盯著手機的，說如果您打電話找他，我就務必接聽，絕不能錯過您的消息。』

宋昀然點了點頭，點完才想起那邊的小柯根本看不見他的動作。

他跟小柯沒什麼好聊的，但就這麼掛斷又不太禮貌，想了想便問：

「他今天拍攝還順利？」

『挺順利的，就是傍晚的時候導演為了等自然光，耽誤了半小時。』

小柯說：『不過您放心，我看他等光的時候在玩手機，雖然不知道在看什麼，但好像心情非常好。』

宋昀然鯁了一下，問：「有多好，你詳細說一下。」

小柯當即形容道：『唔，具體說不上來，就是一直在笑吧，而且跟平時和人說話時的那種笑法不太一樣，笑得特別……幸福？』

宋昀然握緊拳頭。

他面無表情地想，喔是的，當時秦恪發現了我的祕密，肯定一邊愉快地看著嗑暈超話，一邊在心裡嘲笑我。

那確實挺幸福的，畢竟這個逆子根本想不到，當時爸爸正為了他回家搬救兵呢！

想到這裡，宋昀然更氣了。

『小宋總，這麼晚了您找他，是有什麼事要交待嗎？』小柯還在那邊問。

「對，你幫我轉告他。」宋昀然冷酷地說，「我要跟他絕交。」

小柯：『……？』

秦恪拍完戲剛上車，第一時間就收到絕交的噩耗。

「小宋總沒說別的？」他邊喝水邊問。

小柯皺眉：「說完絕交就掛電話了，聽上去態度特別堅定。怎麼辦？你要不要跟劇組請個假，回去負荊請罪啊？」

秦恪搖了搖頭，他多少掌握了一些宋昀然腦洞推測術，幾乎可以猜到如果他當真請假回去，宋昀然絕對會說「你剛請完假領獎就又開溜，還想不想好好當演員？爸爸對你很失望」。

不過居然真的生氣了？

秦恪放下礦泉水瓶，看了一眼時間。

三點多，宋昀然多半已經睡了，但求生欲暗示他，想活命的話現在就趕緊表演土下座。

於是他點開手機，斟酌片刻後便開始打字。

次日上午，宋昀然一覺醒來就看見了訊息。

他抱著枕頭逐字逐句地看過這封「道歉信」，意識出現了短暫的空白。

大半夜的，秦恪說這些幹嘛？

過了一會兒，他才想起來，喔對，我們絕交了。

宋昀然重新看了遍訊息，嘴角上揚。

凌晨三點傳來危機公關聲明，秦恪肯定知錯了，但他轉念一想，覺得不能輕易原諒，否則會顯得他的憤怒特別小兒科。

最近對兒子的管教有點放鬆了，必須讓他多記取教訓才行。

再把他晾個幾小時吧，宋昀然想，等到下午我們再和好。

結果這一晾，就晾到了晚上。

宋昀然今天特別忙，不僅在公司裡開了兩場會，還出門跟呂靜宜見了一面，聊電影投資，全程忙得顧不上看手機，等回到公司的時候，星河的人都走得差不多了。

他回辦公室處理了幾份緊急文件，忙完才想起要看手機，發現今天秦恪又傳了好幾則訊息給他。

『爸爸，還在生氣？』

『是我不好，我不應該笑你。』

『理我一下？』

看起來怪可憐的。

宋昀然撇撇嘴角，判斷今天的親子教育可以暫時告一段落了，不過秦恪現在肯定還在拍戲，乾脆晚點再連絡他好了。

忙完工作的小宋總走出辦公室，經過茶水間時，忽然聽見裡面傳來激烈的交談聲。

「這也太像了吧我說，代入了，這次真的代入了。」

「好可愛的狗狗，我們再看一遍吧。」

喜歡毛茸茸小動物的宋昀然瞬間被勾起了好奇心。

他拐進茶水間，看見幾個加班的員工正在那裡吃外送，桌上擺放的一部手機吸引了大家的注意力，人人臉上都帶著被治癒了的慈祥笑容。

「你們在看什麼呢？」宋昀然走過去問。

可能是他的錯覺，員工們轉頭看見他時，臉上的笑容扭曲了幾分。

好在很快有人回答道：「在看一個寵物博主發的狗狗。」

宋昀然是個沒有架子的親民總裁，聞言眼睛一亮，不請自來地坐過去。

「讓我也看看。」

「……小宋總，這狗的名字叫然然。」另一人尷尬地提醒。

宋昀然鯁了一下，很想站起來走人，但被莫名其妙的自尊心驅使他強裝鎮定。

「沒事，看吧。」

影片開始播放後，宋昀然後悔了。

他悄悄瞄了眼影片標題，上面寫著「我家狗狗生氣了」，感覺被有意無意地針對了。

影片裡，一隻馬爾濟斯犬委屈巴巴地縮在牆角，用屁股對著鏡頭。

它的主人蹲下來，伸手戳了戳它：『然然，還在生氣呀？』

宋昀然：「……」

這話聽上去好耳熟啊。

『好啦，是爸爸的錯。』

主人笑得畫面都在抖，他輕撫狗狗的頭，繼續說：『爸爸太過分了，怎麼能笑我們家然然呢？理理我好不好呀，然然？』

馬爾濟斯犬扭過頭來，氣鼓鼓地「汪嗚」一聲。

偏偏這個時候，影片裡還貼心地配了張貼圖，上面就幾個大字：『**我生氣了，哄不好的那種！**』

代入感太強，宋昀然握緊了拳頭。

該死，秦恪不會是從這支影片得到的靈感吧？

幾天後，片場。

小柯坐在遮雨棚下，輕車熟路地點開星河工作群組，想看看遠在燕市的同胞們今天都聊了些什麼。

未讀訊息顯示九十九則以上，他直接點到最前面，發現美好的一天又是從滿螢幕的「謝謝小宋總（愛心）（愛心）」開始的。

小柯悲哀地嘆口氣，找了一位和他相熟的同事，問：『**小宋總又發員工福利了？**』

對方回道：『**是啊，一連發三天了。昨天送一朵花給每個女同事，今天又發零食給所有人，你說小宋總最近是不是有什麼喜事啊？**』

『**……零食好吃嗎？**』

『**當然好吃，而且還貴呢，平時我都捨不得買！**』

「……」

怎麼可能不好吃，那可是秦恪自掏腰包買給小宋總的。

小柯無言地想，小宋總有沒有喜事不好說，反正依他看來，秦恪大概是快完蛋了。

自從絕交事件發生以來，秦恪以往的職場教學彷彿都失效了。

這幾天裡，他一有空閒就拿著手機發呆，仔細看的話，臉上還會流露出懷疑人生的困惑表情，顯而易見，他還沒有得到小宋總的原諒。

從前天開始，秦恪每天都讓小柯在網路上買禮物寄到公司，然而從群組裡的情況來看，那些禮物全部被小宋總送給了公司員工。

完蛋，也不知道秦恪究竟犯了多大的錯，讓我們可敬可愛的小宋總氣成這樣。

小柯想不通其中緣由，只能在吃午飯的時候委婉提醒。

「送禮物這招，可能不太管用。」

秦恪抬起眼：「又送給其他人了？」

「是啊。」小柯說：「你要不要想想別的辦法？小宋總不是那麼愛計較的人，他遲遲不肯原諒你，說不定是沒用對方法。」

秦恪沉吟片刻：「我知道了。」

小柯憂心忡忡地看他一眼，收拾好桌上的飯盒：「好，那我先出去了，還有半小時開拍，你趁現在補個眼。」

說完就提著垃圾袋出了保母車。

秦恪想了想，直接打視訊給宋昀然。

此時宋昀然正在辦公室裡吃外賣。

前兩天白婉寧把陸年亭公司的資料傳了過來，經過一段時間惡補專業知識，他已經能夠看出有些地方不對勁，但又沒有十足的把握，今天就把唐助理叫過來幫忙。

兩人從早上忙到中午，看資料看得頭暈眼花，誰也沒心情外出用餐，乾脆叫人送進辦公室就地解決。

聽到手機聲響，唐助理提醒說：「小宋總，您手機響了。」

「我看見了。」

宋昀然愁眉苦臉地把手機推遠一些，為難地說：「秦恪想跟我視訊呢，你說我要不要接？」

唐助理莫名其妙：「你們不是在談戀愛嗎？這有什麼好不接的。」

宋昀然嘆氣：「你不懂。」

那天看完狗狗的影片，他又彆扭地沒理秦恪。

誰知道後面幾天工作量突然增大，每天等他想起這件事的時候，人都已經躺在床上準備睡覺了，就想著乾脆明天再說吧，結果一天拖一天，就拖到了現在。

這幾天裡，秦恪再也沒傳過訊息給他，只是買了幾次禮物送過來。

宋昀然不知為何，一收到快遞就開始心虛，總覺得這種一言不合送禮物的行為是在向他抗議些什麼，於是只好把禮物分發給員工們。

其實他早就不生氣了，但是錯過了和好的最佳時機，加上秦恪始終沒有再連絡他，他不禁開始懷疑，會不會對方被他幼稚的行為激怒了？

一種黏糊糊的心理讓宋昀然逃避般地投入工作，不知道該如何解決絕交事件，就在他猶豫的時間裡，遲遲沒有接通的視訊自動掛斷。

宋昀然「啊」了一聲，眼裡的苦惱幾乎快漫出來了，他握緊筷子，想再打視訊給秦恪，又不知道撥通了該說什麼。

下一秒，手機螢幕重新亮起，秦恪的視訊通知又傳了過來。

「……您還是接吧。」

唐助理冷眼旁觀半晌，猜測這兩人多半是吵架了，社畜的第六感在此時終於發揮作用。

「我想起投資部那邊有點事，得出去一下。」

宋昀然抿抿嘴唇，慢吞吞地把手機拿回來，一咬牙滑開接通，然後迅速埋頭開始吃飯，試圖營造出一種他剛才沒聽見手機響的氛圍。

秦恪：『……』

對面的手機位置沒放好，從他的角度只能看見一盤綠油油的青菜矗立在眼前。

宋昀然根本沒發現自己沒入鏡，還在施展演技，匆忙吃了幾口米飯，又點開電腦螢幕，眉頭皺得彷彿在研究民生大計一般，對著一份打開的文件故作思考狀。

等了幾秒，手機裡沒人說話。

完了完了，秦恪肯定生氣了，這不就是傳說中的沉默施壓嗎？這視訊打過來，該不會是要提分手吧！

宋昀然更加不敢看鏡頭，艱難地咽了咽喉嚨，小聲說：「你看見我，就沒什麼想說的？」

秦恪扯了下嘴角，評價道：『好久不見，你變綠了。』

「？」

宋昀然下意識垂眸望去，看見螢幕裡那盤青菜後無言了一秒。

他連忙把手機擺放到正確的位置，朝鏡頭認真地控訴說：「你怎麼還敢笑我？」

手機裡終於出現朝思暮想的那張臉，讓秦恪也愣了一瞬間。

他閉了閉眼，又睜開，用視線慢慢描繪過男朋友輪廓的線條，才緩聲開口。

『我想你了。』

答非所問的一記直球，打得宋昀然暈頭轉向。

「誰、誰要聽你說這些啊。」睫毛顫動的頻率出賣了他內心的真實情緒，連語氣都不由自主地軟下來，「不要以為說些奇奇怪怪的話就能騙過我，有些事你還沒解釋清楚呢。」

秦恪笑了笑，問：『解釋什麼？』

「就那天你知道我在群組裡，然後看著手機笑得一臉幸福……」

宋昀然提起這件事就鬱悶，嘟噥道：「看我笑話就那麼高興嗎？你這種行為也不是一次兩次了，真以為爸爸不跟你計較？」

秦恪靜默，這才知道原來宋昀然介意的點在這裡。

可他並不知道，原來在小柯的描述中，那時候他臉上的表情可以稱之為幸福。他只是翻著那些由粉絲總結的過往，回憶起兩人相處時的點點滴滴，就不由自主地彎起了唇角而已。

『我不是因為看你笑話而幸福。』

秦恪揉揉太陽穴，解釋道：『是想起你，才覺得這輩子過得比從前幸福很多。』

宋昀然半信半疑地看了手機一眼。

雖說他的確認為，能找到他這麼好的男朋友，對秦恪而言肯定是莫大的幸運，但是說到幸福好像又略顯誇張。

他歪過腦袋，確認道：「跟我在一起，你覺得很幸福？」

秦恪點頭：『嗯。』

宋昀然被超出認知的肯定震驚了，不自覺地挺起胸膛，驕傲得像一隻開屏的孔雀。

「既然這樣，那爸爸就勉強原諒你吧。」

『謝謝爸爸。』秦恪從善如流地接道。

「少在那裡耍嘴皮子。」宋昀然輕哼一聲，「好了，現在劇組是不是在休息？你也去睡一下覺吧，晚上收工了再聊。」

掛掉視訊，宋昀然坐在轉椅裡轉了幾圈，忽然想起一件重要的事。

他今天又把秦恪送來的禮物分給別人了！

這怎麼行，那可是男朋友的一片心意。

宋昀然撥打內線電話，找到唐助理：「你現在去茶水間，把早上放過去的零食全部拿回來。」

唐助理：『……您確定？』

「確定。」宋昀然強調道，「記住，是全部，一個都不能少。」

那一天，星河娛樂的員工好像擁有了什麼，但又沒完全擁有。

零食無故消失的離奇原因還在探索之中，網路上關於小宋總的討論也依舊保持著熱度。

宋昀然那則光明正大的回應足以洗清他的嫌疑，加上被拍到同桌的兩位藝人出來澄清，事件本該早早落下帷幕，但免不了還有些內心陰暗或別有目的的人，認定他就是仗著寧東太子的身分，欺負了十八線小藝人。

至於為什麼除了幾張模糊的偷拍照外，沒有任何證據？

廢話，肯定是被公關了！

起初網友們還會有理有據地反駁一番，後來大家煩了，對這種跳梁小丑全部用一句話回覆：『**小心寧東律師函警告。**』

不說別的，光看每次為星河娛樂的作品宣傳時，寧東集團恨不得全軍出擊的架勢，就知道白婉寧夫妻倆對自己的孩子有多看重，他們手握菁英律師團隊，難道會放任兒子平白無故受天大的委屈？必不可能！

大家翹首期盼，想看一場太子名譽訴訟案。

結果他們等啊等，等到半個月過去，等到那些惡言惡語都消失了，寧東卻一點動靜都沒有。

「不應該啊，這次眞不管了？」

「就算他爸媽看不上這點小打小鬧，宋昀然自己也不在乎？」

「會不會是小少爺見識到演藝圈的黑暗面，被嚇到了？」

「……想起一些《假日慢遊》的試膽環節，說被嚇到，好像也不是沒有這個可能。」

「腦海中有畫面了。」

「有畫面了＋1」

有人貼出連結：**「是這樣的畫面嗎？」**

連結點開一看，是一隻被院子外路過的狼犬嚇到炸毛的小狗，無論主人如何勸說，都瑟瑟發抖地縮在自己的狗屋裡，不肯邁出半步。

底下一整排留言：**「謝謝，代到了。」**

不過也有人對此表示異議：**「我說你們會不會想太多了？我在縣裡的旅遊局上班，就是《假日慢遊》去過的樺嶺村所在的縣，這兩天寧東派了不少人手過來，說是宋昀然主導想開發樺嶺度假區，資金和規畫圖都準備好了，就等手續流程走完就開工，他要是眞嚇到了，還有心情拓展業務？」**

寧東準備投資樺嶺村的消息一直有傳言，但網友們還是第一次知道，促成合作的人會是那個看起來不怎麼正經的宋昀然。

所以在他們胡思亂想的時候，宋昀然並沒有因為一點小小黑料就一蹶不振，而是兢兢業業地繼續履行總裁的工作？

『那……或許他就是不在乎這點爛事？』

『或許是太子失寵了也說不定呢。』

宋昀然看到這則留言時，正在跟秦恪視訊。

他盯著手機螢幕冷笑一聲，抬眼看向平板電腦的螢幕，佩服道：「網友們永遠有無限的想像力。居然說我在家失寵，怎麼不說我爸媽突然發現，原來我不是他們的親兒子呢？」

秦恪：『……畢竟你跟你爸一看就是親生的。』

特別是在腦洞這方面，他在心裡補充道。

宋昀然疑惑地歪了下頭，由於近期工作太忙而疏於修剪的額髮也垂到一邊，露出一雙清澈的杏眼。

「不會吧，其實我長得更像我媽。」說著他撐起手臂，從沙發爬起來，把放在茶几上的平板電腦拿近了些，「你看我的鼻子跟我媽一模一樣。」

為了讓秦恪看仔細些，他特意湊近螢幕展示。

秦恪沒見過白婉寧本人，從前也只在一些新聞報導裡看過她，因此對她具體的模樣只有個模糊的概念。

但此刻他被迫觀察宋昀然的長相，忽然發現宋昀然的鼻子確實很像白婉寧，鼻梁高挺，鼻尖卻是微往上翹的秀氣款，很好看也很俏皮，有點像美式動畫裡的卡通人物。

只不過宋昀然沒有遺傳到白婉寧的鳳眼，五官組合出來的效果雖然很帥，但又因為那雙圓圓的眼睛，多添了幾分可愛。

特別是此刻他近距離地湊過來，不經意間，讓秦恪想起一些小狗賣萌的畫面。

『別湊這麼近。』秦恪抿了下唇，『會讓我特別想親你。』

宋昀然：「……」

他紅著臉把螢幕拉遠，懷疑對方說不定又在調戲他，但當視線落在秦恪抿緊的薄唇上時，他卻有根筋不對，下意識脫口而出：「我也好想親你。」

距離上次見面已經過去半個月，一些酸澀的思念早已不知不覺地爬上心頭。

宋昀然屈起膝蓋，拽過一個抱枕擋住下半張臉，難得有點不好意思。

「你太不像話了，重生以後為什麼不能學學爸爸，當個總裁也好啊，做什麼演員！」

和演員談戀愛注定是聚少離多。道理他都懂，可是他也想像別的情侶那樣，每天都可以見面親親。

秦恪笑了笑：『那我們豈不是變成競爭關係了？』

宋昀然一想，好像是這麼回事。

先不提當時的秦恪沒錢當總裁，萬一他打定主意棄演從商，按照原作主角無敵理論，說不定將來秦恪的公司會成為星河娛樂，甚至寧東集團的最大勁敵。

再一想兩人之前的死對頭設定……

「我就隨便說說，你做演員挺好的。」宋昀然趕緊撤回前言。

秦恪看著他一臉心有餘悸的模樣，大概猜到他又在腦補什麼，笑著說：『是啊，我做演員拍戲幫你賺錢，努力讓你早日賺夠五億不用出去聯姻，比當總裁好多了。』

宋昀然鼓了下腮幫子，這句話他無法反駁。

一年多以來，星河除了《紅白喜事》的票房分潤以外，最大也最穩定的一筆收入，就是秦恪的酬勞提成。

要不是白婉寧規定了只能在兩年內完成，宋昀然幾乎可以斷定，哪怕他什麼都不做，過不了多久秦恪就能幫他把五億賺回來。

「我算是知道，上輩子陸年亭為什麼不喜歡你又捨不得放你走了。」他心悅誠服地感慨道：「多好的一棵搖錢樹啊，都不用費心，澆澆水就能長得很高了。」

話說出口，宋昀然又覺得不對：「當然我跟他可不一樣！他只喜歡你幫他賺錢……」

秦恪打斷問：『你還喜歡我這個人？』

「有些事知道也不必說出來。」宋昀然冷酷地說：「我再次警告你，爸爸的耐心是有限度的，別惹我，好嗎？」

『好。』秦恪點頭，語氣誠懇，『爸爸別跟我絕交。』

……能不能別提絕交的事了！

宋昀然想起那件事，就恨不得挖個地洞鑽進去，特別是那天唐助理一臉無言地把零食全抱回來的時候，看他的眼神就跟看個智障一樣。

於是他清清嗓子，轉移話題：「對了，陸年亭那邊，我們查得差不多了。」

秦恪：『嗯？』

「他問題不少呢，逃漏稅、拖欠債款、明盈暗虧，爆出來別說外面的人不會放過他，他太太說不定都會把他踢出家門。」

秦恪跟陸年亭沒什麼感情，聽完也只是淡淡地回道：『你想怎麼處理都行。』

宋昀然：「行，那我就按照計畫，下週開始動手了。」

之前還十分平靜的秦恪，此時卻挑起了眉：『下週不是你生日嗎？』

宋昀然理直氣壯：「他兩輩子加起來欺負過我那麼多次，我送他一份破產大禮包給自己當生日禮物，有什麼不對？」

確實沒有什麼不對。

但秦恪的重點並不在這裡：『該不會你生日當天，還要忙著處理他的事？』

宋昀然想了想：「不用吧，爆料交給其他人就好。我都跟賀子遊他們約好了，生日當天要坐遊輪出去海釣呢。」

秦恪揉揉眉心，語氣低了下去：『……所以，你不準備跟我一起過生日？』

宋昀然麻木了，這人怎麼這麼無理取鬧！

他抬起下巴反問道：「你不是要拍戲，哪有時間陪我？」

『今天是我這半個月裡，第一次在凌晨前收工。』秦恪靠上椅背，指骨輕敲桌面，慢條斯理地說：『正常拍戲哪有這麼累，還不都是我跟製片組求了好久，讓他們同意趕快拍最近的戲分，就為了能在你生日時空出半天時間。』

「……」

秦恪嘆了口氣：『宋昀然，你沒有心。』

當晚，無心人士宋昀然抱著前所未有的愧疚，緩緩進入夢鄉。

第二天醒來的時候，他想起昨晚秦恪說話的語氣，就感到一陣心虛。

也不知道秦恪是怎麼求製作組的。

他揉了把睡亂的頭髮，想像著在外人面前無比高冷的秦恪，低聲下氣哀求製作組的情景，就不由得長長地嘆了口氣：「我真是個渣男。」

到了公司，進行完自我反省的宋昀然通知唐助理：「幫我訂下週三上午的機票，我要去探班。」

他沒說探誰的班，但唐助理心中一片了然：「回程的機票需要一起訂嗎？」

「唔，週四早上吧。」宋昀然說。

唐助理問：「不需要多留幾天？」

宋昀然鬱悶地撐著下巴，抱怨道：「我倒是想，可秦恪在劇組太忙了。你知道嗎？就這半天休息，都是他半個月加班熬夜拍戲，好不容易才擠出來的時間。」

秦恪真的好愛我，宋昀然又一次感嘆道。

不過等見了面，我一定要提醒他，以後不能這麼亂來，連續好幾日拍戲萬一累壞了身體怎麼辦？

看著一臉幸福的小宋總，唐助理默默推了下金框眼鏡。

他想不通，宋昀然身為娛樂公司的老闆，為什麼就沒意識到這句話裡存在極大的漏洞呢？

已知秦恪只有半天假期，也就是最多十二小時而已，平分到整整十五天的半個月裡，每天連一小時都不夠，哪裡需要熬夜拍攝？

所以要不是秦恪賣慘哄他，就是秦恪另有打算，反正無論哪一種，都不是宋昀然以為的那樣。

唉，看來是又被騙了。

唐助理想，或許這就是戀愛的魔力吧。

使我本就不聰明的小宋總，智商變得更低了。

最終章

週一，備受嫌棄的工作日又開始了。

上班族與學生們抱著如同上墳的沉重心情，迎來新一天的生活。地鐵上，他們習慣地打開手機，看看論壇與微博，又百無聊賴地退出來。

最近演藝圈一片風平浪靜，讓吃瓜網友們無瓜可吃。

好無聊，誰來出點事讓我們高興高興吧。

如同聽見大家的心聲一般，下午時分，微博上某個粉絲數好幾萬的娛樂帳號發布了一則私訊投稿。

『**吐槽一下某個知名經紀人吧，搶通告的手段太髒了。為了捧自家藝人上位，每次不只抹黑競爭對手，還利用自己跟某些公司的關係對品牌方施壓。**

你以為他對藝人很好嗎？也不是，他手裡的藝人一點自由都沒有，說話做事全部要聽他的，非常獨裁的管理風格。

如果有人受不了想反抗，等在前面的就是天價違約金。要是賠不起，接下來才是真正的地獄，冷凍都算輕的了，他會故意安排你去做些不適合、自降身價的工作，敗光你的路人緣，讓你變成圈內群嘲的對象，想換間公司都沒出路。』

投稿一經發布，就引起無數網友關注。

熱鬧起來了，萬惡週一地獄裡的精神食糧！

一時之間，各大論壇紛紛平地起高樓，網友們展開八方神通，集體討論這個喪盡天良的經紀人是誰。

『說到群嘲……想起去年頻繁幫三無品牌站臺的某人，他以前算是賣文藝清高人設的演員吧，從那以後人設崩了粉圈也跟著崩，現在已經糊得查無此人了。』

『我們想的是同一個人？』

『這麼一說我女兒也跟他一家公司？好好的舞擔被安排去唱歌節目，全開麥公開處刑，從初舞臺被罵到淘汰，身邊不少朋友都脫粉了。』

『能不能直接說人名，這些都是誰啊？』

『給樓上一點提示，他們的經紀人都姓許。』

很快，秦恪前世的經紀人許平走進了大家懷疑的視野裡。

許平確實是業界赫赫有名的經紀人，手裡藝人不少，競爭對手也不少，順著一些細枝末節的線索，大家終於斷定，被匿名投稿吐槽的就是他。

這年頭，要評十佳經紀人的話，很難有人能讓粉絲們滿意，但像許平這樣把經紀公司搞得像舊社會賣身一樣的，也實在過於少見。

隨著眾人群情激奮地討論，許平的名字從論壇紅到微博，當晚終於掛上了熱搜。

許平也不是吃素的，見狀以為是哪個藝人想鬧事，一邊著手在內部展開調查，一邊對外發出一張律師函，然後熟練地花錢撤下熱搜。

結果沒過多久，熱搜又回來了。

像是有人故意跟他較勁似的，一點都不想讓他的熱度降下去。

等到週二，許平的家底都快被挖光時，忽然有人提問：『**就我一個人好奇，投稿人說的跟許平關係好的公司是哪幾家嗎？**』

到了這裡，宋昀然苦心安排的破產大計，才正式拉開帷幕。

「你們看我聰明吧，光是爆陸年亭的料，網友們肯定不感興趣，先從大家最熟練的演藝圈下手，循序漸進，一步步等熱度最高的時候，再拉他出場。」

酒吧包廂裡，宋昀然咬著吸管，向一群好友得意洋洋地說道。

眾人麻木地看著他，最後還是賀子遊挺身而出，代表大家質問道：「很好，但這跟你放我們鴿子有什麼關係呢？」

「……」宋昀然怒道，「幹嘛啊你們！都說了今天我請客，大家玩個痛快嘛。」

賀子遊搖頭：「可我們想要的是遊輪海釣。」

另一人幽怨地附和道：「就是，消費降級還不准別人說？」

宋昀然猛吸一口奶茶，振振有詞：「我這不是有工作嗎？你們別成天只想玩，實在很閒的話一起努力繼承家產吧。」

「……」

遊手好閒的富二代們欲言又止，他們之中出現了一個叛徒。

全場唯一知道真相的賀子遊更是無言。

明明是跑去找男朋友談戀愛，說得好像他臨時爽約是去談大生意似的。

也不知道被秦恪灌了多少迷魂藥！

趁無處吐槽的其他人去玩骰子，賀子遊蹭到宋昀然旁邊，悄聲問：

「你對付這個陸年亭，是不是因為他造謠生事，影響了你和秦恪的感情？」

宋昀然不想被其他人知道秦恪與陸年亭的關係，猶豫道：「這麼理解也行。」

「原來如此。我就說呢，從沒見過你報復心這麼強。」

賀子遊感慨道，「我好欣慰，你衝冠一怒的樣子，有那麼點霸道總裁的感覺了。」

包廂昏暗的燈光下，宋昀然眼睛亮亮的：「你也這麼覺得？」

「對啊，這可是商戰呢，好帥氣。」賀子遊說：「我看有網友出來爆料，說他公司私底下有不少違法行為，坑過不少供應商。」

宋昀然坦白說：「那是我安排的公關。」

賀子遊鯁了一下：「……喔。反正幹得漂亮，想不到你還能幹出如此有氣魄的事，以前如果有誰說你會出手對付敵人，我會以為你是親自上門搶公章那派！」

「少在那裡影射社會新聞。」宋昀然得意地笑了起來，「知道我的厲害就好。」

與此同時，他暗自思索，或許一個男人的轉變，就是從他成為父親開始。

他既然當了秦恪的爸爸，就不能再像以前那樣孩子氣。

而陸年亭，則是他成長路上的一塊試金石。目前進展得很順利，說明他的計畫毫無破綻，只要等事情進一步發酵，各方施壓之下，陸年亭的破事肯定就藏不住了。

可惜秦恪跟他親爸早就沒有往來。

宋昀然嚼著椰果想，否則他真想跟秦恪一起，去陸年亭家看痛哭流涕的樣子，畢竟他大概沒機會看見秦恪跪地求饒，靠一些子債父償，也勉強能彌補他的遺憾。

罷了，人生難免有缺憾。

宋昀然調整好心態，掏出手機換到微信的分身帳號，看了眼名為「天涼陸破」的群組。

裡面有不少水軍與自媒體人士，他和唐助理不希望外人知道此事與星河有關，隱姓埋名化身為陸年亭的商業競爭對手，埋伏在裡面即時指揮。

現在群組裡有人標記了他：『**又有洗白的文章了，要繼續嗎？@一位正義的父親**』

宋昀然回覆：『**繼續，他洗白一次我們就再發十次。**』

跟我鬥？

宋昀然收起手機，擺出霸總專屬的三分冷漠七分不屑的冷笑臉。

我可是混了兩輩子演藝圈的人，輿論造勢的手法玩得比你熟練多了，能用來砸在公關上的資金也比你多。

這是一場秦恪兩個爸爸之間的對決。

宋昀然想，擁有秦恪內部消息支援的我，必定是這場對決的最後贏家。

◇

第三天，也就是宋昀然生日當天。

不再需要小宋總往外爆料，陸年亭名下幾家公司的底細都被網友們挖了出來，連他年輕時到現在的各種花邊新聞，也沒能逃過網友們的火眼金睛。

『**陸年亭年輕時結過一次婚，沒過多久就因爲出軌跟前妻離婚了。後來入贅到現在的太太家，靠老婆投資開了幾家公司，手裡有錢了就故態復萌，又跟不少年輕小姑娘不清不楚。**』

『這也太渣了吧，富婆能不能小心點，別被渣男騙了。』

『富婆爲什麼要給他錢？他長得也不好看啊。』

在網友們心中，已經五十多歲的陸年亭，不過是在菸酒與美色薰陶下變得十分油膩的中年男人，他們死活想不通，這種又壞又無能的人，能靠什麼才能騙到有錢的太太。

直到有人挖出他年輕時的一張舊照，大家才紛紛感到了震驚。

『靠，眞的好帥。』

『很難想像是同一個人的程度。』

『這個故事告訴我們，心術不正會毀容。』

『是我的錯覺嗎？年輕的時候怎麼跟秦恪有點像？』

『……秦恪做錯了什麼要被你這樣侮辱。』

『憐愛帥哥了。』

『差不多就是這樣。』手機那頭，唐助理的語氣裡透著一股嚴肅，『小宋總，您竟然沒提前告訴我，他是秦恪的親生父親？』

宋昀然坐在候機室，聽到唐助理的質問，疑惑道：「你是怎麼知道的？」

唐助理：『……我問陳靜了。』

喔，原來是問了秦恪的經紀人。

宋昀然點點頭，隱約覺得哪裡不太對勁，但一時也想不出來，索性拋開腦海中的疑惑，反問：「所以這有什麼問題嗎？」

『問題可大了！』唐助理說：『陸年亭違規經營的事現在有不少媒體報導，聽說今天相關機構已經去他的公司查帳，萬一今後被人發現秦恪就是他的兒子，豈不是會影響到秦恪的形象？』

宋昀然眨了下眼，發現這次確實是他疏忽了。

一直以來，他都沉浸在讓陸年亭破產的快樂中，完全忘記秦恪也很可能因此受到牽連，而且他沒想到就算了，建議他自己出手的白婉寧也沒想到嗎？

還有身為當事人的秦恪……

宋昀然越想越混亂，可惜不等他想通其中邏輯，登機的提醒就先一步到來。

兩小時後出了機場，小柯已經等候在外面。

剛上車，宋昀然就試探著問：「秦恪這兩天，心情怎麼樣？」

小柯之前誤傳軍情險些引發大禍，如今變得謹慎許多。

他斟酌片刻，回答說：「就很平常的樣子，看上去沒有特別幸福。」

「？」

宋昀然愣了一下，心想完蛋，秦恪都不幸福了！肯定是在心裡悄悄埋怨他呢！

這次的劇組沒在影視基地拍攝，而是租下當地一條老街，作為劇情發生的主要地點。

還沒下車，宋昀然就看見有不少當地居民拖家帶口地在高處的地界看熱鬧。

也不知道裡面有沒有嗑暈粉。宋昀然想了想，下車時還是謹慎地戴上了口罩，以免被人拍到，又讓CP粉心中再起波瀾。

他來得早，上午的拍攝還沒結束。拿到通行證後，便在小柯的帶領下，保持安靜進入了拍攝場地。

秦恪正在拍打鬥戲，他在電影裡扮演警察，查案時遇到了幾名窮凶極惡的歹徒，雙方在巷子裡發生了一場近距離對峙。

入戲狀態的秦恪跟平時完全就像兩個人，打鬥時銳利的眼神與俐落的動作，為他增添了一抹狠厲的氣質。

每當他用一記漂亮的掃腿踢飛對戲演員時，宋昀然就會莫名抖一下，感覺那些刻意設計的武打動作，都像秦恪等等準備用來教訓他的。

片場有不少劇組成員都認出了宋昀然。

他們不時轉過頭來，望向不知為何臉色煞白的小宋總，不約而同地產生了一個疑問——他不是過來探班的嗎？怎麼看起來反倒像被叫到辦公室裡，準備挨訓的小朋友呢？

好不容易熬到導演喊停，宋昀然覺得自己的半條命都被秦恪打沒了。

他呆坐在原地，臉上完全沒有出門時意氣風發的笑容，低著頭看見一雙長腿迅速向他走過來，直到在他面前停下，也遲遲不敢抬頭。

「什麼時候到的？」

秦恪愉快的聲音從上方響起。

宋昀然暗自判斷，至少語氣聽上去很正常。

他眨眨眼睛，鼓起勇氣勾勾手指，示意秦恪坐到旁邊。

「那個……我說件事，你不要太害怕。」

秦恪偏過頭：「說來聽聽。」

「就是陸年亭那件事吧，我謀劃的時候不小心忘記了一點小小的細節。」

宋昀然拿手比劃著，「真的是點小細節，你跟陸年亭不是長得有點像嗎？而且他跟秦阿姨結過婚也是真的，如果有人有心想順便針對你，這些事可能會被抖出來。」

秦恪平靜地問：「所以呢？」

「？」

宋昀然以為他沒意識到嚴重性，皺眉道：「所以很可能影響你呀。不過你放心，唐助理跟我緊急商量過了，到時候真有個萬一，會由公司出面盡量瞞住，但是……」

「但是你們沒有十成的把握？」秦恪問。

宋昀然羞愧地點了點頭。

秦恪笑了一下：「沒事。我跟陳靜提前打過招呼，真到了那個時候就承認吧，本來也是事實。」

宋昀然更加迷茫：「你早就想到這一點了？」

他一下子急了，下意識提高音量，「那你幹嘛不早點阻止我？」

如果早點意識到的話，他或許就會換種方式，甚至放棄對付陸年亭。畢竟比起被對方黑過兩輩子，在他心中還是秦恪更為重要。

「別激動，小聲點。」秦恪在脣邊豎起手指，示意他稍安勿躁，然後才不急不緩地問：「你之所以討厭陸年亭，除了想報復回去，也有想替我出氣的原因在吧？」

「……嗯。」

「所以我沒有理由站出來，阻止你做想做的事。」秦恪看著他的眼睛，低聲說：「我上輩子就是顧慮太多，才什麼都來不及做就回到了起點。但你跟我不一樣，你可以想做什麼就盡情去做，至於剩下的後果，交給我解決就好。」

宋昀然愣了幾秒。

是他的錯覺嗎，為何總覺得秦恪話裡有話？

翻譯過來的意思，彷彿是「你在外面盡情闖禍，出事了有爸爸給你當靠山」？

意識到這一點後，宋昀然不高興了：「你什麼意思！」

秦恪輕聲笑了一下：「別計較那些細節了。來吧，我跟你介紹導演和製片人，你們認識一下，說不定以後能合作。」

宋昀然的總裁覺悟一瞬間被喚醒。他連忙站起來，與秦恪一起走到擺放器材的遮陽棚下，跟幾位主創一一打過招呼。

幾人友好地交換過連絡方式後，導演說：「聽說今天是您生日？」

宋昀然點了點頭。

導演面露喜色：「正好下午劇組放假，不如大家一起找個地方幫您慶祝？」

宋昀然正想著如何婉拒對方的熱情，突然神經一顫。

他看了眼面色如常的秦恪，又扭頭看向導演：「你們下午放假？」

導演說：「是啊。上週就通知了，今天下午這條街要進行煤氣管道大檢修，我們只好被迫休息半天。」

宋昀然：「……」

喔。

◇

回到飯店，小柯去餐廳外帶幾份飯菜送到房間，貼心地幫忙關上房門後離開。

宋昀然被騙了一次，換作平時，他肯定會大聲嚷嚷。

但這回他辦事出了點錯，有點心虛，只好全程小聲嘀咕：「我航線都申請好了，要包機跟朋友們出去玩。這一年我忙著工作，好久沒出海了呢。那麼大的遊輪，停在港口也不知道想不想我。」

嘰哩咕嚕地，秦恪聽不清在說什麼，倒也能猜到大概。他停下筷子，問：「你有那麼多時間跟朋友玩，我想占用半天都不行？」

「可你也不能騙我。」宋昀然振振有詞，「這些壞毛病都是跟誰學的。」

秦恪看他一眼：「我怕你嫌這裡不好玩，不願意來過生日。」

「……」

宋昀然猶豫了一秒，他的確產生過這樣的念頭。他跟秦恪畢竟沒有對外公開關係，就算在劇組也要小心行事，難免有些不自在。

平時也就罷了，生日當天他還是希望能夠玩得盡興。

「我懂你意思了。」

秦恪觀察過他的神色，悵然道：「本來還打算下午帶你出去，既然你沒興趣……」

宋昀然一聽下午不用關在房間裡，頓時有了精神：「真的？我們要去哪裡？」

「想知道？」秦恪故弄玄虛，「先把飯吃完。」

宋昀然立刻頭也不抬，專心致志地吃起飯來。

他大口吃飯的時候也不粗魯，只不過腮幫子鼓起的弧度比平時大一點，咀嚼的頻率稍微頻繁一點，沒辦法說話，就用閃閃發亮的眼睛看著秦恪，每一根睫毛都透著興奮。

如果真是隻狗狗，恐怕都會先把牽引繩叼到身邊準備好了。

吃完飯，秦恪遞來一個禮盒。

「生日快樂。」

宋昀然拆開禮盒，看見裡面裝著一支手錶。

棕色牛皮錶帶、深藍色的錶盤，除了做工精細、一眼能看出價值不菲以外，彷彿跟他家裡用慣的手錶沒有太大區別。

然而當他翻過來看，赫然發現背面刻著站在星球上眺望夜空的小王子。

「喜歡嗎？」秦恪問。

他點了下頭，伸出手腕讓秦恪幫他戴上，微涼的錶帶與指腹的溫度糅雜在一起，令宋昀然的心跳亂了幾拍。

他數著秦恪垂下的睫毛，好奇地問：「為什麼會送小王子？」

沒等回答，他就率先恍然大悟，「因為大家都吐槽我是太子吧？可惜世面上沒有太子聯名款，你就只好買小王子了。」

秦恪：「……」

宋昀然對此表示理解：「不錯，也算是一種平替。」

他在說什麼東西，秦恪已經完全聽不懂了。

他扣好錶帶，抬手順便在宋昀然腦袋上揉了幾下：「走吧。」

拿到生日禮物的宋昀然興致高昂，哼著歌一路進了電梯，才問：「小柯不去嗎，就我們兩個？」

「嗯。」

秦恪垂眸，發現這錶確實跟宋昀然很搭，他皮膚白，手腕清瘦，配上設計繁複的腕錶並不會顯得誇張，反而與他活潑的性格相得益彰。

宋昀然心中大喜，不禁對目的地多出幾許期待。

兩人錄綜藝時，他跟秦恪一起去過不少地方，但那時候身邊總是浩浩蕩蕩地跟著一群人，就算風景再好，也無法忽視在工作的感覺。

這一次，是他們第一次，像一般人那樣約會。

低調的黑色SUV駛出車庫，沿著街道一路向前行駛，兩邊的建築物逐漸被拋在身後，周遭的景色也由繁華的城市變成了風景宜人的郊外。

宋昀然是個沒耐心的性格，途中屢次好奇地問他們要去哪裡，秦恪都是笑而不語。

直到十幾分鐘後，他終於發現窗外的景物開始眼熟了。

「……我記得這座山裡有個堰塞湖，風景很不錯。」宋昀然有些意外地問，「該不會你就是想帶我去那裡玩？」

秦恪打轉方向盤，開上通往湖泊的路：「這麼聰明？」

宋昀然差點笑出聲來：「你太傻了，不知道爸爸在那裡拍過戲？」

這可太有意思了，他想。

上輩子他出道的第一部電影，就是在那個堰塞湖取的景。這輩子因為蝴蝶效應，那部電影最終也沒有拍出來，沒想到秦恪居然會在他生日的當天帶他來故地重遊。

還是說……一切並非偶然呢？

宋昀然懂了，得意洋洋地開口：「我知道了。你肯定看過那部電影對不對？然後你被爸爸的颯爽英姿震撼到，那一幕久久停留在你的腦海，直到現在都無法抹去。」

必定是這樣沒錯。否則無法解釋，秦恪為何會特意帶他來一個並不出名的景點。

秦恪不置可否地笑了笑，任憑身旁的人沉浸在自戀中無法自拔。

今天天氣不好，天空的顏色稍顯黯淡。不過也多虧如此，沿途車很少，也沒有看見貌似遊客的人。

沒過多久，一望無垠的翠綠湖泊出現在兩人的視野中，有微風輕輕拂過，吹矮了岸邊的蘆葦，在湖面上泛起層層漣漪。

車才剛停穩，宋昀然就迫不及待地解開安全帶。

「這地方爸爸比你熟，我帶你參觀一下。」說著就模仿出導遊的腔調，面帶微笑地說：「秦先生你好，歡迎來到美麗的……算了管它什麼湖，我是你今天的專屬導遊小宋，接下來的環湖遊，我將全程為你服務。」

秦恪笑了笑，配合道：「好，那你帶路。」

其實根本不需要帶路，想要遊覽周邊的景點，只要沿著環湖棧道繞一圈就行。

但即便如此，宋昀然仍舊敬業地介紹道：「現在我們腳下走的這條棧道，是我國第一條自主研發的人車雙用棧道。」

「……」

還挺會編，秦恪笑著問：「你確定車能開上來？」

宋昀然理直氣壯：「自行車總行吧。」

「好，你說了算。」

「警告一次啊，秦先生，不要隨便質疑金牌導遊的權威。」

偌大的湖泊周圍，除了幾隻悠閒的水鳥，就剩下他們兩人。群山化作天然的壁障，隔開了他們與所有喧囂，為他們提供難得靜謐的空間。

秦恪摘了口罩，一邊聽宋昀然胡言亂語，一邊享受著和戀人相處的閒暇時光。

經過一座石橋時，宋昀然清清嗓子：「秦先生，接下來這個就厲害了。」

秦恪：「嗯？」

宋昀然指向石橋上最右邊的一盞路燈：「我國偉大的藝術家宋昀然先生，曾經在這裡貢獻了他演藝事業上第一次的絕美……絕帥落淚。」

「說絕美也沒關係。」秦恪挑眉，「那場戲你確實哭得挺好看。」

宋昀然眨了眨眼：「你果然記得很清楚。」

他走過去，懷念地摸了下路燈，「唉，你不知道，其實那場戲拍得可艱難了。」

「是嗎？」

「是啊，當時導演讓我哭，可我根本哭不出來。」宋昀然站在戲中人物定點的位置，轉過身來，「磨了大半個小時，情緒一直不到位。最後導演沒辦法了，說『實在不行就滴眼藥水吧』。」

躲藏了大半天的陽光，在此時悄悄從雲層裡探出頭來，一縷恰到好處的光線映在他的右邊臉頰，與秦恪記憶裡的電影場景意外地重疊起來。

他站得遠遠地看著，沒有說話。

宋昀然繼續道：「我一聽就覺得不行！我說『萬一劇組有我的黑粉怎麼辦？他們會偷偷錄影傳出去，罵我不敬業』。」

秦恪淡淡地勾起唇角：「然後你越想越著急，結果一下子就哭出來了。」

宋昀然萬分欣慰：「你智商上線了啊，居然猜得絲毫不差。」

秦恪不知道他的智商什麼時候下線過，只能解釋：「不是猜的，因為我就在現場。」

「……？」

「啊？」宋昀然震驚極了。

秦恪緩緩抬起手臂，指尖朝向橋下的湖岸。

「那時你在橋上拍戲，我在橋下看著你。」

宋昀然順著他手指的方向望過去，依稀記得那時候有不少劇組工作人員圍在那裡。

可他在腦海中搜索了一遍稀薄的回憶，卻死活找不到秦恪曾經的身影。

秦恪沒再賣關子，輕聲說：「這是我們第一次見面的地方。」

那一年的秋天，靠著一哭二鬧三絕食終於成功出道的宋昀然，順利接到了人生中第一個男主角，電影是由寧東投資的，全劇組都知道他來頭很大，哪怕演技還很稚嫩，也依然沒人敢對他說一句重話。

同樣也是那年秋天。

大學畢業的秦恪還在四處投遞履歷，期望能在哪個劇組獲得扮演配角的機會。

某天早上，他接到學校學長的電話，說自己正在拍的這部電影需要一個戲分不多的年輕演員，原本的演員因為身體不適無奈退出，劇組急著找人，他如果想拍的話，最好盡快趕過來跟副導演見面。

秦恪行李都來不及收拾，買了最近的一班飛機過來，又咬牙花錢從市區叫車抵達湖邊，見到副導演後，卻只換來對方輕飄飄的一句：「我沒跟你學長說嗎？已經找到人演了。」

學長對此很過意不去，秦恪自己倒是很平靜地接受了現實。

臨走時，他路過橋下，看見了被燈光與鏡頭環繞的宋昀然，也聽見了一句奇怪的「萬一劇組有我的黑粉怎麼辦？」。

秦恪莫名地停下腳步，站在人群中看他演完了那場哭戲。

那場戲終於過關後，宋昀然揉著眼睛從橋上下來，跟助理要水喝。

他的睫毛被眼淚溼潤，變得格外濃密，眼尾與鼻尖也泛著一層淡粉色，嘴角因為戲裡的情緒垂下來，看起來可憐兮兮的。

秦恪看著他，而他卻完全沒看見秦恪。

兩人就這麼擦肩而過。

然後秦恪轉過身，走不到五十公尺遠，就收到了《紅白喜事》劇組傳來的試鏡邀約。

命運在那一刻，為兩個初次見面的年輕人，劃開了涇渭分明的距離。

但也是在那個瞬間，一條淡得幾乎無形的紅線，在兩人之間悄悄地連了起來。

◇

回程的車上，宋昀然難得保持了長時間的沉默。

這是一段書裡沒有描寫的過往，要不是秦恪主動提及，他恐怕永遠都不知道，原來他們的相遇遠比他以為的更早。

難怪秦恪非要把他騙過來。

進入市區後，車速明顯減緩許多。

窗外不時經過的商場大螢幕上，經常能看見秦恪的廣告宣傳。

他現在早已不需要借助寧東幫忙，就能從其他品牌接到許多合約邀請，即便經紀人秉持著寧缺毋濫的想法，也架不住品牌方們對他源源不斷的喜愛。

形象、實力、人氣。

吸引品牌方青睞的三大要素，秦恪一個都不缺。

以前宋昀然還覺得，不愧是原作的主角，哪怕重生一次，也照樣可以輕鬆成功，然而此時此刻，他終於意識到自己的想法與事實出現了極大程度的偏差。

「沒想到你還被劇組放過鴿子。」宋昀然皺了下眉，「原來你上輩子也挺不容易的，我以前不該那樣說你。」

秦恪大半的注意力都放在駕駛上，沉默了幾秒才問：「你說我什麼了？」

宋昀然說：「就是我們在樺嶺村吵架那次啊。」

提起往事，他臉上流露出懊惱的神色。

當時他情緒一激動，不僅一股腦把世界的真相全盤托出，還把工具人的怨氣撒在秦恪身上，指責對方全是靠著主角的身分才贏過他。

太不應該了。

雖然他還是不喜歡工具人的設定，覺得這根本沒把他們放在同條水平線去競爭，但仔細想想兩人剛出道的時候，他與秦恪各自的境遇也是天差地別。

如果真要計較公平與否……

宋昀然揉揉腦袋，不想思考會讓人頭疼的無聊問題。

或許這就是感情的昇華吧，他深情地望向秦恪英俊的側臉，為心中所想感動不已。

結果秦恪卻遲疑地問：「……那次，算吵架？」

宋昀然：「？」

秦恪：「我怎麼記得，全程都是你單方面在說？」

「……」宋昀然的笑容凝固了，「意思是說你現在想跟我吵一架？」

秦恪笑了起來：「不好吧，今天你生日呢。」

「知道是爸爸的生日你還要頂嘴！」宋昀然氣呼呼地怒道：「我看你根本沒安好心，故意帶我去湖邊，說不定是想羞辱我。」

秦恪回憶了一番遊湖的經過，沒想通「羞辱」兩字從何而起。

他打轉方向盤，把SUV開進停車場，同時真誠地問：「怎麼說？」

宋昀然用力戳著安全帶：「你在暗示我演技不好，當初看我哭不出來的時候，說不定你還狠狠地嘲笑我呢。」

他認為這番推理很有邏輯。

反正換作是宋昀然自己，如果看見一個被資本強捧的資源咖，居然連一場哭戲都哭不出來，肯定會想「就這樣？換我上肯定演得比他好」。

秦恪沉默了一會兒，把車停穩後才問：「其實當時我想了很多，你想聽好話還是壞話？」

「聽真話。」宋昀然瞪他一眼，「爸爸今天就必須知道，你在心裡吐槽過我什麼。」

地下停車場的光線昏暗，車內沒有開燈。

秦恪靠著椅背，輪廓浸在半明半暗的光線裡，彷彿把宋昀然的意識也帶回到了前一世的湖邊。

低沉的嗓音緩緩響起，秦恪說：「那時候我的第一反應，就是這演員好笨，導演講得那麼細緻，他竟然都醞釀不出感情。」

宋昀然：「……」

倒也不必這麼真實，我多少還是要點面子的。

「而且他的想法也很奇怪，周圍那麼多人在等他的戲，他卻還有空關心劇組有沒有黑粉。」

宋昀然欲言又止。

就不能適當美化一下我當初的形象嗎？

「可他是真的想把那場戲拍好，一直跟自己較勁，著急得臉都紅了。」

秦恪側過臉，明亮的黑眸將溫柔的目光望進宋昀然眼中。

「所以他雖然有點笨拙，但也很努力，是個非常負責的演員。」

宋昀然被這道視線看得暈乎乎的，舔了下嘴唇，小聲問：

「所以你還是認可我嘍？」

秦恪點了下頭，繼續說：「那時我還在想，這人挺有意思，將來有機會可以交個朋友。」

宋昀然愣住了，萬萬沒想到在他們初次見面的時候，秦恪心裡友情的小樹苗居然已經發芽。

「可惜後來再見到你，」秦恪幽幽看他一眼，「你不是對我冷嘲熱諷就是翻白眼，甚至有時候乾脆無視我。」

「……但你對我也沒多熱情啊。」宋昀然心虛地嘀咕道。

秦恪笑了笑：「我也是有自尊心的好嗎。」

宋昀然繃緊嘴角，最後沒忍住也跟著笑了起來。

現在再回想久遠的前一世，他自己都覺得好笑，原來居然是他在不知不覺之中，把象徵友情的小樹苗親手扼殺了。

「幸好我們重生了。雖然上輩子沒做成朋友，但這輩子我們可以做父子嘛。」

宋昀然眨眨眼，暗示道：「說起來，你有半小時沒叫爸……」

秦恪解開安全帶，湊過來用嘴唇堵住了他接下來的話。

兩人在狹窄的空間內交換著彼此的呼吸，腦海中不約而同想到的，還有一句沒能說出口的話。

——做不成朋友，那就做戀人，好像更不錯。

◇

晚上，他們還是跟劇組吃了頓飯。

飯後大家又起鬨讓宋昀然請客續攤，一群人臨時包了家桌遊店，熱熱鬧鬧地慶祝他生日。

終於回到飯店後，宋昀然一邊拿溼毛巾擦著臉上沾到的奶油蛋糕一邊說：

「我懷疑這個劇組裡有我的媽粉。我吹完蠟燭一睜眼，看見好幾個人熱淚盈眶，小時候我過生日的時候，白女士就是這麼激動。」

秦恪看著他：「吹完蠟燭才發現？」

吃飯的時候，好幾個女孩子就差把「媽媽愛你」寫在臉上了。

「少在那裡驕傲。」宋昀然提醒他，「媽粉可是很凶猛的，小心她們發現你對我居心叵測，當場把你就地正法。」

秦恪輕聲笑了一下，還想再說什麼，就被經紀人打來的電話打斷了。

陳靜告訴他，網路上有人爆料，說陸年亭是他的親生父親。

「居然這麼噁心，會不會是誰看你不順眼？」

宋昀然滑著手機，發現事情才剛爆出來沒多久，網友們已經罵翻天了，全都以為秦恪享受了父親給的好處，紛紛要求他還錢。

他氣得在「天涼陸破」群組裡劈哩啪啦地打字，想讓水軍快點去轉移話題。

誰知秦恪卻按住他的手腕：「別急。」

「我能不急嗎？」

宋昀然過生日的好心情瞬間煙消雲散，氣鼓鼓地說。

「消息多半是陸年亭散播出去的。」秦恪說：「其實這兩天他四處託人連絡過我，想叫我幫他還錢。」

宋昀然被陸年亭不要臉的程度震驚了。

愣了半晌，才問：「你沒給，所以他就拖你下水？」

秦恪「嗯」了一聲：「畢竟今天是你生日，本來想明天再告訴你，沒想到他這麼沉不住氣。」

宋昀然捏緊手機，心想陸年亭當然沉不住氣。

司法機關都開始調查了，他再不抓住最後的機會，以後更加沒有翻身的可能。

哪怕先不提秦恪剛出道沒幾年，根本無法一口氣拿出那麼多錢，退一萬步來說，宋昀然也想不通拋妻棄子的陸年亭，怎麼好意思出事後反倒來威脅自己的兒子。

他抬起頭，看見秦恪平靜的雙眸下，還是掠過了一絲不易察覺的沉悶。

秦恪當然不會對陸年亭還抱有任何期望，只不過許多時候，知道是一回事，親眼看見的時候，又是另一種截然不同的感受。

還好我們重生了，宋昀然再次感慨。

至少這個時候他能陪在秦恪身邊。想到這裡，宋昀然感覺自己必須讓秦恪打起精神。

他用力拍拍胸膛，安慰道：「沒關係的，陸年亭就讓他滾吧，爸爸這裡永遠是你溫暖的港灣！」

說完就不容分說地伸出手，強行把秦恪的腦袋壓到自己懷裡。

秦恪：「……」

他哭笑不得地掙脫開來，輕聲問：「能讓我先回應嗎？」

宋昀然鯁了一下：「你現在就準備承認？」

秦恪把早就準備好的文案複製到貼文中。

「嗯，不是跟你說過嗎？接下來交給我解決。」按下發送鍵的瞬間，他釋然地笑了一聲，「真是沒想到。」

就像這一世，許平來找他簽約時，秦恪所說過的。

比起對他有諸多忌諱的陸年亭而言，秦恪更不願意被人知道，原來他的父親是如此不堪又惡劣的人，但那時的他也沒料到，有朝一日，他會改變這樣的想法。

承認就承認吧，即便會被人用有色眼鏡衡量，秦恪也無所謂。

畢竟他不希望今後再有類似的情況時，宋昀然會因為顧慮到他的感受而變得束手束腳。

深夜時分，熬夜吃瓜的網友們點進熱搜頭條，意外發現剛被挖出身世的秦恪，居然果斷證實了傳聞並非謠言。

秦恪沒有避諱，也沒有添油加醋，只是如實說出了真相。

文案最後，他對陸年亭說了一段話：『**感謝你終於盡到一次父親的責任，讓我有勇氣站出來承認，我**

的身體裡確實流了一半源於你的血液，現在我可以放下包袱了，再見。』

眾人：『……』

好一個跌宕起伏的大瓜，先是陸年亭違法經營，再來他原來跟秦恪有血緣關係，最後終極反轉告訴我們，秦恪原來從小就被他爸拋棄了？

一時之間，大家都半信半疑。

『我怎麼覺得秦恪這篇文像在幫自己洗白呢？』

『眼看瞞不住了，直接把親爹賣了？星河的公關，有點狠。』

『應該沒有撒謊吧，否則陸年亭但凡發出一張父子合照，秦恪就被打臉了。』

事情發酵了整整一晚，等到第二天宋昀然坐上飛機的時候，已經有越來越多的人加入八卦行列。

不得不說，當代網友確實具備了一點成為福爾摩斯的資質。

他們居然從早已沒落的論壇裡，翻到了很多年前的文章，裡面不乏外校女生在論壇裡打聽秦恪的紀錄。

底下留言的內容出奇一致，總結下來就是：帥、性格偏冷、單親家庭、家裡有點窮。

類似的評價延伸到秦恪的高中時期，情況才總算好轉了些，但也就是到了普通水準而已。

再看他出道後接受的所有採訪，每一次提到家人的時候，秦恪都只會感謝他的媽媽，從來沒有提過任何與父親有關的字眼。

而且從秦恪大學時期的第一個龍套開始，他所接到的每一個角色，都跟陸年亭名下的幾家公司毫無關聯。

一個既沒在孩子成長過程中給予過幫助，也沒在孩子演藝事業上提供過資源的人，真的有資格被看作是秦恪的父親嗎？

「看來網友們的眼睛還是雪亮的。」宋昀然終於鬆了口氣，拿著手機問對面的人，「可是媽媽，我決定對付陸年亭的時候，妳為什麼不提醒我一聲呢？」

寬大辦公桌的另一邊，白婉寧無言地喝了口咖啡。

十分鐘前，宋昀然火急火燎地跑到寧東集團總部大樓，還把宋繼東從總裁辦公室叫過來，嚷嚷著要一家三口想想解決辦法。

結果哪需要小宋總出手。光看輿論反轉的速度，白婉寧就能斷定秦恪絕對早就做足了準備。

偏偏一頭霧水的宋繼東還在質問兒子：「這怎麼能怪我們呢？你那時候鐵了心要讓陸年亭破產，我以為你想好對策了呢。」

宋昀然：「……你們對我也太放心了吧！」

宋繼東：「寶寶，你怎麼能這麼說，難道爸爸媽媽不該對你放心？」

「你們兩個都停下來。」

白婉寧不願再聽父子倆菜雞互啄，放下咖啡杯解釋道：「我故意不提醒你的。」

宋昀然大驚：「為什麼？」

白婉寧氣定神閒地說：「當然是想看看，危及到自身利益的時候，秦恪會選擇自保然後阻止你，還是想辦法配合你？」

「？」

這下宋繼東也迷茫了：「妳沒事考驗他幹嘛？」

白婉寧強忍幾秒，終究還是沒忍住，優雅地翻了一個白眼。

「他都跟我們寶寶談戀愛了，我還不能考驗他？以為誰都跟你一樣，成天就知道傻笑，也不怕寶寶遇到壞人。」

宋昀然：「……」

宋繼東：「？」

父子倆如出一轍地愣在原地，讓白婉寧絕望地閉上了眼。

從宋昀然每次回家嘴裡就不斷提起秦恪開始，她就懷疑秦恪對她家寶寶來說，恐怕不是普通的藝人那麼簡單。

後來秦恪把獎盃拱手送給宋昀然，加上當天小宋總話裡話外掩飾不了地護短，更加深了她內心的懷疑。

而最終坐實她猜測的，還是今天宋昀然急得跑來搬救兵的架勢，在她看來，根本和出櫃沒有區別，只差把「救救我男朋友」幾個字脫口而出了。

白婉寧是位開明的家長，不會做棒打鴛鴦的事。她唯一感到遺憾的，就是今後無法知道宋昀然的寶寶長什麼樣子。

不過現在她覺得一切都無所謂了。

這天然呆的基因，實在沒有傳承下去的必要。

白婉寧輕描淡寫的反應，在老宋總與小宋總心裡，分別掀起一場經久未息的龍捲風。

這場龍捲風刮了足足一個月，才讓兩人從並不相同卻又有微妙相似的震驚之中回過神來，從而更進一步認定，這個家不能沒有偉大的白董。

又過了兩週，陸年亭被逮捕的消息在網路上不脛而走，網友們最近跌宕起伏的心情不比宋家父子差多少。

如今終於等到塵埃落定，大家才開始從頭分析，發現這個跨界大瓜的起因，竟是一條看似尋常的吐槽投稿。

『只有我好奇設計這齣好戲的幕後 Boss 是誰嗎？』

『好奇也沒用吧，除非他自己跳出來承認，否則我們也沒管道知道啊。』

『其實……會不會是秦愘大義滅親？』

『醒醒，要不是秦愘從前的同學可以證明他的淸白，他自己都會被牽連好嗎，怎麼可能是他。』

『沒人認領是嗎？那我就單方面認定是宋昀然幹的了。』

『笑死，小宋總爲秦愘的淒慘童年衝冠一怒，這個劇本我喜歡。』

大家調侃歸調侃，也沒真的把這件事算在宋昀然頭上，畢竟他本人跟陸年亭之間，看起來並沒有任何交集。

宋昀然成功實現了讓陸年亭破產的目標，又全程沒有露出任何蛛絲馬跡。換作以往，他肯定會因此狠狠炫耀一番，但自從在家被迫出櫃的意外發生後，他不得不謹愼許多。

「你知道嗎？我昨晚夢見我媽那句『他都跟我們寶寶談戀愛了』，當場就嚇醒了。」

五月中旬的某天，宋昀然在電話裡對秦愘說道：「還好這次是被我媽發現，也算是對我敲響了警鐘，提醒我以後還是得小心點。」

秦愘懶洋洋地靠在床頭，笑著問：「白阿姨有那麼恐怖？」

嚇得你都過兩個月了，還跟祥林嫂一樣不停重複。

宋昀然正色道：「你別在那裡幸災樂禍。我媽說了，要找機會約你正式見面呢，小心她準備一場鴻門宴。」

「這麼危險？」秦恪說：「那到時候就靠爸爸保護我了？」

宋昀然惆悵地嘆了一口氣。

秦恪還是警覺心不夠，根本沒有意識到，在白婉寧面前，他尊敬的父親也沒有任何反抗的餘地。

他越想越不安，索性採取逃避政策：「到時候再說吧，反正我媽很忙，也不知道哪天才有空見你。倒是你，明天終於殺青，知道下飛機後該幹嘛嗎？」

秦恪說：「去見你？」

「錯，別來見我。」宋昀然說，「明天我要在家直播，你小心點，不要搞了直播事故。」

秦恪愣了一下才問：「什麼直播？」

「《南華傳》的手遊宣傳。」

《南華傳》的電視劇與遊戲同步開發，目前劇組拍攝已經接近尾聲，由綠島科技負責研發的遊戲也進入了公司內測階段。

儘管離正式上線還早，但《南華傳》是星河今年的重點企畫，必須提前宣傳，提升觀眾們的期待。

前幾天開會的時候，大家一致認為不能浪費宋昀然的知名度。

剛好明天就要審核目前的階段進度了，不如藉此機會去宋昀然家直播，還能利用網友們對富二代的好奇心漲一波熱度。

宣傳方式是很可靠，但宋昀然卻極其擔憂，因為直播和秦恪回來的時間撞期了！

要知道，許多網路小說裡都寫過，主人公戀情意外曝光，就是一方直播的時候，另一方突然出鏡造成的。

「我上一次直播，鬧出被粉絲堵門的事。」宋昀然看著螢幕，認真地囑咐，「這一次不能再出任何問題，否則以後我肯定會對直播產生心理陰影。」

秦恪聽出他沒開玩笑，便點頭回道：「好。那明天你忙完了通知我。」

第二天，綠島科技的直播臺早早就充滿焦急的觀眾，他們控制不住激動的心與顫抖的手，提前在彈幕裡聊了起來。

『想不到有朝一日，我也能線上參觀太子的東宮。』

『綠島科技，在嗎？我有個朋友想看她兒子的睡衣Look，請你不要不識抬舉。』

下午兩點整，直播終於開始。

第一時間映入眾人眼簾的，是一張長長的實木書桌。

書桌對面，宋昀然與《南華傳》的手遊製作人並排而坐，微笑著向網友們打招呼。

網友們：『……』

這不是我們想看的畫面！

大家心中集體發出一聲怒吼，毫不留情地開始吐槽。

『誰要看書房！來人啊，給我移駕太子寢宮！』

『兒子，在家裡還穿西裝嗎？別拿媽媽當外人，換身睡衣出來看看。』

『……可能小宋總是想告訴我們：看見沒有，我的書房都比你家大。』

『書倒是不少，就是不知道他看過幾本。』

宋昀然看著彈幕，絲毫不慌：「急什麼，先介紹完遊戲再帶你們參觀，不然看到一半人跑光了怎麼辦？」

『你還是個寶寶，媽媽不許你玩遊戲。』

『這麼沒信心的嗎？該不會遊戲爛得趕客吧。』

宋昀然從製作人手裡接過已經下載好遊戲的手機，抽空瞥了眼彈幕：「你說誰家的遊戲爛呢，注意你的措詞。」

『聽見沒有，等等都要使勁誇。』

『可以，但你得先給錢。』

小宋總當然不可能給錢，他等工作人員確認直播中順利顯示了手機畫面後，就在一片歡樂的氣氛中打開了遊戲。

他是第一次玩女性向戀愛遊戲，但《南華傳》的新手教學做得很流暢，即使是初次上手的他，也沒有任何障礙，順利地按照遊戲策畫設置的步驟進行下去。

漸漸的，彈幕的風向也發生了轉變。

『畫風好漂亮啊，我宣布女主是我的新女兒了。』

『我靠，後宮向嗎？所有出場的男角色都可以攻略嗎？』

『有一絲心動是怎麼回事？』

『他認真看劇情的樣子，像極了看言情小說時的我。』

製作人一邊指導宋昀然試玩遊戲，一邊不時看幾眼彈幕，心中感到了莫大的欣慰。

很好，大家的反響很熱烈，甚至已經有人追問遊戲什麼時候上線了。

公司內測的版本內容有限，許多功能還在完善之中，宋昀然帶網友們大致了解過遊戲風格後，又換了部手機，為大家展示另一個帳號裡調出來的各種角色卡。

『救命，我玩還不行嗎？別再勾引我了！』

『怎麼就沒了？我還等著看接下來的劇情呢？』

「你們不要這麼配合。」宋昀然吐槽回去，「讓其他人看了，還以為你們都是在配合我表演呢。」

話雖這麼說，但其實他驕傲的笑容已經完全藏不住了。

宋昀然看著密密麻麻的彈幕，彷彿看到源源不斷的金錢正向他翻滾而來。

他眨眨眼睛，向鏡頭露出一個燦爛的笑臉。

「好了，接下來帶你們參觀我家的每個房間。」

『誰要看你房間啊！給我繼續直播玩遊戲！』

宋昀然：「……」

這屆網友真的很叛逆。

但他只會比網友們更叛逆。

「不想看是嗎？」宋昀然站起身，冷酷地說：「那可由不得你們。」

書房裡其他人：「？」

莫名其妙跟網友較什麼勁呢，不是說好參觀房間只是宣傳遊戲的噱頭而已嗎？

就在他們暗自吐槽的同時，宋昀然拿著相機介紹完他的書房。

「接下來帶你們去客廳……」

愉快的聲音戛然而止。

為了即時跟網友們互動，他一手拿直播用的相機，另一隻手還拿著手機看彈幕。

剛才仔細一看，整個人愣在原地。

『？』

『是我的錯覺嗎？我剛才在展示架上看到了華影獎的獎盃？』

『我截圖放大看了，絕對是秦恪的最佳新人獎！』

『小宋總，解釋一下？』

宋昀然看向展示架，內心一片麻木。

那座剔透的獎盃，正綻放出高調而炫目的光芒。

與此同時，還在回家路上的秦恪，垂眸望向直播間裡完全靜止的畫面。

半分鐘後，他才從耳機裡聽到宋昀然僵硬的聲音。

『他、他放在我家，讓我幫他保管。』

彈幕裡飄過一片無言的刪節號，顯然誰也不信。

秦恪無可奈何地笑了一聲。

看來，小宋總注定會對直播產生心理陰影了。

◇

宋昀然最後都不記得是如何收場的。

只依稀記得自己憑藉最後的倔強，強行無視彈幕，走馬觀花地帶大家參觀完客廳，就把相機放回原處，讓一臉八卦的製作人補充介紹了一下遊戲，總算結束了今天的直播。

送走綠島科技的人後，他看了眼微博，兩眼一黑就想和世界說再見。

嗑暈粉已經徹底嗑暈了。

他們沒有猜到秦恪把獎盃送給宋昀然的真相，而是任由想像力往另一個方向狂奔而去。

外面傳來開門的聲響時，宋昀然下意識彈跳起來，衝到玄關驚恐道：

「怎麼辦！CP粉以為我們同居了！」

秦恪反手關上大門，靠在牆邊問：「那你願意嗎？」

「？」

宋昀然一頭霧水地反問：「願意什麼？」

「同居。」秦恪低頭親了他一下。

宋昀然仰著頭，愣愣地讓秦恪完成回來後的第一次索吻，還在嘀咕：

「問題的重點不在這裡，這事我們該怎麼解釋？」

「解釋什麼。」

秦恪皺眉，兩個多月沒見，他家的小狗好像更傻了一點。

「早晚要出櫃，就當作是打預防針了。」

宋昀然睫毛顫了幾下，還想再說什麼的時候，男朋友高大的身影已經傾俯過來，擋住了所有多餘的燈光。

秦恪輕輕咬了下他的耳垂，沉聲問：「怎麼，你不想？」

宋昀然如夢初醒般回過神來，終於意識到，他的擔憂完全是多餘的。

他靠上前，用手臂環過秦恪的後背，大聲回道：「想！」

◇

今年燕城的第一場雪，直到十二月的最後一天，才在凌晨時分悄然落下。

宋昀然起床後拉開窗簾，望著外面白雪皚皚的世界愣神片刻，接著一路歡呼地跑下樓。

「下雪了！」

坐在沙發上看劇本的秦恪抬起頭：「穩重點，別像個沒見過世面的南方人。」

「你懂什麼。今天《江湖路》首映，下雪就是個好兆頭，說明這次肯定也能大獲成功。」宋昀然坐過去說：「你可別忘了，上次頒獎典禮的時候答應過我什麼，你說要拿影帝，讓我成為世界上最有成就感的爸爸。」

秦恪沉默了，他的原話好像不是這樣。

可小宋總一本正經地胡說八道的樣子又很可愛，讓他索性放下劇本，側過身專注地看著戀人，想他還能編出什麼花樣來。

宋昀然迎上他的視線，理直氣壯地問：「看什麼？我說你能拿影帝，你就肯定能拿。爸爸現在是賺到五億的總裁，說出來的話可是很有分量的。」

一個月前的電視劇交易會上，《南華傳》憑藉優秀的劇情與精良的製作，被數家電視臺爭相搶購，最終以出乎意料的高價賣給了三家衛視平臺。

雖然《南華傳》的製作成本遠超過星河以前的專案，投資報酬率不像《紅白喜事》那麼驚人，但也直接幫助宋昀然，提前完成了與白婉寧兩年賺五億的約定。

「而且同名遊戲還沒上線呢。」

想到這裡，宋昀然的語氣越發驕傲，「到時候再加上影音平臺那邊的分成，明年說不定我還能再賺五億。」

秦恪還是沒說話。

宋昀然看他一眼：「幹嘛，想到今晚的首映會，你緊張了？」

秦恪搖頭，以一種意味深長的目光打量著他：「我看你今天還挺有精神的，昨晚叫爸爸的時候，果然又在騙我？」

「……」

意有所指的話讓宋昀然神經一顫，秦恪不提還好，一提他就覺得渾身上下都不對勁起來。他的臉燒起來，剛才還自豪不已的語氣，瞬間變得委屈巴巴。

「你還有臉說，是誰害得我一覺睡到下午，好不容易才緩過來的？」

秦恪挑眉：「所以已經緩過來了？」

宋昀然的心跳猛地加快幾拍，怒瞪雙眼。

「你、你不要亂來啊！小柯跟唐助理等等就快到了，他們還是孩子，不能看兒童不宜的畫面！」

一驚一乍的模樣逗得秦恪想笑，心口卻軟了下來，他不輕不重地捏了下宋昀然的臉頰，嗓音裡帶著笑意。

「逗你的，只接吻可以嗎？」

「……如果你很想的話，也不是不可以。」

話音未落，宋昀然已經自主抬起下巴，柔軟的嘴唇微微張開，不像是在滿足秦恪的要求，反而像他自己迫不及待想和男朋友親親。

秦恪低笑一聲，俯身過來，把人按倒在沙發上，細碎地吮吸著他的唇瓣。

宋昀然接吻的時候也不老實，斷斷續續地說著話：「等你忙完這陣宣傳期，我們去樺嶺村度假好不好？」

「好。」

「或者春節去？把秦阿姨也帶去吧。」

「嗯。」

「過完年又是華影獎了，你拿到影帝的話，會像那些前輩一樣當場出櫃嗎？」

「好。」

「好期待啊。」宋昀然感嘆道，「我還是第一次公開男朋友呢。」

「……」

秦恪牙齒用了點力，咬上宋昀然的舌尖，聽到他驚呼一聲才慢慢鬆開，轉而好笑地問：

「難道你還跟別人想再公開幾次？」

宋昀然默默收了聲，笑著用臉去蹭秦恪的掌心。

他裝起乖來也不得章法，跟小狗賣萌一樣亂拱一通，幾縷頭髮酥酥麻麻地擦過掌心的紋路，讓秦恪的眸色更加深沉。

而宋昀然本人沒有察覺「危險」的臨近，還在解釋說：

「你太不懂事了。明天就是新的一年，爸爸這叫提前展望未來，你怎麼可以把重點放在抓語病上？」

「大概是因為，未來還很長，我們可以將來慢慢談。」

秦恪溫柔地含住宋昀然的喉結，吐息變得低重且含糊，「至於現在……我們應該換種方式探討，究竟誰才是爸爸。」

——全文完

番外一：全世界最好的小朋友

秦恪醒來時，正側躺在一張狹窄的單人床上。

入眼是泛黃捲翹的壁紙，黏在邊角的透明膠帶壓不住脫落的白灰，從縫隙裡露出斑駁的牆面。

這裡不是西城上院，也不像哪家飯店的房間。

他緩慢地坐起來，發現周圍的家具陳設有一股熟悉感。

直到視線掃過衣櫃門上鑲嵌的穿衣鏡，他從鏡子裡看到一個約莫六七歲的小男孩。

秦恪皺了下眉，鏡中的小男孩也跟著皺眉，清秀且稚嫩的眉眼間流露出屬於成年人的詫異。

「……」

秦恪想起來，這裡是他小學一年級時的家。

所以……他又重生了？

客廳的電話在此時響了起來。

秦恪還沒進入狀況，下床打開門，順著鈴聲響起的方向過去，看見那部本該早已被時代拋棄的白色座機。

他拿起話筒，聽見秦念蓉在那頭說：『我買到了後天早上的火車票，等一下還要去辦點事。晚飯你自己煮個麵吃吧。』

秦恪問：「買火車票去哪裡？」

秦念蓉疑惑地說：『你睡午覺睡糊塗了？媽媽換了新工作，我們要搬家去外地。』

把話筒放回原處後，久遠的記憶也逐漸在腦海中復甦。

現在的秦恪，六歲，正在歡度他小學一年級的寒假，再過兩天，他就會跟母親坐上離開燕市的火車，開始他為期數年顛沛流離的生活。

「……嘖。」

六歲的秦恪十分無言，回想起昨晚的場景，清晰記得他深夜收工回來，和宋昀然進行了一番「誰是爸爸」的肢體交流。

過程非常愉快，雙方也很盡興，就是臨睡前宋昀然開始嘀咕他新看上一臺限量款跑車，顏色特別拉風。而秦恪看過圖片，只覺得那種綠色噴漆太過螢光，讓他聯想到了某個網路哏，委婉建議他再看看。

難道等他睡著後，小宋總因為男朋友不喜歡他的愛車，鬱悶得半夜爬起來借酒消愁了？

秦恪在腦子裡想了一遍，家裡除了做菜的料理酒，只剩消毒用的醫療用酒精。

他揉了幾下眉心，心想不至於。

宋昀然不是真的傻，應該不至於喝醫療用酒精。

接下來的兩分鐘，秦恪在家裡逛了一圈。思來想去，他還是放心不下，決定還是去看看宋昀然。

至少先確定，這次是否只有他一人重生。

◇

秦恪沒去宋家的別墅，那裡警備森嚴，他肯定進不去。

番外一

下午四點，經過一路換乘地鐵與公車，他終於到達宋昀然就讀的幼稚園。

私立幼稚園不放寒暑假，現在臨近放學時間，園門外的車輛排起長龍。

秦恪還沒習慣六歲的身體，穿過人群時總覺得憑白矮人一截，不過一想到現在的宋昀然也只是個小不點，他心裡就找到了微妙的平衡感。

來到大門前，他揚起脖子看到牆上貼的告示，才發現為了避免放學時的擁擠，幼稚園每天四點半會打開所有大門，每個班級的小朋友都有對應的出入大門。

秦恪有些鬱悶，他只知道宋昀然現在應該念大班，但不知道是哪個班級。

抱著來都來了的想法，他憑藉直覺選定了西門。

結果就在前往西門的路上，路邊的灌木叢裡傳出微弱的呼喊聲：「救命啊——」

秦恪循聲望去，判斷聲音是從灌木叢和圍牆之間傳出來的。

「……」

他一邊想著不會這麼巧，一邊撥開灌木叢。

一張嫩得像剛出籠的包子般的臉，闖入了他的視野。

小男孩眼睛圓圓的，睫毛捲翹像個洋娃娃，看上去手感很好的臉蛋因為用力掙扎而紅成番茄，跟他身上蓬鬆的羽絨衣顏色非常配。

秦恪的腦海中瞬間浮現出小宋總的臉。

眼前這個除了等比例縮小以外，並沒有太多的改變。

秦恪謹慎地問：「你是宋……」

話還沒說完，小男孩就驚恐地抓住他的袖口：「救救我！我好像被怪獸抓住了！」

「……」

確定了，這就是宋昀然沒錯。

秦恪打量他幾眼，幫他把被圍牆裝飾勾住的帽子解開，內心一陣無言。

宋昀然終於重獲自由，右邊臉頰笑出一個酒窩：「謝謝你。」

秦恪沉默幾秒，問：「馬上就放學了，你翻牆幹什麼？」

「不告訴你。」

宋昀然還挺戒備，蹲在灌木叢後面拍了拍身上的泥土，突然伸手把秦恪拽下來。

「你不要站著，會被發現的！」

秦恪猝不及防，差點一腳踩進灌木叢裡。

他被迫蹲在宋昀然身邊，從樹葉的縫隙裡往外望去，看著陸陸續續往西門方向前進的路人們，緩緩回過神來。

「你這是蹺課，還是離家出走？」

宋昀然猛地一頓，大眼睛裡流露出片刻的慌亂。

但他很快恢復鎮定，似乎腦補出了什麼，小聲問：「你也要離家出走嗎？」

秦恪：「？」

宋昀然還在問：「我以前沒見過你，你是哪個班的？你為什麼離家出走呀？你想好去哪裡了嗎？」

彷彿找到伙伴般的熱情口吻，讓秦恪備感荒唐。

他不得不打斷說：「你沒見過我很正常，我比你大，不是幼稚園的小朋友。」

「咦，你幾歲呀？」宋昀然問。

秦恪剛開口，就看見宋昀然用一種看智障的眼神望著他，他深吸一口氣，屈辱地說：

「二十……」

「咳，快七歲了。」

確切來說只有六歲零五個月。

但沒辦法，被眼前的小不點鄙夷地注視著，太容易激起一些莫名其妙的勝負欲。

「喔喔。我、我馬上就滿六歲！」

宋昀然忽然提高音量，也不知在自豪個什麼。

秦恪麻木地點了下頭，緊接著又聽見他問：「那你是不是上小學了？」

「……嗯。」

「好厲害啊，你是小學生呢。」

「謝謝，以後別這麼說。」

很難不讓人懷疑你在嘲諷我，秦恪在心中補充了一句。

按照慣例而言，他們應該一起重生才對，可眼前這個言談舉止過於幼稚的小朋友，實在不像成年人能偽裝出來的。

但轉而想到宋昀然那些古怪的腦洞，秦恪又不敢掉以輕心。

他想了想，試探道：「小宋總？」

宋昀然迷茫地眨眨眼睛，好像根本沒聽懂。

難道這次只有他重生了？

秦恪的心情一瞬間沉了下去，冬天的室外到處都吹著風，鑽進脖子裡像冰刃刮過皮膚，帶著浸骨的寒意。

他垂下眼眸，視線餘光掃到宋昀然腳上那雙室內拖鞋。

「怎麼沒換鞋就跑出來？」他問。

宋昀然咬了下嘴脣，才說：「不能穿那雙鞋，我跑遠了它會啾啾啾。」

大概是指類似於定位警報的東西。

秦恪想了想，又問：「為什麼想離家出走？」

這一問，宋昀然的嘴角立刻垂下去，他揪下幾片葉子，一點一點地把它們扯碎，團在手心裡緊緊握住。

過了半晌，才委屈地說：「她說我是壞孩子。」

秦恪微微一愣，很快就明白了。

原來宋昀然遇到變態保母是在這個時期。

「啊，我不該說出來的。」宋昀然捏緊拳頭，懊惱極了，「告訴別人的話，我就變不回好孩子了。哥哥，你幫我保密好嗎？」

秦恪靜默幾秒，才緩聲開口：「好。」

宋昀然鬆了口氣，稚嫩的臉上揚起一抹笑意。

好像在他的小腦袋瓜裡，只要面前這個初次見面的「小學生」哥哥能幫他守住祕密，就不算違反了保母制定的條約。

秦恪卻根本笑不出來：「你不想回家，是不希望見到那個『她』？」

宋昀然點了點頭。

「……要不要我陪你去找老師？」

秦愘有些無奈，他如今被禁錮在六歲小孩的身體裡，只能尋求大人的幫助。

宋昀然又搖頭：「不能告訴其他人。」

說完就可憐地嘆了口氣，「我還是回去吧。」

五歲零十個月的智商，終於讓宋昀然在此刻意識到，離家出走並不能解決問題。

他站起來，向秦愘道了聲再見，然後轉身又準備從圍牆縫隙鑽回去。

秦愘看著他小小的背影，突然叫住他：「你想不想見爸爸媽媽？」

「可以嗎？」

宋昀然迅速轉過頭來，「但是去寧東好遠的，要坐車才能到。」

「沒事，我也有車。」秦愘彎腰解鞋帶，「太冷了，你穿我的鞋走。」

半小時後，宋昀然坐在座位上，晃了晃稍大的球鞋，又用它去碰了下秦愘穿著室內拖鞋的腳背。

「哥哥，你家的車好大啊。」他羨慕地說。

秦愘淡定回道：「也還好。」

「不過人有點多。」宋昀然眼中滿是好奇，四處打量公車上的乘客，「為什麼他們不換有座位的車呀，是不喜歡坐著嗎？」

話音未落，站在走道的幾名乘客就一起看了過來。

秦愘：「……你先別說話了。」

否則以我六歲的武力值，真的很難保護你。

宋昀然乖乖地「喔」了一聲。

他其實不喜歡這輛大得過分的車，太吵，椅子太硬，更不如他平時坐的車暖和。可一想到很快就能跟爸爸媽媽見面，心裡的喜悅就沖刷了他的不適。

加油，你可以忍住。

宋昀然默默為自己打氣，再一抬頭，目光掠過前面兩排乘客的腦袋，看見了掛在高處的車載電視。

電視裡正在播放一個戶外節目，幾個漂亮的叔叔阿姨在草坪上擺出大型的玩具，指揮一隻小狗從玩具上跳過去。

宋昀然不知不覺看得入神，沒有注意到身旁意味深長的視線。

秦恪安靜地注視著他，過了一會兒又看向車載電視，他認識節目裡出現的那幾位嘉賓，都是這個年代當紅的演員。

秦恪心神一凜，發現見面後，他始終疏忽了一個細節。

現在究竟是哪個世界？

出現在他面前的宋昀然，長大後會成為演員還是小宋總？

秦恪思忖片刻，問：「你長大後，想做什麼？」

宋昀然回過頭，不知為何笑得有些羞澀：「說出來，你會不會笑我？」

「不會。」

「那我偷偷告訴你喔。」宋昀然湊到他耳邊，開心地說：「長大了我想做狗狗！」

秦恪：「……？」

他再次抬眼望向車載電視，總算意識到，剛才宋昀然一直在認真地看狗？

宋昀然的語氣裡滿是憧憬：「狗狗不用學鋼琴，也不用去幼稚園，還特別勇敢！你看那麼高的玩具，牠們都敢跳過去，比我厲害多了。」

意料之外的答案，讓秦恪欲言又止。

他從來沒有想過，有朝一日，自己竟然需要跟宋昀然解釋「人狗殊途」的生物學原理。

宋昀然見他不為所動，只好遺憾地坐了回去。

沒安靜一分鐘，就又側過臉來，鼓起腮幫子說：「狗狗很棒的，你不要瞧不起狗狗。」

秦恪艱難地解釋：「我沒有瞧不起牠們，我也很喜歡狗。」

「真的？」

宋昀然的眼睛一下子亮了，他好喜歡這個長得好看又帶他坐車去寧東的哥哥，而且他們還擁有相同的愛好！

這樣的哥哥，值得擁有跟他一樣光明的未來。

於是宋昀然又貼過來，邀請說：「那以後長大了，我們一起做狗狗好不好？」

「……不好。」秦恪斬釘截鐵地拒絕。

秦恪拒絕做狗，令宋昀然萬分失落。他剛才都想好了，如果今後小學生哥哥願意跟他一起當狗狗，他就每天把碗裡最大的骨頭讓給哥哥，自己吃小一點的就好。

看來他找不到小伙伴，將來注定只能一個人吃完所有骨頭了。

……好像也不錯？

宋昀然用力咽了咽口水，感覺肚子好餓。以往這個時候，他肯定已經回家吃晚飯了，而不是坐在車上想骨頭。

秦恪瞥到他的動作，輕聲問：「肚子餓了？」

宋昀然點了下頭。

秦恪翻了翻口袋裡的零用錢。

現在他家境還比較貧困，好在秦念蓉工作繁忙不常回家，因此每週總會給他一筆錢去買菜。

今天已經是週五，口袋裡剩的錢不多，不過應該可以餵飽一個小朋友。

「再忍兩分鐘。」秦恪說，「等一下下車幫你買吃的。」

一聽說馬上就要下車，宋昀然頓時高興了起來。

在他的理解裡，下車就等於到達目的地，那代表他很快就能見到爸爸媽媽了。

公車在站牌旁停穩後，秦恪牽著宋昀然到馬路邊。

這裡靠近燕城的繁華地段，沿街滿是大大小小的商鋪。

只不過他囊中羞澀，不能進裝潢典雅的餐廳消費，只能找到一家還算乾淨的小店。

老闆見來了兩個漂亮的小朋友，笑咪咪地問：「你們想吃什麼呀？」

宋昀然說：「我想吃大骨頭。」

「……」老闆的笑容凝固了一秒，「小弟弟，我們這裡是家包子鋪。」

「可是我不喜歡吃包子。」

宋昀然抓緊秦恪的手，大眼睛裡寫滿哀求。

「旁邊那家店在賣大骨頭，你不能幫我買嗎？」

秦恪為難地說：「我沒那麼多錢。」

居然還莫名慚愧。

被宋昀然可憐兮兮地望著，他竟然有那麼幾秒鐘的時間，思考起為什麼不能攜帶資產重生的哲學問題。

至少買份醬油排骨給小朋友也好啊，這破命運真的很苛刻。

無奈之下，宋昀然只好向命運屈服。他選好一個牛肉餡的包子，見秦恪直接準備付款，又問：

「哥哥，你不吃嗎？」

「我不餓。」秦恪說。

剎那之間，宋昀然想起幼稚園老師講過的一個故事。

故事裡有個特別貧窮的小朋友，有天小朋友過生日，爸爸花光所有的錢，買了塊小蛋糕給他，小朋友問「我吃掉的話，爸爸吃什麼呢？」，爸爸慈祥地笑道「吃吧，爸爸不餓」。

宋昀然震驚了，他覺得這位小學生哥哥跟故事裡的爸爸一模一樣！

「等一下！」

他連忙制止秦恪，揚起腦袋問老闆，「什麼東西最不貴？」

老闆指著一鍋煮好的玉米：「這個比包子便宜。」

「我吃這個吧。」

宋昀然甜甜地笑出酒窩，心想，今天我也是懂事的小朋友呢。

大概是宋昀然的乖巧打動了老闆，最後對方還免費送了他們兩杯豆漿。

秦恪心情微妙地道過謝，坐在一張靠門的椅子上，一邊喝豆漿一邊看宋昀然吃玉米。

宋昀然是真的餓了，兩隻手捧著玉米啃得飛快，腮幫子鼓得跟隻倉鼠似的。

「吃慢一點。」秦恪怕他噎住，出聲提醒。

宋昀然搖頭：「我想快點見到爸爸媽媽。」

「也不能急成這樣。」秦恪說，「等等換地鐵再坐兩站就到，最多十分鐘而已。」

話剛說完，宋昀然咀嚼的動作瞬間慢了下來。

奇怪，去爸爸媽媽的公司需要這麼久嗎？

他明明記得以前去寧東，只要在家門外上車，然後再下車就到了。

兒童安全常識，在不合適的時機從宋昀然心中復甦。

他慢吞吞地啃著玉米，不時打量外面的街道，終於發現自己正身處於一個完全陌生的地方。

宋昀然心裡感覺不妙。

完蛋，他肯定是被綁架了！

幼稚園老師說過的，壞人綁架小朋友的時候，都會說「我帶你去找爸爸媽媽」！

手裡的玉米頓時就不好吃了，宋昀然憂鬱地垂下大眼睛，沒想到面前這個眉清目秀的小哥哥居然是壞人。

他為什麼要綁架我呢？是想跟爸爸媽媽要錢，還是把我賣到山裡面？

宋昀然放下吃到一半的玉米，悄悄向老闆投去求助的目光。可惜老闆此時正在看報紙，並沒有接收到他的訊號。

反倒是秦恪見他不吃了，便說：「吃飽了嗎？」

「……不想吃了。」

我心裡好難過。宋昀然想，你到底懂不懂？我難過得玉米都不想吃了。

秦恪當然不懂。

他看了眼宋昀然嘴邊沾到的玉米粒，無奈地挑了下眉，抱著一種養兒子的微妙心情，抽出紙巾幫小朋友輕輕擦掉。

宋昀然睫毛亂顫。

哥哥居然幫我擦嘴，壞人不會對小朋友這麼溫柔的。

難道他改變主意了？

直到兩人坐上地鐵，宋昀然依舊沉浸在複雜的情緒中。

他沒有坐過地鐵，也不懂這輛車裡為何會有那麼多人。可是他能看懂，小學生哥哥始終緊緊抓住他的手腕，還努力把他推到相對舒適的角度，不讓他被周圍的大人擠到。

宋昀然越想，就越覺得這不是一個壞人應有的態度。

沉思片刻，他小聲問：「哥哥，你想不想吃肉包子和大骨頭？」

秦恪：「……不太想。」

「？」宋昀然不滿意了，「你說你想。」

秦恪笑了笑：「好，我想。」

「有多想？」

「特別特別想。」

宋昀然點頭：「那你覺得我可愛嗎？」

話題太過跳躍，秦恪愣了一下，才回答道：「很可愛。」

喔，原來是這樣呀。

宋昀然懂了，他已經成功分析出哥哥的犯案動機。

在他的腦補中，秦恪出於對肉包子和大骨頭的嚮往，含淚選擇做一個壞人，但最終秦恪被他的可愛所打動，不忍心再幹傷害小朋友的事，所以小學生哥哥才會請他吃飯、幫他擦嘴、保護他。

可是這樣一來，哥哥就拿不到錢了。

宋昀然苦惱地皺皺鼻子，過了幾分鐘，終於想到一個絕妙的好主意。

秦恪尚未察覺即將襲來的暴風雨。

地鐵到站後，他依舊牽著宋昀然一路出站，找到了離地鐵出口不遠的寧東大廈。

門口的保全不認識宋昀然，攔住他們兩個問：「你們找誰？」

宋昀然記得父母的名字，直接說：「找白婉寧和宋繼東。」

保全一愣，用對講機連絡了上司。

那邊又在監控裡辨認了一番，發現來的確實是寧東的小太子，便將消息通知到宋繼東的祕書那裡。

祕書立刻趕了下來。

就在幾分鐘前，她接到幼稚園打來的電話，知道宋昀然不見了，她正猶豫要不要通知宋總報警，幸好太子自己就找了過來。

祕書抱住宋昀然狠狠高興了一會兒，才轉頭看向秦恪：「小朋友，你也是從幼稚園跑出來的？」

怎麼還是結伙犯案呢？祕書心中更加困惑。

秦恪抿抿唇角：「不是。」

他沉默幾秒，猜測宋昀然現在或許還不敢告保母的狀，索性便把祕書拉到旁邊，將事情的原委全部講了出來。

「麻煩您通知宋叔叔和白阿姨一聲。」

祕書連連點頭，又說：「你跟阿姨一起上樓吧，我們宋總肯定會當面感謝你。再說馬上天就要黑了，你一個小朋友回家多不安全，等見過宋總後，我讓司機送你回去。」

秦恪畢竟不是真的小朋友：「沒事，我家離這裡有直達公車，我知道該怎麼走。」

祕書也沒強求。

宋昀然在家被保母欺負了，這才是需要她立刻向宋總彙報的大事。

秦恪轉過身，朝不遠處的宋昀然揮揮手：「那我走了。」

宋昀然直接從沙發上跳起來，猛地加速衝上前抱住他。

「你不要走！」

你還沒有拿到錢啊，他在心中嘶吼道。

抱得還挺用力，彷彿用盡了吃奶的力氣，秦恪竟然一時掙脫不開。

祕書見狀，只好勸道：「然然，你先放開他。」

「我不要！」

宋昀然大聲喊道，然後轉頭朝秦恪擠眉弄眼，「你走了錢怎麼辦？」

秦恪徹底迷茫了：「什麼錢？」

就在兩人僵持不下的時候，高層專用的電梯停在了一樓。

正要出門奔赴飯局的白婉寧，踩著高跟鞋風風火火地穿過大廳，忽然看見本該在別墅裡的兒子，意外出現在了視野範圍之內，還緊抱著一個同齡的小朋友不放。

她詫異地挑了下眉，出聲喊道：「然然？」

宋昀然表情一滯，沒想到第一個見到的會是嚴厲的媽媽。

可是時間緊急，他已經來不及細想！

「快，你快點按住我肩膀。」他鬆開手說。

秦恪一頭霧水，但聽他語氣這麼認真，想了想就還是把手放到他的肩膀上。

那一刻的秦恪還不知道，這將是他三輩子做過最讓他後悔的決定。

因為數秒之後，宋昀然轉過臉，朝白婉寧大喊道：「媽媽！我被綁架了！你快拿錢給他！」

「……」

傍晚時分，人來人往的公司大廳，陷入一片寂靜。

眾目睽睽之下，秦恪緩緩閉上了眼睛。

這一輩子，應該也不會太長吧。

大廳內的寂靜並沒有持續太久。

很快，一片歡聲笑語的海洋中，秦恪被請進了位於大廳左側的接待室。

他低著頭，目光在地毯花紋上游移許久，最終落在了依舊緊抱住他不放的小朋友臉上。

宋昀然：「嘿嘿。」

……嘿你個鬼。

秦恪想不通，到底是哪個環節出了差錯，才會導致宋昀然誤會自己是綁匪。

又或許從一開始就錯了。

他應該大力支持小宋總買螢光綠的跑車。

只要買回來後我堅決躲開那輛車，那麼坐上去丟臉的就不會是我本人。

一些自暴自棄的想法，讓秦恪瀕臨崩潰的思維更加支離破碎。

接待室裡暖氣開得很足。

宋昀然沒過多久就覺得熱了，他只好暫時放開秦恪，笨手笨腳地脫掉羽絨衣，然後又迅速黏了過來，彷彿兩人從出生起就是一對天造地設的連體嬰。

露出裡面的白色薄毛衣後，五歲版宋昀然看上去更像個軟乎乎的包子，他把臉貼在秦恪手臂上，問：「我媽媽肯定去拿錢了，你馬上就能吃大骨頭了，開心嗎？」

秦恪內心麻木：「開心得想死。」

「……不要死。」宋昀然拍拍他的手，模仿大人的語氣安慰道，「只要活著就還有希望。」

是嗎？我看未必。

秦恪在心中回答他。

宋昀然繼續說：「不知道媽媽會給你多少。你拿到錢不要亂花，買完大骨頭就存起來……對啦，再換輛小一點的車吧，現在的車很大，可是太擠。」

秦恪看著他毛茸茸的腦袋，沒忍住，用力揉了一把。

「你幹嘛？」宋昀然瞪著大眼睛，「你是不是不服氣？」

秦恪偏過臉：「如果我說是呢？」

「？」宋昀然嘆了口氣，用稚嫩的童音語重心長地說：「哥哥，以後做個好人吧。」

剛好進來送飲料的祕書已經快笑到暈過去了。

秦恪看她一眼，說：「我現在連人都不想做了。」

「你想做狗狗啦！」宋昀然突然興奮。

秦恪：「……」

他深吸一口氣，憑藉肌肉記憶，自然而然地端過一杯牛奶，遞給宋昀然後問：

「你認為我是壞人，為什麼還幫我要錢？」

宋昀然說：「因為我喜歡你呀。」

他喝了兩口牛奶掩飾害羞，慢吞吞地說：「你有了錢，就不用做壞人。我們一起努力做乖小孩呀。」

……荒唐之餘又有一絲感動。

秦恪點點頭，還想再說什麼，就看見白婉寧又風風火火地進來了，後面還跟著滿臉慌張的宋繼東。

「寶寶！」

宋繼東一個箭步衝過來，哽咽得彷彿宋昀然失蹤了一整天。

白婉寧現在還年輕，功力遠不如二十年後的白董深厚，她望向無語凝噎的丈夫和莫名其妙的兒子，直接翻了個白眼。

「你先把孩子帶出去。」她說，「剩下的交給我。」

宋昀然一步三回頭，終究還是被爸爸帶走了。

白婉寧又吩咐祕書離開，等接待室內只剩他們兩人，才坐下來笑了笑。

番外一

「你剛才說，自己叫秦恪，對嗎？」

「嗯。」

白婉寧難得有些說不出話，揉揉眉心說：「……今天的事，實在不好意思。然然他沒有惡意，他就是有點……有點異於常人。」

秦恪懷疑白婉寧真正想說的是「有點傻」，但他還是不動聲色地點點頭。

「沒關係，阿姨。」

白婉寧原本擔心，樂於助人的秦恪會因為被當眾冤枉而嚎啕大哭，不過看來小朋友的心智挺成熟的，也不知道父母是怎麼培養的，看起來也沒比宋昀然大多少啊。

白婉寧思忖片刻，說：「阿姨今天和叔叔還有事要忙，改天可以請你和你的爸爸媽媽吃飯嗎？」順便討教一些育兒技巧，她在心裡盤算著。

秦恪搖頭：「後天我和媽媽就要離開燕城了，恐怕沒時間。」

白婉寧感受到了前所未有的失落，她遺憾地望著秦恪，彷彿即將放走的不是一個小朋友，而是提升宋昀然智商的良機。

末了，也只能扼腕道：「那你坐我的車回去吧。」

小小的宋昀然還不知道，他和小學生哥哥的分別已經近在眼前。

上車後，他坐到秦恪旁邊，輕聲問：「哥哥，你明天還來跟我玩嗎？」

秦恪開口時有些遲疑，但仍然說：「明天我有事，來不了。」

「後天呢？」

「……後天我就走了，去很遠的地方。」

宋昀然「喔」了一聲，不當一回事：「你要去旅遊嗎，什麼時候回來？」

「很久以後。」

秦恪摸摸他的腦袋，「等你長大了，我就回來了。」

◇

再睜開眼時，秦恪看見了熟悉的天花板。

日光穿過百葉窗，投射出柔和的光線，漸漸照進他的瞳孔裡，讓他產生了片刻的愣神。

還是身旁傳來的一聲冷哼，把他的意識喚了回來。

秦恪轉過頭，對上宋昀然怒氣沖沖的臉。不再是五歲時那張軟乎乎的小臉，而是輪廓更為分明的霸總臉。

他分不清這是現實亦或夢境，本能地伸手想捏一捏，結果下一秒，就被對方「啪」一聲打在手背上。

「別碰我！」宋昀然很氣，「把你的髒手拿開！」

秦恪：「……」

就挺真實的，原來他之前是在作夢？

宋昀然不知在氣什麼，坐起來頂著亂成鳥窩的黑髮說：

「爸爸要去外面找新兒子繼承家產。」

「？」

秦恪慢條斯理地坐起身，靠在床頭想了想，說：「其實那輛車的顏色，還不錯。」

「它本來就很好看！……不對，重點不在這裡！」宋昀然瞪他一眼，「我算是發現了，你這人從小就不可愛，成天就知道惹爸爸生氣。」

秦恪敏銳地捕捉到某個關鍵字：「從小？」

他剛醒過來，嗓音還帶著低啞的慵懶，聽起來格外意味深長。

「你昨晚也夢到我了？」

「我現在不想跟你說話。」

處於憤怒模式的宋昀然，並沒體會到「也」字的含義，而是直接翻身下床，氣鼓鼓地跑去洗手間洗漱。

結果沒過幾分鐘，就按捺不住，自行跑出來講起那個代入感極強的夢。

和「重生」到童年時期的秦恪一樣，宋昀然也回到了五歲的小朋友身上。

他先解決掉熱愛講鬼故事的變態保母，然後催促司機開車前往秦恪小時候住過的家，找到了正在收拾行李準備搬家的秦恪。

那時距離秦恪離開燕城只剩最後一天。

在宋昀然的計畫裡，他可以抓緊機會、利用金錢，在二十四小時裡讓可憐的小秦恪體會到來自同齡人的父愛。

誰知當他依靠五歲幼童的小短腿，艱難地爬上沒有電梯的頂樓，敲開秦恪家的家門後……

「我不認識你。」

秦恪從門縫裡扔出一句沒有感情的回答，然後冷漠地關上了門。

連正臉都沒露。

一看就是把兒童安全常識銘記於心的小朋友。

「氣死我了！你知道你們那樓梯有多難爬嗎？」

成年版小宋總嚴肅地控訴道：「你連門都沒全打開，中間還留了條防盜鍊。怎麼，是我五歲的偉岸身姿嚇到你了嗎？」

秦恪沉默了一會兒。

這的確像他小時候會幹出來的事。

「而且這還沒結束。」宋昀然繼續說：「我好不容易等到秦阿姨回來，跟她說我是你的好朋友，想帶你去遊樂場玩。」

秦恪挑眉：「我媽信了？」

宋昀然得意地揚起嘴角：「你不知道吧，我小時候長得特別可愛，光靠一張臉就能在任何地方暢通無阻。」

緊接著，他笑容一滯，「本來我都進客廳了，想不到你對秦阿姨說『這小孩很奇怪，說不定有什麼陰謀，還是把他趕出去吧』。」

「……」

秦恪忍住笑，開始同情起男朋友來。相比之下，他在寧東集團的大廳裡社死，好像也沒那麼悲慘了。

宋昀然看著他：「你是不是在偷笑？」

「嗯。」

「我警告你別太囂張，小心爸爸今天就清理門戶。」宋昀然皺眉道。

秦恪輕聲笑了一下，開門去二樓的吧臺端了杯水進來，哄小孩似的。

「先別生氣，喝杯水再慢慢說。」

宋昀然一下子喝掉大半杯水，緩解了抱怨太久的口渴。

放下玻璃杯時，語氣平靜了些：「反正經過我的不懈努力，最後你還是沒趕我走。」

「一定是你太可愛了，」秦恪說：「我不忍心。」

宋昀然冷笑一聲：「所以你就忍心指揮我，幫你收拾行李？」

「……」

然而最讓人生氣的還不是這裡。

年僅五歲的宋昀然，抱著「算了不跟小孩子計較」的想法，忍辱負重地幫完忙後，考慮到秦恪接下來的幾年必定會過得十分艱難，為了避免兒子在成長過程中出現偏差，他決定提前劇透點未來的相關資訊，以便讓秦恪樹立起戰勝困難的勇氣。

他悄悄對秦恪囑咐說：「告訴你實話吧，我已經看見你的未來了。」

小秦恪抬起冷淡的眉眼：「是嗎？」

「嗯嗯，你以後會變成大明星呢！」宋昀然捏緊拳頭，用小孩子的語氣鼓舞道：「是不是很棒呀？所以你不要難過，一定要堅強點，等你長大了，一切就會變好嗟！」

做作的口吻讓宋昀然自己都有點受不了。

但秦恪臉上沒有一絲波動，而是盯著他看了一下，從收拾好的紙箱裡找出一本書。

「送給你。」

宋昀然接過來一看，五顏六色的封面上清晰印著一行書名——《我的奇妙幻想》。

「？」他抬起頭，「什麼意思？」

六歲的秦恪語氣誠懇：「這是幫助小朋友分清現實和妄想的科學書。帶回家多看看吧，你現在這樣，真讓人擔心。」

傷害性不大，侮辱性極強。

此時此刻，提起這事就忍不住握緊拳頭的小宋總，悲憤地說：「你必須向我道歉。」

秦恪靠在牆邊，低聲說：「對不起？」

「一點誠意都沒有。」宋昀然很不滿意，「你根本不知道，自己傷害了多麼可愛的小朋友。」

秦恪說：「我當然知道。」

宋昀然沒當一回事：「少在那裡騙爸爸，我的可愛你無法想像。」

「這句話倒是沒錯。」秦恪垂下眼眸，親了下他的臉頰，「我的確無法想像，怎麼會有人長大了想做狗狗。」

氣定神閒的語氣與重磅級的發言形成了鮮明對比，讓宋昀然當場愣住。

他愣愣地側過臉，一時不知該為童年時的可笑願望羞恥，還是該為祕密洩露的途徑而驚詫。

靜了半分鐘後，他才恍然大悟：「該不會你也作夢了？」

秦恪笑著點了下頭。

他們在同一天，作了極其相似的夢。在夢裡，他們見到了小時候的彼此。

但不同的是，比起宋昀然無言地帶了本童書回家的結局，秦恪這邊的結局則要溫馨許多。

車輛在秦恪家樓下停住時，五歲的宋昀然終於理解，剛認識幾小時的哥哥馬上就要與他分別，直到很久很久以後才能見面。

「你不要走好不好？」他拉住秦恪，眼淚汪汪地說：「長大了我會變成狗狗的，你肯定不認識我了。」

「不會。」秦恪安慰他，「你跟別人不一樣，我一眼就能認出來。」

宋昀然半信半疑：「哪裡不一樣？」

昏黃的路燈斜斜照下，溫和地籠罩兩人小小的身影。

秦恪注視著他清澈的眼睛，說出了許久以來，一直想說的那句話。

「因為你是全世界最好的小朋友。」

番外二：前世那些事

前往機場的保母車內，低沉的氣氛瀰漫整個空間。

作為近幾年迅速躥紅的流量演員，宋昀然長了一張非常有觀眾緣的臉，他身上彷彿有種天然的親和力，笑起來時右邊臉頰會露出一個淺淺的酒窩，看上去人畜無害，讓人情不自禁地想摸摸他的腦袋。

然而此時此刻，宋昀然臉上卻寫著「生人勿近」四個大字。

他用不滿的視線掃過車內：「你們完全不打算想辦法嗎？」

兩人面面相覷，最後還是經紀人趙斯宇硬著頭皮說：「主要這也不是什麼嚴重的事吧？」

「我都要跟秦恪搭同一班飛機了。」宋昀然問：「世界上還有比這更嚴重的事？」

「……」

多得很呢。趙斯宇暗自腹誹。

但這話他不能說，否則少爺的脾氣一上來，就更不好哄了。

想到這裡，趙斯宇不禁瞪了宋昀然的助理一眼。

訂機票的時候怎麼沒事先打聽，怎麼就跟秦恪訂到同一個航班。

偏偏這次目的地比較偏僻，航班不多，現在改簽的話要晚上才能出發，那樣勢必會耽誤到接下來的工作安排。

助理忍不住打了個寒顫，他上個月才進公司，哪裡知道訂張機票還能鬧出禍來。
車內的沉默令宋昀然心情更糟，他調轉矛頭直指助理。
「你不知道我跟秦恪是死對頭嗎？」
助理說：「知道。」
但我沒想到你們對立到「一機不容二人」的地步啊。
「那你還……」宋昀然原本還想抱怨幾句，眼角餘光卻見到助理緊張地絞著手指，只能抿抿嘴角，「算了，下次注意就好。你注意一下秦恪的公開行程，跟我重合的就分開買票。」
助理很納悶：「但我要怎麼知道，秦恪坐哪班飛機呢？」
宋昀然理直氣壯：「跟黃牛買啊，他們什麼消息都有。」
助理：「……」
這不好吧，傳出去豈不是顯得我們很在意秦恪？
當然這話他同樣選擇了吞回肚子裡。
畢竟眾所周知，宋昀然身為赫赫有名的寧東太子，是有點少爺脾氣在身上的。
倒不是說他待人多苛刻，而是跟他相處得像對待被寵壞的小朋友那樣，必須順毛摸才行。
眼看航班危機暫時解除，趙斯宇又湊過來了。
「昀然，飛機上人少倒不要緊，接下來才是關鍵。你跟秦恪出席同一場活動，多少雙眼睛會盯著你們，自己警惕一點。」
今天是國內一家時尚雜誌創刊三十週年紀念日，圈內知名藝人幾乎集體前往捧場。要不是這樣，趙斯宇也不會同意讓宋昀然跟秦恪碰面。

宋昀然點頭：「放心吧。主辦方把我們的座位隔那麼遠，不會有事。」

趙斯宇搖頭：「年初華影節的時候，他在臺上領獎，你在臺下翻白眼都能被拍到，熱搜掛了一整天，你叫我怎麼放心？」

「……能不能別提那件鳥事？」

宋昀然鬱悶極了，就沒想通，當時秦恪在那裡發表最佳新人獲獎感言呢，他悄悄翻個白眼怎麼也能被攝影機捕捉到。

「好，不提。」趙斯宇又說：「反正你當心點，現在秦恪回來了，不少人等著看好戲。」

宋昀然「嗯」了一聲，閉上眼：「我先睡一下，到了再叫我。」

趙斯宇轉過頭去，沉沉地嘆了口氣。

在大眾眼裡，「死對頭」兩字無非就是，兩個年齡跟路線相近的藝人，因為一些通告方面的競爭，被媒體或粉絲拿出來做對比，從而引發飯圈一輪又一輪的罵戰。

但放在宋昀然眼裡，卻是實打實地看秦恪不順眼。

都怪那個最佳新人獎，趙斯宇想。

本來在那之前，宋昀然還不把秦恪當一回事，即便兩人的處女作票房之爭他就敗給了秦恪，但靠著一些與生俱來的自信，他仍舊堅信自己才是在頒獎典禮當晚捧起獎盃的人。

結果不僅做了陪跑，還因為表情管理失控被罵了一波。

從那以後，宋昀然的怒火就一發不可收拾。

有時明知道品牌方更青睞秦恪，他卻偏要勉強自薦，最後等到人家公布代言人了，自己氣得在家爆捶枕頭。

上半年的時候，秦恪因為拍戲受傷，不得不暫停工作三個月。

就在這三個月裡，宋昀然主演的一部偶像劇趕在暑期檔期播出，收視率與口碑都很好，瞬間在同齡藝人中有了領先的趨勢。

結果剛高興沒多久，就有消息傳出去，說結束休養的秦恪接下來會拍攝一部電視劇。

趙斯宇覺得這件事詭異極了。

凡是長了眼睛的都能看出來，秦恪分明更適合走大銀幕的路線。

秦恪那邊的說法，是說由於他的肩傷還沒完全痊癒，需要每週回醫院複診，剛好有就在燕城取景的劇組找上門來，時間地點都合適。

但在宋昀然看來，卻並非如此。

「說不定秦恪住院的時候，每天醫院裡看我演的劇。」他信誓旦旦地說：「我懂了，他絕對是被我激發了勝負欲，想用這種方式向我發起挑戰。」

秦恪究竟是不是想挑戰宋昀然，趙斯宇並不知道。

他只知道，如今秦恪出院復出，接下來兩人之間，勢必又即將上演一場腥風血雨。

宋昀然一覺睡到機場，還沒下車，就看見一群粉絲在路邊翹首以盼。他整理好睡亂的頭髮，心情有些複雜。

這些粉絲也真是的，明明公司說過不提倡接機送機，卻每次都有人不聽話。

可是今天天氣很熱，那群小姑娘也不知在路邊等了多久，看上去怪可憐的。

等一下還是好好跟她們囑咐幾句吧。

打定主意後，等助理幫忙打開車門，宋昀然以一種帥氣而俐落的姿勢下車，雙腳才剛踏上地面，激動的尖叫聲就迎面撲來。

「啊啊啊啊啊——好帥啊——」

宋昀然嚇了一大跳，扭頭就想告誡她們保持安靜，不要擾亂機場秩序。

然而下一秒，他就眼睜睜看著那群小姑娘視他為無物，一路狂奔往前面跑去。

數人奔跑掀起的風從他面前掠過的同時，也讓他聽見了她們呼喚的名字——「秦恪！」

宋昀然：「……」

他反方向轉過頭，在距離他十幾公尺遠的位置，看見了那個神色冷淡的死對頭。

秦恪沒看見宋昀然。

事實上，他好像誰也沒看，只是抬手把掛在下巴的口罩拉上來，然後在保鑣的簇擁下，步履不停地往裡面走去。

身後的粉絲並不氣餒，尖叫著又跟了進去。

一片不知哪裡飄來的紙片，在空中旋轉數圈，輕飄飄落在了宋昀然腳下，為尷尬的氣氛增添了一抹淒涼。

宋昀然臉色頓時變得有些難看。

做藝人的心理就是如此矛盾，既不喜歡在非工作場合被人認出來，又不喜歡完全沒被人認出來。

助理見狀，連忙安慰他：「你戴著墨鏡和口罩呢，她們只是一時沒認出來而已。」

宋昀然一想，覺得很有道理。

他重新振作起來，揮手告別了經紀人與司機，一邊跟助理往裡面走一邊說：

「你剛才看見沒？秦恪下了車才戴口罩，他好有心機。」

「……」助理無奈地附和，「對，故意吸引粉絲呢！」

宋昀然不屑冷哼：「就是，來趟機場還帶保鑣，以為自己很紅嗎？」

「也不能說不紅吧。」助理委婉地提醒道。

宋昀然：「？」

助理內心一顫，彷彿從深色的墨鏡鏡片上，看見了自家藝人萬分不滿的眼神。

他清清嗓子，謹慎發言：「當然還是沒辦法跟你比。」

即使刻意放慢腳步，等宋昀然辦完登機來到安檢口時，還是看見了正在等待安檢的秦恪。那群粉絲還未走遠，正遠遠望著VIP安檢通道，不斷地與他講話，說來說去都是讓他照顧好自己之類的陳腔濫調。

秦恪偶爾用點頭表示知道了。

VIP安檢通道的人很少，宋昀然就排在秦恪的助理後面。

他根據工作人員的指示依次取下墨鏡與口罩，終於聽見粉絲那邊響起驚詫的議論聲。

大概她們也沒料到，喜歡的演員會跟討厭的演員搭乘同一班飛機。

宋昀然穿過安檢門，與還在等待助理的秦恪對上視線。

秦恪不鹹不淡地點了下頭，宋昀然本來不想理他，但就在電光火石之間，發現由於他站在安檢的檯子上，難得有了比對方高出半個頭的機會。

於是他挺直脊背，盡力營造出居高臨下的角度，面無表情地頷首示意。

秦恪似乎愣了一下。

很好，看來是被他的王者氣息震懾住了。

宋昀然嘴角揚起一抹得意的笑容，從臺上下來後，也依舊保持著趾高氣揚的氣勢。

結果就在他從秦恪身邊經過時，粉絲那邊傳來了一聲撕心裂肺的呼喚。

——「然然，媽媽愛你！」

靠。

那群小姑娘裡怎麼還藏著他的媽粉啊！

你們不是來看秦恪的嗎！

宋昀然惱怒地朝那邊瞪了一眼，回頭之時，聽見秦恪很輕地笑了一聲。

笑個鬼！

宋昀然捏緊拳頭，心想遲早有一天，我會讓我的媽粉叫你孫子。

因為這個插曲，宋昀然在休息室裡全程都一臉不高興。

特別當他看見自己的助理與秦恪的助理相談甚歡的時候，眼裡的怒火都快噴穿墨鏡了。

這助理不行，一點都不會看眼色。

該不會是秦恪派來的臥底吧？

宋昀然越想越覺得可疑，以秦恪的心機，實在無法排除這種可能。

他用手指把墨鏡往下一勾，視線穿過兩張茶几，牢牢鎖定在秦恪身上，試圖從對方的神色中找到證據，可惜至始至終，秦恪臉上都沒什麼表情。

他彷彿完全不受周遭的環境干擾，從助理那裡拿來劇本，翻閱了一會兒後，又接了通電話。

宋昀然盯著放在茶几上的劇本，心裡好奇得要死。

秦恪參演的電視劇班底遲遲沒有公布，也不知道編劇是誰，會不會是部好劇？

想到這裡，他慢慢站起身，裝成去洗手間的模樣，打算路過的時候偷看一眼，誰知就在他經過的瞬間，秦恪突然伸手拿起劇本。

封面上總編劇的名字一晃而過。

宋昀然什麼都沒看見，猶豫數秒後又倒轉回來。

秦恪彷彿存心跟他過不去似的，將厚厚的劇本捲成筒狀，有一下沒一下地敲著桌面講電話。

「……」

讓我偷看一眼會死嗎？宋昀然無言地想。

或許是他的目光過於哀怨，秦恪終於抬起眼，愣了愣，問：「有事？」

「沒有。」宋昀然下意識回答。

秦恪沒再說話，收回了視線。

宋昀然偷看不成，剛想遺憾地離開，忽然就瞥見了桌上擺放的機票。他愣了下神，回到座位後拿出自己的機票一看，感到了強烈的無言。

怎會如此？

他和秦恪的座位居然就在隔壁？

他勾勾手指，把正忙著進行社畜友好交流的助理叫過來。

「等等上了飛機，我們換個座位。」

助理鯁了一下：「為什麼？」

「你還好意思問。」宋昀然壓低嗓音，「秦恪就坐我旁邊，我怕飛機還沒落地，我跟他之間就有一個先沒了。」

助理被意料之外的巧合震驚了。

過了半晌才撓頭說：「可以是可以，但是……」

「但是什麼？」

「但是我的座位在經濟艙，你確定要坐嗎？」

養尊處優的太子狠狠糾結一番：「……算了。」

靜默數秒後，他又補充道：「以後別買經濟艙了，公司不能報銷的部分我幫你出。」

關於要和死對頭並排飛行三小時的意外，秦恪心裡並沒有掀起太多波瀾。

登機後他看著宋昀然走進頭等艙，拖著沉重的步伐來到他旁邊的座位站定時，只是淡淡地挑了下眉，就沒有任何多餘的表示。

宋昀然的座位在靠走道一側，坐下來後他低頭繫好安全帶，眼角餘光就發現秦恪又拿出了劇本。

這一回，他成功看見了總編劇的名字。

是位久負盛名的老編劇，作品多以基調沉重的正劇為主，屬於宋昀然當觀眾時也不感興趣的類型。

但不感興趣，跟他心裡介意並不矛盾。

因為這樣的編劇合作的班底，大多是國內電視劇的天花板陣容。

宋昀然撇撇嘴角，心情微妙地想，明明大家都是同期出道，怎麼秦恪養傷三個月，反而能接到這麼好的通告？

不像他，偶像劇播出之後，找上門來的通告也沒有明顯變得更好。

秦恪留意到身旁的動靜，側過臉來：「看我做什麼？」

「……誰看你了。」宋昀然被抓了個現行，強行反駁，「明明是你在偷看我。」

秦恪抿了下薄唇，不是很想糾結「如果你沒看我，你又怎麼知道我在看你」的智障問題。

他知道宋昀然不喜歡自己，初次見面時想要與之交好的心情，也在後來幾次相處後變得日漸稀薄，想了想便放棄交流，繼續看劇本。

沒過幾秒，那道莫名其妙的目光又望了過來。

秦恪無奈地抬起眼，宋昀然就迅速地扭過腦袋。他低下頭，對方又開始偷看，他再抬起頭，對方就裝作看窗外的停機坪。

如此反覆幾次，秦恪腦海中莫名浮現出一個畫面。

應該是住院時無聊看過的，一隻小狗與主人互相偷看的影片。

秦恪並不想把宋昀然當狗……不是，他並不想跟宋昀然繼續詭異地較勁，於是索性放下劇本，問：「你是不是想跟我聊天？」

話音未落，宋昀然生氣了。

他瞪大清澈的眼睛，壓低聲音怒道：「誰想跟你聊天啊，少在那裡自抬身價。」

秦恪平靜回道：「看來是我誤會了。」

「本來就是你誤會了。」

宋昀然拽過身後配備的薄毯，蓋在身上準備睡覺，眼睛剛閉攏，又不甘寂寞地睜開。

「劇本看得這麼認真，怎麼，勝負欲就那麼強烈？」

不是宋昀然自誇，他那部剛播完不久的偶像劇，確實是今年的大熱劇。

以秦恪與他的對立的情況來看，秦恪暗自發誓想要超越他的成績也是人之常情。

秦恪看著他：「什麼勝負欲？」

「當然是跟我一決高下的勝負欲。」宋昀然睨他一眼，假模假樣地關心道：「不是剛出院嗎？還是多注意休息吧，別太有壓力。」

秦恪一頭霧水，但也禮貌地回道：「謝謝，不過我沒什麼壓力。」

真的嗎？我不信。

宋昀然在心中吐槽了一句，又問：「看過我的精采表現，你能一點壓力都沒有？」

「？」

秦恪靜默片刻，似乎明白了過來：「不好意思，如果你是指你演的電視劇……」

「嗯？」

宋昀然尾音上揚，心想你要是敢說我演得爛，我現在就把你扔下飛機。

然後，他就聽見秦恪說：「那部劇，我還沒看。」

「……」

宋昀然不信邪，世界上不可能有人不關注自己的死對頭。

他本人就是活生生的例子，要不是礙於藝人身分，他簡直恨不得每天都跟在秦恪身後，看看這人又在打什麼鬼主意。

「你做演員，難道不需要觀摩學習別人的表演？」宋昀然狐疑地問。

秦恪：「你需要？」

宋昀然確實需要。

他不是本科出身，沒有系統性地學過的表演方式，也不是天賦型演員，許多時候他跟劇本人物的靈魂無法共鳴。

一路跌跌撞撞演過來，除了現場導演的指導以外，更多就是依靠學習同行們如何演繹角色情感。

就在他準備點頭的瞬間，宋昀然心神一凜！

不對啊，爽快承認的話，豈不是顯得他就是個弱雞？

這說不定是個陷阱，秦恪就等著看他笑話呢。

宋昀然自覺預判出對方的陰謀，嘴角稍揚，鎮定道：「看情況，也不是什麼人都值得學習的。」

秦恪點頭：「嗯，你說得對。」

哇喔，真是意外。

想不到秦恪竟也有贊同他的一天。

宋昀然內心暗喜，正所謂父子連心，照現在的發展看來，說不定很快他就能看到秦恪跪下來叫他爸爸。

……？

等等。

秦恪的意思，難道不是說他的表演沒有學習的價值嗎？

宋昀然勃然大怒！

他扭過頭，凶巴巴地質問：「你怎麼敢！」

秦恪不知道自己有什麼好不敢的，他現在只嫌棄身邊的同業過分吵鬧。

照目前的情況看來，劇本是沒辦法看了，無奈之下，他只好戴上眼罩，擺出拒絕營業的態度。

宋昀然一腔怒火無從發洩，氣得狂抓薄毯，像隻破壞力極強的拆家犬。

獨自抓了一會兒毯子，平穩飛行帶來的睏倦也漸漸找上了宋昀然，他強撐到最後怒瞪了秦恪一眼，終於抵擋不過睡意，腦袋一歪睡了過去。

世界終於安靜了。

秦恪用手指勾下眼罩，垂眸瞥向宋昀然睡著後也緊握成拳的雙手，無聲地嘆了口氣。

雖說外面都傳兩人是死對頭，兩人的團隊也的確有些糾紛，但他本人如今對宋昀然倒沒有多強烈的看法。

不喜歡，也不討厭。

就跟看鄰居家的調皮小孩差不多。

現在萬米高空最純澈的陽光照在睡臉上，襯得他的皮膚格外白皙乾淨，平時眼神過於豐富的雙眸也緊緊闔上，只用密長的睫毛在眼底投下一小片陰影。

睡著了倒是挺乖。

秦恪淡然地收回視線，想趁著此時的寧靜氛圍，繼續看看劇本。

就在他剛翻到之前的頁數時，一陣氣流引起的顛簸打斷了他的動作，廣播開始提醒乘客們繫好安全帶不要走動。

秦恪沒太在意，沉默地等待顛簸結束。

忽然，一股重量壓上了他左邊肩膀。隨之而來的，還有下頜感受到的毛茸茸觸感，與呼吸間聞到的洗髮精香味。
秦恪：「……」
這架飛機機型比較小，哪怕是頭等艙的間隔也不寬敞。
即便如此，他也沒料到，宋昀然能跨過兩個座位之間的扶手，直接往他身上靠。
他面無表情地把那顆腦袋推回去。
沒過一會兒，睡得人事不省的宋昀然又倒了過來。
秦恪再推，他再倒，推推倒倒無窮盡也。
氣流顛簸早就停了。
重新開始客艙服務的空姊看到這一幕：「……」
好詭異啊，這是我能免費觀看的畫面嗎？她走神地想，但是收費的話好像就更奇怪了吧。
秦恪向空姊要了一杯冰水，有那麼幾秒的時間，認真思考他如果把這杯水潑到宋昀然臉上，對方清醒過來後，是會先跳起來暴打他一頓，還是因為向死對頭投懷送抱而羞得當場自盡。
不過想歸想，秦恪肯定幹不出這麼缺德的事。
他內心一片麻木，最後試著幫宋昀然恢復原位，然後不出所料，數秒過後，左邊肩膀又是一沉。
算了，我努力過了。
秦恪心頭縈繞著濃濃的疲憊，只能放棄掙扎，自暴自棄地當起死對頭的枕頭。
大概是這次終於睡安穩了的關係，宋昀然滿意地在他肩窩處蹭了幾下，嘴脣一張一闔，不知在嘀咕什麼夢話。
說不定是在罵我？

秦恪被自己荒唐的念頭逗得笑了笑，下意識屏住呼吸，仔細聆聽。

宋昀然：「叫爸爸……」

秦恪：「……」

宋昀然：「嘿嘿，真乖。」

秦恪：「……」

短短兩句話，令秦恪大為震驚。

關鍵是宋昀然的語氣，儼然就是一個初為人父的新手爸爸，帶著此類人群特有的歡喜與傻氣。

出於保護隱私的考量，秦恪默默幫對方把薄毯拉高了些，遮住了下半張臉。至少依靠物理隔音的方法，避免前排乘客被動吃瓜。

完成這點人道主義幫助後，秦恪就沒再管宋昀然。

畢竟無論對方是真有孩子或者假有孩子，跟他又有什麼關係呢？

飛機停穩的時候，宋昀然醒了過來。

他發現自己正以一種極其扭曲的姿勢斜躺在座位裡。

下半身斜斜地坐在靠近走道的位置，上半身則橫跨扶手倒向靠窗那邊，腦袋和脖子彷彿即將入土一般，離座墊只有不到五毫米的距離。

安全帶被他拉扯到了極限，牢牢勒住他的身體，才避免他直接倒過去的悲劇。

「……」

怎麼回事？宋昀然稍抬起頭，就看見秦恪站著看向他，完全擋住了身後舷窗外的陽光，臉上沒什麼表情。

看起來像個沒有感情的殺手。

宋昀然大驚：「你要幹什麼！」

「……我要出去。」秦恪說，「借過一下，好嗎？」

「喔。」

回過神來的宋昀然解開安全帶，剛坐直身體，就感覺腰側傳來一陣無法忍受的痠痛，他痛苦地揉了幾下，開口的語氣帶著股難以置信的錯愕。

「你趁我睡著，打我了？」

「……」

秦恪是真的很無言，正常人誰會因為睡姿不良醒來後，就懷疑旁邊的人偷襲自己？

當飛機上其他人是瞎的，還是當同業是愛動用武力的瘋子，又或者是很有欠揍的自知之明？

無論哪一種，秦恪都不想深究。

他同樣揉了下被壓得發麻的肩膀，淡聲回道：「你睡著之後，一直靠在我身上。不信的話，可以去問空姊。」

宋昀然直接愣在原地。

迷糊之間，似乎回憶起一些夢中的感受，緊接著，陷入了難以言喻的羞恥之中。

我好沒用啊！怎麼可以往秦恪身上倒！

他顫顫睫毛，語氣忐忑：「除此以外，還有嗎？」

秦恪難得眼神躲閃了一下：「沒了。」

「？」宋昀然警覺地看著他，「我懷疑你在騙我。」

在兩人交談的時間裡，頭等艙其他乘客都已經離開。空姊欲言又止地望向他們，想提醒他們有事下機後再聊，別耽誤其他艙的乘客。

秦恪想了想，果斷勸道：「不是什麼大事，以後自己小心點吧。」說完就不管對方有何反應，側身走了出去。

宋昀然：「？」

越是這樣，就越顯得可疑。

他緊隨其後，走上空橋，就在即將追到秦恪的剎那，突然看見秦恪又輕輕按了按肩膀。

難道……

電光火石的瞬間，宋昀然腦海中回想起秦恪肩膀骨折住院的新聞，再仔細揣摩秦恪剛才流露出的複雜神情，心想糟糕了。

不會吧。

難道他害得秦恪舊傷復發？

宋昀然不自覺地放緩腳步，等秦恪的身影在轉彎後消失了，才躲進旁邊的洗手間，傳訊息給助理：『**快來，我好像惹事了。**』

幾分鐘後，坐經濟艙的助理姍姍來遲時，宋昀然已經急得在洗手間裡團團轉。

助理：「……你要上廁所就快去吧。」

二十多歲的人，別像個小朋友似的，還要等家長來幫忙。

「你在說什麼東西？」

宋昀然莫名其妙，但他沒空深究助理的誤會，焦急萬分地把事情經過講了一遍。

說完後，眼尾情不自禁地垂了下來。

「怎麼辦啊？」

助理靜了幾秒，分析道：「會不會是你想太多了？他可能就是一個習慣性的動作，像我玩手機的時候也會按肩膀，這並不能說明什麼吧。」

宋昀然搖頭：「我覺得沒這麼簡單。」

「呃，那他肩傷如果真的復發了，為什麼不直接告訴你呢？」

助理謹記兩人對立的情況，提醒說：「千載難逢的好機會，你認為他會輕易放過你？」

聽上去有那麼幾分道理。

宋昀然沉思片刻，忽然一拍額頭：「他走那麼快，是不是急著出去找人爆料？」

轉瞬之間，一個完美的公關方案已經在宋昀然腦中成形。

他幾乎可以想像，秦恪走出機場，一輛救護車風馳電掣地趕來，秦恪在路人們的圍觀中，痛苦地被醫護人員攙扶上車，緊急送往醫院治療。

不久之後，秦恪好不容易康復歸來卻再度住院的消息傳出，所有人都在關心他怎麼又受傷了。

然後秦恪看著記者的鏡頭，含淚道：「是宋昀然害的。」

漂亮，一擊致命。

一股寒意沿著宋昀然的脊椎骨爬到後腦杓，他緊抓住助理的手。

「秦恪受傷就是我們公司以前那個程嘉明幹的，我本來就因為這破事被連坐罵了幾個月。」

助理心領神會：「這件事要再傳出去，你恐怕就該被罵滾出演藝圈了。」

宋昀然沉痛地點了點頭。

「……我還是覺得誇張了點。」助理說：「他現在肯定還在等行李呢，還是我跑過去幫你跟他談一談？」

多好的助理啊，宋昀然感慨道，他之前竟然因為人家機票沒訂好就心生不滿。

突如其來的內疚，讓宋昀然意識到了自己的錯誤。

既然犯了錯，那麼就要改。

宋昀然下定決心：「還是我去吧，不能讓你替我挨罵。」

助理想說不至於，但宋昀然已經俐落轉身，打開洗手間的門，朝入境大廳的方向一路狂奔。

就是說不上哪裡不對，背影散發著決絕的意味。

人來人往的大廳，秦恪神色冷淡地站在角落，等待轉盤開啟。

突然，一串腳步聲傳入他的耳中。

他側過臉，看見一個熟悉的人影就迅速晃到了他的面前，然後雙手撐著膝蓋，不停喘氣。

秦恪：「……宋昀然？」

「是、是我。」

宋昀然太久沒這麼跑過，兩眼狂冒金星，可他不敢浪費時間，唯恐耽誤一秒，參與爆料的記者就準備上路。

他頭髮都跑亂了，從下往上望著秦恪的眼神中，既有愧疚，也有害怕，莫名為他平添了一絲可憐兮兮的氣質。

周圍人多，秦恪壓低聲音：「有事？」

宋昀然稍稍緩過氣來，謹慎又彆扭地說：「這次是我不對，可我不是故意的。」

「？」

「我馬上叫車送你去醫院，」宋昀然說，「所有費用都由我出，我保證把你治好。」

「……」秦恪靜默半拍，問：「你是不是在罵我有病？」

聽聽，多麼優美的中文。

宋昀然之所以上演一齣機場狂奔，除了不想遞出把柄給死對頭以外，也有一半的原因是出於內疚的緣故。

可現在秦恪用一句話，就將他的內疚完全擊碎，徒留滿腔怒火。

宋昀然站直了身：「你禮貌嗎？」

秦恪微愣，隨即陷入了人類何時才能直接用腦電波溝通的沉思。

他看不懂宋昀然是在鬧哪齣，更想不通為什麼會有人跑過來，說了番莫名其妙的話後還反問他有沒有禮貌。

下飛機時，兩人都不約而同戴上了墨鏡與口罩，以示對藝人身分的尊重。

現在還沒人認出他們，但兩個同樣外型出眾的年輕人僵持久了，被路過的乘客發現也只是時間問題。

秦恪的助理在一旁手足無措，不知道飛機上發生了什麼，才會導致他們看向對方的目光都帶著火花，他很想站出來提議「換個地方說話」，但他隱約覺得沒人會聽他的。

於是宋昀然和秦恪誰也沒動，在詭異的沉默中繼續對視彼此。

場面一度膠著之際，宋昀然的助理匆匆趕來。

他顧不上其他，一把將自家藝人拉到旁邊：「我剛才想起一件重要的事。」

宋昀然氣呼呼的：「天大的事也回頭再說。我看秦恪是真的有病，今天我非得幫他治治腦子。」

說著就象徵性拉起袖子，不知道的還以為他想進行現場手術。

助理嚇得加快語速：「別，別衝動。你冷靜點聽我說，我想起來了，秦恪骨折的是右邊肩膀。」

「……」

宋昀然愣了一下。

助理說：「你仔細想想在飛機上的座位，你是不是坐在他的左側？」

然後怕宋昀然聽不懂似的，還特意兩手交叉在自己雙肩上比劃了幾下。

宋昀然無言地抿抿唇角，小聲解釋：「別比了，我只是忘記他到底哪邊肩膀不行。」

助理欣慰地笑了笑。

宋昀然的內心也隨之揚起一陣喜悅。

是啊，他從頭到尾都沒碰過秦恪的右肩，他腦補的可怕公關案例也根本不可能發生。

那就沒事了。

宋昀然渾身上下都輕鬆起來，但就在轉身對上秦恪視線的剎那，笑容就凝固在嘴邊。

秦恪正意味深長地看著他，彷彿已經聽到零星的左右探討，也看到助理循循善誘的肢體語言，並從中推理出事情的真相。

宋昀然莫名心梗，懷疑自己在秦恪心目中，已經是個左右不分的智障。但特地澄清「我上幼稚園的時候就能分清左右」好像也有點什麼大病。

可秦恪那眼神，怎麼看都透露出等待他解釋的意思。

遲疑半晌，宋昀然決定還是過去說點什麼，至少緩和一下鬧出烏龍的尷尬氣氛，然而就在他走到離秦恪只剩半公尺的距離時。

腦海中忽然閃出一個念頭：有必要緩和氣氛嗎？你們可是死對頭。

宋昀然腳步一停。

他分不清剛才的聲音來自何處，內心隱隱動搖。

片刻過後，心中的天秤倒向另一邊。

沒錯，他被奇怪的念頭說服了，我們可是死對頭。今天跟秦恪說那麼多話，已經很不符合他平時的作風了。

何必多此一舉。

宋昀然改變主意，經過秦恪身旁時，目不斜視地與他擦肩而過。

秦恪：「？」

是他的錯覺嗎？剛才宋昀然的眼神分明是帶著點不好意思的猶豫，感覺還挺可愛。怎麼一轉眼，就又像從前一樣無視他？

秦恪輕哼一聲，收回視線，沒再看宋昀然。

◇

那天的時尚宴會，和演藝圈大大小小的活動沒有區別。

星光璀璨，杯觥交錯。人人臉上都帶著面具般的笑容，與周遭的藝人寒暄著。

宋昀然感到有些無聊。他原本以為，主辦方千里迢迢把幾十個藝人請到一座海濱城市，或許會搞一點有意思的噱頭，結果還是讓他失望了。

「昀然。」

旁邊傳來的聲音，打斷他走神的思緒。

說話的是坐在他右邊的一個年輕藝人，叫沈意，兩人以前合作過一部戲。

宋昀然笑著問：「怎麼了？」

沈意揚揚手機：「我和幾個朋友打算等等去開遊輪派對，你要不要一起來？」

舉辦活動的飯店離港口不遠，藝人們想私下玩耍的話，私密性高的遊輪派對確實是個好選擇。

宋昀然想了想，問：「有哪些人啊？」

沈意報出一串名字，都是圈內有頭有臉的年輕演員。

「也好。」宋昀然答應道，「那就算上我。」

在宋昀然的概念裡，這種年輕演員之間的聚會，頂多就是唱唱歌、玩玩遊戲、順便再聊聊圈中的八卦，以此拓展到場諸位的人脈。

因此他沒做任何心理準備，活動結束跟沈意一同抵達港口。

剩下幾人不知道在囉嗦什麼，他們等了一會兒，見人還沒到齊，就先上了遊輪。

遊輪不大，只分上下兩層。宋昀然簡單參觀一圈，就跟沈意跑去下面那層玩主機遊戲了。

十幾分鐘後，樓上隱約傳來喧嘩聲，兩人對視一眼，都猜到是其他人來了。

「打完這局再上去？」沈意問。

宋昀然覺得這把獲勝的希望很大，點頭說：「好的，速戰速決。」

這一局，宋昀然如有神助。

當遊輪緩緩駛離港口的時候，象徵勝利的符號也出現在螢幕上。宋昀然心情大好，看向沈意的目光也多出幾分親切，畢竟這年頭，打遊戲比他還菜的人已經很少見了。

兩人有說有笑地上樓，見上面空無一人，便猜到其他人都在甲板上，於是便穿過上層的水吧過去。

推開門的剎那，原本熱鬧的氣氛突然安靜下來。

宋昀然眉頭一皺，從幾張熟悉的面孔裡，看見一張化成灰他也能認得的臉。

……秦恪怎麼會在這裡？

不會吧，世界上還有人不知道他們是死對頭嗎？

宋昀然生氣地看著沈意，沈意茫然地看著秦恪，秦恪則意外地看著宋昀然。

三人形成一個完美封閉循環。

令周圍其他人等控制不住，悄悄將手機對準他們，試圖記錄如此罕見的社交翻車現場。

下午的陽光很好，波光粼粼的海面倒映出天空的湛藍色，空中不時有幾隻海鷗飛過。

然而宋昀然望向越來越遠的港口，只想直接翻過欄杆，跳海遊回去。更讓他警鈴大作的是，甲板沙發周圍擺放著一些可疑的慶祝道具。

以及白色茶几上擺放著的、巨大的生日蛋糕。

宋昀然深吸一口氣，抱著死得徹底點的心情，問：「誰過生日啊？」

沒有人回答，但答案已經過於明顯。

宋昀然這下是真的想跳海了。

他頭也不回地轉過身，徑直原路返回，回到剛才打遊戲的房間，開始自閉。

沈意是不是有病？

宋昀然暗罵道，以前合作的時候也沒得罪他啊，幹嘛設計帶我來參加秦恪的生日派對？

還是說，這就是秦恪授意的？

手機接連震了幾下。

宋昀然面無表情地打開來，看見沈意傳了幾則訊息給他。

『我問過了，他們也是剛知道今天是秦恪生日，就把他叫過來了。』

『道具和蛋糕都是臨時叫飯店準備的，所以才會遲到。』

『兩邊沒溝通好，唉，你說會不會是因爲水逆啊？』

宋昀然沒有心情跟人探討星座問題。

他扔開手機，抓過一個抱枕，有一下沒一下地扯著上面的流蘇，懷疑他今天就不該來參加這場活動。

那樣的話，他就不會在飛機上遇到秦恪，也不會莫名其妙參加對方的生日派對。

甲板上。

沈意盯著螢幕靜默許久，才抬起頭說：「他沒理我，要不我下去看看？」

「別了吧。」有人不滿道：「看不出來宋昀然脾氣這麼差，當面讓人下不了臺，不知道的還以為是哪裡來的大少爺呢。」

「那也確實是寧東的大少爺。」

「……」

眾人不禁陷入沉默。

一邊心想宋昀然好大的膽子，公開臭臉，也不怕被傳出去。

一邊又想他有什麼好害怕的？太子不愧是太子。

不就一起過個生日嗎，又不是什麼大事？

大家麻木地分食著蛋糕，越想越覺得宋昀然很不給面子，於是紛紛默契抬頭，望著秦恪，期望他能挺身而出幹點什麼。

最好能夠當場暴打資本，帶來一場打臉大戲。

結果秦恪並沒有太多反應，因為他也正在後悔為什麼要來。

邀請他出來玩的演員，同樣跟他有點交情。本來說的是幾個年輕人隨便聚聚，誰知他回飯店換好衣服下樓，看見他們拿著的蛋糕和臉上古怪的笑容，就稍微猜到一點這些人的目的。

果然剛才一上游輪，就不斷有人找他合照，然後就是熟練地修圖發動態。

恍惚間秦恪險些以為自己不是人，而是茫茫大海中的一個旅遊景點。幸好剛才宋昀然意外出現，才讓合照環節被迫中斷。

只不過現在這種集體討伐宋昀然的氣氛，也沒有令秦恪開心起來。

事實上，許多時候他都會因此感到困惑。

為什麼每回遇到與宋昀然相關的事，周圍的人似乎都指望他能幹點什麼，最好能治一治宋昀然的少爺脾氣，就連此刻這場意外相遇，都像是某種精心設計的安排。

這是一種非常詭異的感覺，如同他出道後與宋昀然的種種競爭一般，即使他沒有刻意與對方爭搶，命運也無聲無息地推動他們走向彼此的對立面。

不應該是這樣。

可是秦恪也不知道，原本應該是怎樣。

安靜片刻，秦恪在眾人期盼的目光，用盤子裝了一小塊蛋糕。

「你們玩，我下去看看。」

他很快在下層找到了宋昀然。

宋昀然正一臉不爽地坐在沙發裡，捏著手把玩人機遊戲。

秦恪把蛋糕放到桌上：「蛋糕味道還不錯，你要嘗嘗嗎？」

宋昀然用力按著手把：「我不要！」

「……」

倒也不用喊得這麼大聲吧。

宋昀然打死一個小怪，怒道：「少在那裡裝好心。你肯定是記恨我在飛機上拿你當枕頭，故意把我騙到這裡來，想集體羞辱我。」

秦恪揉揉眉心，總覺得宋昀然彷彿在描述職場霸凌的畫面。

而且他看上去像那麼小心眼的人嗎？就因為被睡著的宋昀然靠了兩個多小時，就要召集人手欺負他？

「不管你信不信。」秦恪緩聲開口，「我跟他們不熟，沒想到他們會幫我慶祝生日。」

宋昀然按下暫停鍵，回頭半信半疑地沉默著。

或許是頭頂的燈光作祟，他清晰的輪廓被模糊了少許，讓他看起來比實際年齡要小一些，像個被人算計後躲起來生悶氣的小朋友。

秦恪心神微動，補充道：「真的，我沒騙你。」

「那誰知道呢。」宋昀然氣鼓鼓地說：「我剛才都看見有人拿手機偷拍了，說不定今晚就有人爆料，罵我情商低不會做人。」

秦恪靜了靜，說：「我已經叫他們把影片刪了。」

宋昀然意外地抬起頭，緊盯著秦恪的眼睛看了半天，也沒看出撒謊的痕跡。

難道秦恪沒有想像中那麼討厭？他專程跑下來找我，是不是想向我示好啊？

宋昀然鼓了下腮幫子，又警惕地瞪了秦恪一眼，見對方依舊平靜地站在那裡，才緩緩伸手接過蛋糕。

「你沒在裡面下毒吧？」

「……」秦恪說，「要不我先幫你驗驗？」

宋昀然咂嘴，強調道：「先說好，我這是出於禮貌才勉強吃吃，你別太得意，以為我這是在幫你慶祝的意思。」

秦恪不置可否：「那我先上去了。」

宋昀然點點頭，用勺子挖下一顆水果後，忽然意識到自己忘了什麼。

他叫住秦恪，清清嗓子：「那什麼，你，唔，祝你……」

一句簡單的祝福卡在喉嚨裡，吞吞吐吐半天也說不出來，好像有股強大的力量阻擾著他，不讓他跟對家說出表示友好的話來。

秦恪很淡地笑了一下：「沒關係，你不想說就不用勉強。」

其實也沒那麼勉強，但就是不知為何說不出口。

宋昀然胡亂地揮揮手，等秦恪走後，獨自看著暫停的遊戲畫面安靜許久。

奇怪。

他似乎想不起來，究竟為什麼討厭秦恪。

一小塊蛋糕下肚後，宋昀然用紙巾擦擦嘴角。

算了，管他呢。反正記住秦恪是他的死對頭就好了。

這一天是秦恪的生日，同樣也是兩人之間唯一一天，有過幾次的私下交流。

他們不約而同地對命運產生了一些質疑，但那些稍縱即逝的念頭，又很快被無形的阻礙，將雜念從他們腦海中清除乾淨，讓彼此回到了正確的軌道。

然而命運並不知道。

此時距離工具人宋昀然的覺醒，只剩下最後兩年。

番外三：盛大公開

《江湖路》上映的最後一天，宋昀然臨時起意，去了一趟電影院。

這是他第三次看《江湖路》。

電影首映的時候他就參加了，可惜礙於當天媒體與觀眾太多——好吧，主要是出發前秦恪把他按在沙發上商討了一番誰是爸爸的哲學問題，導致當天他累得像條鹹魚似的，極大程度影響了觀影體驗。

第二次則是他自掏腰包包場給星河。

這次倒是看得很投入，只不過周圍還有公司員工，他不得不分出幾分精力，去維持一個霸總的表情管理。

這一次，他特地買了深夜場的VIP廳。

票價高昂不說，電影院的位置也很偏僻，他坐在最後一排，可以盡情欣賞男朋友的表演。

宋昀然趁著廣告時間，準時進入影廳。

果然如同他預料的那樣，精心挑選的影廳裡只有少數幾名觀眾，看上去都是結伴而來，沒人留意到關燈後獨自前來的他。

宋昀然坐在空蕩蕩的最後一排，把可樂和爆米花放在兩邊，靜靜等待電影開場。熟悉的龍標結束後，銀幕上出現了一片白雪皚皚的山脈。

鏡頭由遠拉近，落在開得正盛的梅花上，隨著慘烈的叫聲響起，一潑鮮血濺上梅花，浸紅了枝頭掛著的白雪。

《江湖路》的劇情，宋昀然早已背得滾瓜爛熟。

電影開場這段是一樁滅門慘案，江湖上赫赫有名的雪影山莊，一天之內幾十條性命被殺得精光，從掌門人到看門的都沒活下來。

倒是以秦恪為代表的七名年輕弟子，由於下山歷練才僥倖逃過一劫。

開頭一段快節奏的滅門戲後，故事主線就清晰地展示出來了。

活下來的弟子既要躲避追殺，又要查出幕後凶手是誰。

但譚銘導演不會拍一部七個小孩為爺爺報仇的故事，他和編劇在戲裡加入一把絕世好劍，因為秦恪他們的師父死得太突然，來不及留下遺言，所以七名師兄弟在報仇的同時，還要為絕世好劍的下落明爭暗鬥。

而觀眾們就會慢慢發現，秦恪扮演的大學長和這把劍的來歷、雪影山莊的滅門案有著密不可分的關聯。

最後劇情反轉，他們的師父才是殺光秦恪全家奪走寶劍的罪魁禍首，只不過當年他看年幼的秦恪骨骼清奇，是個練武的好苗子，就心懷僥倖地把孩子帶回了雪影山莊。

結果卻被長大後得知真相的大徒弟以牙還牙，不僅滅了他滿門，還用一些關於寶劍的虛假情報，引得他最後幾名徒弟也自相殘殺。

當然為了過審需要，電影的主角兼幕後黑手，秦恪最終被他師父的兒子，也就是他的二師弟反殺成功，倒在一場茫茫大雪之中。

故事其實十分狗血，但導演譚銘的掌控力一流，不僅將狗血的部分表現得非常克制，更利用鏡頭與音樂的渲染，為整部電影蒙上了一層充滿宿命感的氛圍。

宋昀然很喜歡這部電影，尤其喜歡秦恪演繹出狠厲與猶豫並存的掙扎感。

唯一讓他不滿的，就是因為戲裡相愛相殺的結局，戲外也冒出了許多秦恪與男二的CP粉。

因為主角並非打不過男二。

而是他在關鍵時刻，想起他們童年時嬉戲玩耍的畫面，一時心軟才錯失良機，反而被武功不如他的對手一劍刺穿胸膛，最後死在了對他又敬又恨的師弟懷中。

宋昀然明明記得，上輩子那版《江湖路》最終沒有出現死在懷裡的這一幕。

譚銘該不會是在偷偷嗑這對吧？

思及於此，他鬱悶地抓起一把爆米花塞進嘴裡，同時冷眼看著電影中的秦恪與男二互動。

不過很快，宋昀然就沒有心思管「死對頭CP」了。

銀幕上，一群蒙面人潛入破廟，想把藏身於此的師兄弟們一舉殲滅，結果他們剛推開門，廟裡的燭火就熄了。

被厚重雲層遮住的月光，在此時穿過屋頂碎瓦灑落下來。

早已等候在此的秦恪從房梁上飛身而下，劍端寒芒映襯出清冷的月光，他的眼神也如月亮般平靜淡然，手裡的動作卻是行雲流水，隨著劍影翻飛不停，蒙面人也一個接一個地倒下。

一場廝殺結束，秦恪負劍而立。

身上絲毫血跡都沒沾到，非常有名門正派大師兄光風霽月的風範，放在現代，那就是萬千少女心中的國民白月光。

太帥了。

宋昀然連忙抓起一把爆米花塞進嘴裡，用物理手段防止自己激動得大喊大叫。

可影廳裡其他觀眾就沒這麼守規矩了。

比如坐在宋昀然斜前方的一對情侶，女孩或許是秦恪的粉絲，看見這一幕後興奮地抓住男朋友的手臂搖晃。

「親愛的，你說我老公是不是好帥？」

宋昀然聽了很想吐槽，您真不覺得自己的發言哪裡奇怪嗎？

那位男士大概也有同感。他在女孩耳邊說了句什麼，換來女朋友一記嬌羞的拳頭，兩人就這麼在宋昀然眼皮底下打鬧起來。

然後打著打著，兩人就莫名其妙地抱在一起，開始接吻。

影廳裡幾位觀眾都坐得很分散，除了占據最高點的宋昀然以外，沒有人注意到他們的動靜。

宋昀然很無言，端起可樂杯喝了幾口，沒想到大半夜溜出來看場男朋友的電影，還要承受這樣的心靈傷害。

他心中不由得感到了一絲羨慕。

倒不是羨慕人家可以在公共場合接吻，而是發自內心的，也很想和秦恪像其他情侶那樣，大大方方地出來約會看電影。

宋昀然眨眨眼睛，望向銀幕中古裝打扮的秦恪。忽然轉念一想，進一步來說，他也是在約會。

現實生活裡的他，和電影裡的秦恪隔著銀幕相見，未嘗不是一種「虛擬約會」。

小宋總順利被自己的腦洞安慰到了，他愉快地咬著吸管，忘記了斜前方還在恩愛的情侶，全情投入到了電影之中。

他看得太過投入，連有人在昏暗光線裡拾階而上也沒發現，直到那人沿著最後一排座位向他靠近，最後離他只有一公尺不到的距離時，宋昀然才猛然察覺到附近的動靜。

他轉過頭，緊接著就聽見對方低聲問：「可以坐你旁邊嗎？」

電影正放到一段激烈的打戲，在刀劍嗡鳴聲的掩蓋之下，也沒能阻止宋昀然聽出聲音的主人是誰。

「秦恪！」

他驚喜地小聲喊出男朋友的名字。

秦恪露出口罩的雙眼彎了彎，像是笑了一下，然後坐到了他的身旁。

意料之外的驚喜讓宋昀然愣了幾秒才問：「你怎麼知道我在這裡？」

「問了司機。」秦恪摘下口罩，自然地伸出手，從他懷裡抱著的爆米花桶中拿走幾顆，「傳訊息給你也不回，原來是躲在這裡看我？」

「什麼叫躲啊，我光明正大地買票進場……」

宋昀然剩下的話，全被秦恪餵進嘴裡的爆米花堵住了，味覺被突如其來的甜味所占據，讓他的思維也跟著輕飄飄起來，下意識含住秦恪的指尖，輕輕咬了一下。

秦恪挑眉：「怎麼還咬人呢，哪來的小狗？」

宋昀然放開他：「少在那裡說爸爸壞話。」

說完就扭頭繼續看電影，心裡卻像打翻了一整罐蜂蜜，忍不住揚起嘴角傻笑。

他知道秦恪今天有工作，肯定是凌晨收工後，見他不回訊息，就轉而向司機打聽他的位置，然後悄悄跑來電影院，給他一個驚喜。

宋昀然竊喜了一會兒，又扭頭說：「你膽子真大，也不怕被人認出來。」

秦恪：「……那我走？」

「不准走。」宋昀然拉住他，「陪我把電影看完。」

秦恪笑了笑，發現小宋總買的座位還挺好。只要前排的觀眾不回頭，就不會發現最後一排的角落還坐著兩個人。這種既隱蔽又刺激的環境，如果不幹點情侶該幹的事，都像浪費了難得的機會。

秦恪側過臉，看著宋昀然在黑暗中也依舊明亮的眼睛，輕聲問：「爆米花好吃嗎？」

「？」宋昀然一驚，眼中漫上一種微妙的同情，「你連這個都沒吃過？」

秦恪：「……」

算了，將計就計，他點了下頭，問：「是不是很甜？」

宋昀然以為他是顧慮演員的身材管理，想了想說：「還行，不是特別甜。」

說著就把爆米花桶遞過去，「你嚐嚐。」

秦恪垂下眼，視線掠過他並不需要的爆米花，落在了宋昀然的唇瓣上。

單純的小動物不知道已經走入獵人的陷阱，還保持著剛說完話的口型，嘴唇微微張開，彷彿某種無聲的邀請。

下一秒，秦恪低下頭，吻上他沾著爆米花味的嘴唇。

毫無防備的宋昀然沒有任何阻攔，唇齒失守，任由男朋友慢條斯理地巡遊而過，細細品嚐原本只屬於他的誘人香甜。

「嗯，確實很甜。」

秦恪陰謀得逞，滿意地給出五星好評。

宋昀然萬分慶幸，還好影廳裡沒有亮燈，否則所有人都會看見他的皮膚已經從耳朵紅到了脖子。

原來在電影院接吻是這種感覺。他意猶未盡地舔舔嘴唇，小聲說：

「你耍賴，不行，我也要親回來。」

秦恪靠在舒適寬敞的座椅裡，懶懶地「嗯」了一聲，半點沒有動彈的意思，就等著男朋友主動吻過來。

宋昀然心想，機會難得，要幹就幹票大的，他今天必須發揮出高超的技巧，把秦恪親得魂不守舍才行！

於是他把礙事的爆米花和可樂都放到稍遠的座位，又做賊似的弓腰回來坐好，順便緊急回憶了一下，以前他們接吻的時候，哪種方式最讓秦恪失控。

秦恪沒想到他準備工作如此繁複，挑眉問：「爸爸，你是不是不行？」

「？」

宋昀然聽不得這種挑釁，他抬起頭正要反駁，忽然發現大事不妙，接近尾聲的電影來到了一個非常重要的情節！

銀幕中的秦恪在殺死兩名同袍後，自己也身受重傷，他撕下一片碎布，纏住在大戰中被刺瞎的雙眼。

秦恪的眼睛被遮了起來，卻沒有因此損耗顏值，反而因為黑色布料邊緣隱隱浸出的血跡，更凸顯出暴力美學的震撼。

這是整部《江湖路》裡，最為人津津樂道的造型，同時也象徵著，主角即將迎來最後一場生死之戰。

宋昀然三刷《江湖路》，就是想在大銀幕上再度重溫這場堪稱經典的打戲，他當然不願錯過最精采的一幕，迅速抬起手，將湊過來想掌握主導權的秦恪按回了座椅裡。

秦恪：「……」

挺傷自尊的。

宋昀然認真地說：「等你死完爸爸再來親你。」

「等等，你馬上就要死了。」

秦恪死掉……不是，決戰結束後，宋昀然意猶未盡地嘆了口氣。

不愧是被網友們誇出花來的一場戲。

打戲精采，運鏡流暢。特別是秦恪把眼睛遮起來，也完全不影響演技，被刺穿胸膛的那個瞬間，連背影都在幫他完成這場完美的演繹。

或許這就是原作主角的實力吧。

前工具人表示心服口服。

宋昀然轉頭評價道：「譚銘是有點審美的，你這個盲人的造型簡直……你這是什麼表情？」

秦恪看他一眼，沒說話。

好幽怨啊，為何突然不開心了呢？

宋昀然不懂，難道二十幾歲的孩子也會有叛逆期嗎？

啊這……初為人父的小宋總迷茫了，這該怎麼哄啊？

宋昀然愣愣地冒出一連串的問號，不過他腦子向來轉得很快，思忖片刻便知曉答案，湊過去說：

「喔對，我想起來了，想要爸爸親你，是嗎？」

秦恪避開：「走吧，該回去了。」

「……」宋昀然說：「你是個大孩子了，不要鬧小孩子脾氣。」

語氣十分嚴肅，彷彿秦恪才是兩人之中最為幼稚的那個。

秦恪很無奈：「再不走燈就要亮了。」

錯過良機的小宋總，心裡無比遺憾。回家的一路都在思考，他怎麼能因小失大？為了看秦恪在電影中的出色表現，而錯過和秦恪在現實裡影院接吻的美好體驗。

太失策了。

難怪秦恪會露出一臉幽怨的表情。

「不知道下次一起看電影是什麼時候。」進入電梯後，宋昀然惆悵地開口，「可是你蒙眼的造型太帥了，誰能忍住不看啊。」

秦恪看著他：「喜歡那個造型？」

宋昀然誠實地點頭。

秦恪側過臉笑了笑，等電梯門在頂樓打開時，淡聲問：「今晚蒙著眼睛做？」

宋昀然：「……」

真野啊，兒子。

◇

不得不說，這個提議過於刺激了。

刺激到宋昀然洗完澡出來，站在衣帽間裡愣了許久，遲遲拿不定主意，究竟該拿什麼來蒙住秦恪那雙漂亮的眼睛。

……振作起來！不要像個沒見過世面的小學生！

宋昀然深吸一口氣，暗自感嘆幸好剛看完電影。

感謝《江湖路》劇組設計的造型，至少給了他一個參考，他在衣帽間裡挑挑揀揀，最終選定一條跟戲中差不多寬的黑色領帶。

「選好了沒？」

身後傳來的聲音讓宋昀然為之一震。

他轉過身，見秦恪懶洋洋地靠著門。

就用一條浴巾鬆垮垮地繫在腰間，露出他最喜歡的腹肌和人魚線。

宋昀然咽了咽喉嚨：「你過來。」

秦恪聽話地走過去，像隻被馴服的大型貓科動物般低下頭來，連帶著剛洗完澡的沐浴乳香味與潮溼水氣，都一併漫進彼此的呼吸裡。

明明什麼都沒開始，宋昀然卻不爭氣地腿軟了。他強行按捺住激動的心，用顫抖的雙手把領帶慢慢纏繞上去。

秦恪漆黑而明亮的雙眸被遮住了，跟拍攝時有點透光的布條不同，這條領帶徹底擋住了所有視線。

他不太適應這樣的黑暗，本能地抿緊薄唇，想要伸手觸碰宋昀然。

宋昀然故意往後躲開一步。

秦恪只聽見輕微的腳步聲，他試著往前踏出半步，緊接著又聽見男朋友跑到了另一邊。

這下子，秦恪完全判斷不出方位了，他只能垂手站在原地，靜靜地偏過頭。效果過於逼真，好像一個剛失明不久的人，還不習慣這種異常的情況，連指尖蜷起的角度，都透露出一種無措的不安感。

宋昀然沒想到，有朝一日會看見這樣的秦恪，反倒不忍心再捉弄他了。

「算了，你牽著我。」他說。

秦恪摸索著握住他的手腕，用指腹輕輕摩挲了下，皮膚的溫度傳進血液裡，讓宋昀然的心臟也跟著猛跳起來。他沒再說話，帶領秦恪走出衣帽間。

兩人來到臥室後，他依舊盡責地避開途中的障礙物，有時秦恪沒留意，出於慣性繼續往前，他還會趕在對方撞上椅子前，稍微用力把秦恪拉到安全的地帶。

「你這樣真的好像個盲人。」宋昀然誠懇地感嘆，「你該不會是演的吧？」

秦恪頓了頓，勸道：「最好別這麼形容，很難不讓人聯想。」

「？」

宋昀然愣了一下，忽然反應過來。

秦恪像盲人的話，一直幫忙帶路的自己……

靠。

豈不是變成了導盲犬！

宋昀然大為震撼：「你是不是故意設計我？」

秦恪忍住笑：「本來沒有。」

可不知道宋昀然怎麼想的，幾乎全程一言不發，彷彿生來就不會說人話的狗狗，忠心耿耿地要把他帶到目的地去。

「……」宋昀然甩開狗爪，怒道：「爸爸不想管你了。」

說完就頭也不回地躺到床上，想看秦恪如何獨立行走。

秦恪無奈地笑了一下。

他剛才默數著步伐，知道自己的位置已經離床不遠，便試著往前踱步，沒過多久，小腿就碰到了床墊的邊緣。

他彎下腰，耳朵聆聽著近在咫尺的呼吸聲，手指順著那個方向往裡摸索。

宋昀然緊盯著他的動作，等秦恪快碰到自己時，一個翻身溜到床的另一側，不料還沒等他嘴角揚起得意的笑容，秦恪就靠一招聽聲辨位，直接撲過來，把他壓在了身下。

「還跑嗎？」秦恪揉了揉懷裡毛茸茸的腦袋。

宋昀然內心一片荒蕪。

就很意外，自己睜著眼睛居然都無法躲過。

他很不服氣，狡辯說：「其實你摸到的，不是我的頭。」

秦恪：「……別說這麼驚悚的話。」

宋昀然鯁了一下，確實感到有點可怕。

他在秦恪懷裡待著沒動，看著男朋友的指尖一寸寸往下，依次摸過他的額頭、眼睛、鼻梁，彷彿在尋找他的嘴唇，想要與他接吻。

宋昀然眨了下眼，無法形容這樣的秦恪有多性感。

他被遮住了五官裡最勾人的眼睛，卻也正因如此，顯得沒被遮住的輪廓更加深邃，連喉結突起的形狀都比平時鋒利了些。

秦恪則像刻意延緩接吻的時機般，摸到他的嘴脣後，也沒有急於親他，而是慢條斯理地用指腹撫過他的脣瓣，再緩緩往裡探去。

宋昀然呼吸一滯，觸電了似的，大腦一片空白。他的臉頰泛起可疑的紅色，想說點什麼，好讓自己不至於如此被動。

於是，他腦子一抽：「你這樣子，好像……」

秦恪：「嗯？」

電光火石之間，宋昀然腦海中出現一個成語：「盲人摸象。」

「……」

「啊，那我豈不是從狗變成象了？……不對，我也不是狗。」

宋昀然驚覺失誤，他怎麼可以辱罵自己不是人！但有些奇怪的想法一旦產生，就無論如何都無法從腦海中趕走。

其實仔細想想，大象也是很厲害的，像秦恪現在壓在他身上的姿勢，只要宋昀然用鼻子一捲，就可以把秦恪甩開！可再轉念一想，以大象的體重來說，這張床肯定會塌掉吧。

說不定房子也會。

宋昀然腦中閃過一句「我房子塌了」，接著就無可避免地被戳中了笑點。

他在這件事上吃過虧，知道絕不能笑場。然而越想強忍笑意，肩膀抖動的頻率就越頻繁，最後笑得整張床都在抖。

完了完了，這下床不會真的塌掉吧？

宋昀然一邊笑，一邊妄圖撐起身檢查。

秦恪忍無可忍地把他按回去：「好，我懂你的意思了，又欠教訓了，對吧？」

……

那天晚上，宋昀然叫了許多聲爸爸。

繼第一次的無尾熊之後，他不願再見到的動物名單裡，又新增了一個大象。

以後一定要謹言慎行。

宋昀然含淚發誓，否則遲早有一天，他將終生無法踏進動物園半步。

◇

春節過後，天氣漸漸回暖。草長鶯飛的季節回歸之時，燕城又迎來了新一年的華影節頒獎典禮。

憑藉《江湖路》中的優異表現，秦恪毫無懸念地入圍了最佳男演員名單。

相比去年《紅白喜事》劇組的「人丁凋零」，這一次由知名導演譚銘帶領的隊伍多達十幾人，一群人浩浩蕩蕩地走過紅毯，四處全是接連不斷的閃光燈亮起。

而人群之中，最為亮眼的，當屬走在導演右側的秦恪。

眾所周知，紅毯向來是女明星的戰場，但當秦恪以一身黑色西服亮相之時，出眾的容貌與頎長的身姿就瞬間引發了現場的歡呼聲。他完全不用借助衣裝，只需要一個淡淡的眼神望過去，就吸引兩邊記者不斷按下快門。

宋昀然作為業內嘉賓早已提前就座。

他仰頭看著場內轉播的紅毯畫面，心中生起一股與有榮焉的快樂，但與此同時，又感到了一陣強烈的緊張。

今天出門前，他和秦恪商量好了。

如果今晚秦恪能摘得影帝頭銜，就會把他們的關係公諸於世。

也不知道外界會如何反應。

宋昀然看了眼左手戴著的小王子手錶，心想應該不是什麼大問題，圈子裡公開戀情的同性藝人也有幾對了，只不過像他們這種總裁與藝人的情侶，以前還從未有過而已。

不過等等……萬一正因為他的總裁身分，導致有人誤會他跟秦恪是包養轉真愛怎麼辦？

宋昀然越想越心慌。

大概是他坐立難安的姿勢太過矚目，旁邊不知哪位公司的總裁探過頭來。

「小宋總，你就別擔心了。秦恪這次確實演得很好，他要是沒拿影帝，我都要幫你喊一聲『有黑幕』。」

宋昀然皺眉：「你不懂。」

對方一時語塞。

沒錯，他的確不懂。

簽下秦恪這樣一位外型與實力都頂尖的藝人，星河娛樂的總裁還有什麼可憂愁的。

更何況……

見對方欲言又止地看向自己，宋昀然想了想，覺得剛才的回答稍顯敷衍，只好順著這位總裁的話，欲蓋彌彰地說了些「不到最後關頭誰也無法肯定」的廢話，才勉強撐住了自己事業強大的霸總形象。

然後一聊完，他就掏出手機傳訊息給唐助理，叮囑今晚的公關一定要到位。

宋昀然想得很清楚。

他反正是幕後從業人員，就算被人誤會也無妨，但無論如何，經常在公眾面前亮相的秦恪不能因此揹上罵名。

『**如果輿論實在壓不下去，就把髒水往我身上潑吧！**』

宋昀然又補充了一條給唐助理，訊息傳出去後看了幾秒，成功感動了自己。

當真是父愛如山。

等事態平息之後，必須想個辦法，不經意地讓秦恪看見這段聊天記錄，想必秦恪一定會感動到熱淚盈眶吧。

宋昀然放下手機，再次看向大螢幕上正在接受採訪的秦恪，像個慈祥的老父親般，眼中流露出對兒子未來的美好祝福。

和往年一樣，當晚的頒獎儀式有條不紊地進行著，臨近尾聲之時，現場與電視機前觀眾們的期待值，也自動升到了頂點。

萬眾期盼之中，兩位頒獎嘉賓大方上臺。

這兩人走的是果斷路線，跟臺下打過招呼後，其中一人就說：「接下來頒發的是最佳男演員獎。」

來了來了。

宋昀然屏住呼吸，拳頭都快捏碎了，雙眼一眨不眨地盯緊大螢幕。

忽然，之前找他搭話的總裁碰了下他：「小宋總。」

「別說話。」

宋昀然很無言，這人好不識相啊。

「……小宋總。」對方再次出聲，「有人傳紙條給你。」

什麼東西？

這種關鍵時刻，誰會傳紙條啊？哪裡來的小學生！

宋昀然莫名其妙，從對方手裡接過疊得方正的紙條後打開一看，愣住了。

他連忙轉過頭，隔著幾排座位的距離，與秦恪對上了視線。

舞臺絢爛的燈光太遠，臺下的視野並不清晰，但宋昀然就是清楚地看到秦恪遠遠地朝他笑了一下，親吻過他無數次的嘴唇一張一闔，無聲地說出與紙條上一模一樣的話。

『別緊張。』

宋昀然臉有點紅。

當他看見附近幾排幫忙傳過紙條的人，都紛紛露出八卦的笑容後，臉就更紅了。

他倉促地點點頭，轉過身坐好，盯著手裡的紙條看了一陣子。這應該是秦恪在家就準備好的，用的是放在他家玄關處的一張便條紙，上面三個鐵畫銀鉤的鋼筆字，一看就出自秦恪之手。

宋昀然搓了搓臉，忍不住地笑了起來。

哼，幼稚！

正如電影節開幕前，許多人所預料的那樣。

今晚華影節誕生了一位新的影帝。

秦恪在掌聲中走上臺、接過獎盃、照例說完感謝致辭後，他停頓半拍，眼中漫上溫柔的神色，緩緩望向了臺下某處。

「去年拿獎的時候，有人對我說過一句話。他說如果今年想出櫃的話，要提前跟他說一聲。」

臺下一片譁然。

宋昀然則差點噴出一口血來。

說什麼呢！

這樣豈不是顯得爸爸很沉不住氣，早在一年以前就開始謀劃了！

秦恪笑了一下，燈光盡數落在他的雙眸中，漾起奪目的光芒。

他再次開口，語氣平靜而篤定：「所以接下來的話，我們在家大概排練了三四十遍吧。」

無法控制的笑聲響遍劇院每個角落。

有些跟秦恪沒接觸過的藝人目瞪口呆，領獎時公開戀情的演員他們見過，可他們長這麼大，從沒見過竟然有人專程排練這個。

好獵奇的風格。

可是秦恪不像這麼無厘頭的人啊？那麼問題多半出在他的男朋友身上。

秦恪繼續說：「我能取得今天的成就，必須要感謝一個人。是他不計前嫌，在我最困難的時候伸出援手。也是他殫精竭慮，為我的事業和生活出謀劃策……」

宋昀然麻木了。

華影獎主辦方在嗎？我要控訴你們新晉影帝造謠！他哪有要求秦恪出櫃的時候說這些！

……好吧，昨晚他確實提過。

可他只是隨口一說，誰能料到秦恪居然一字不漏地全部背下來了。

怕不是故意想讓我社會性死亡吧？

宋昀然怒了，他又怒了！

「所以請允許我在最後，感謝我的愛人。」秦恪背誦完《霸總的自我吹噓》全篇後，勾起唇角，「謝謝你，宋……」

話還沒說完，導播直接把鏡頭對準了宋昀然。

大螢幕上，小宋總的表情從惱羞成怒瞬間變成驚詫不已。

「？」

這導播能不能專業點，秦恪才剛說出一個姓氏而已，也不怕鬧出烏龍？

秦恪大概也沒料到導播提前劇透，愣了愣才說：「對，謝謝宋昀然先生。」

四面八方響起的掌聲，比秦恪領獎時更為熱烈。

宋昀然手足無措地站起來，憑藉最後一絲理智，按照事前計畫的那樣，對秦恪比了一個大大的愛心。

坐下來後，人卻是傻的。

他迷茫地問身旁那位總裁同業：「你們一點都不意外嗎？」

「意外，但又不完全意外。」總裁同業一臉羨慕地回道：「沒人能猜到秦恪今天會出櫃，不過他一說有男朋友，除了你以外，也不可能有別人了。」

這話倒也沒錯。

可宋昀然仍不放心，忐忑地追問道：「呃，就那個，你們不會覺得以我的身分，我跟秦恪有可能剛開始的時候，是包、包什麼吧？」

宋昀然吞吞吐吐，說不出包養兩字。

好在靠著總裁之間的心有靈犀，這人領會到了他心中所想。

「你想說包養？怎麼可能。」對方嘴角一抽，忍不住吐槽，「小宋總，你平時在大家心目中是什麼形象，沒有一點自覺？」

宋昀然：「……」

是他多慮了。

◇

「我有一個問題！」

樺嶺溫泉度假村的總統別墅裡，宋昀然坐在露臺，遠眺著茫茫雪原，用沉痛的語氣朗聲開口。

秦恪靠過來親了下他的臉頰。

「別急，發現問題很正常，記下來告訴他們就好。」

「啊？不行吧。這怎麼能跟其他人說？」宋昀然不安道。

秦恪看他一眼，習以為常地領悟到，他們正處於不同的聊天頻道。

又是一年年末。

昨晚星河全體員工抵達樺嶺村遊玩，一來是犒勞辛苦工作整年的大家，二來也是順便為宋昀然和寧東聯合開發的溫泉度假村做內部測試。

但凡在遊玩過程中發現任何不足之處，都可以彙報給寧東負責旅遊開發的人員，以便及時改正，為將來正式營業打下良好的基礎。

不過宋昀然口中所說的「問題」，好像與這次員工旅遊無關。

保險起見，秦恪謹慎地問：「你說的問題，是哪方面的？」

說話的時候，手裡也沒閒著，剝了顆葡萄餵過去。

客房服務送來的水果都是走寧東集團的供應鍊，品質與新鮮度沒話說。

宋昀然被融合得恰到好處的酸甜味道取悅了，滿足地瞇起眼睛。

「再來點。」

秦恪覺得有些好笑。

剛在一起的時候，宋昀然口口聲聲說他這雙手適合彈鋼琴，不應該用來處理水果。結果現在倒好，小宋總使喚起男朋友來格外熟練。

當然，秦恪並沒有拒絕他的提議。

畢竟誰不喜歡舒服地睡過一覺後，坐在露臺上一邊欣賞美景一邊投餵小狗狗呢？

宋昀然一口氣吃掉半串葡萄，才重歸正題。

「你還記得我重生的目標嗎？」

秦恪：「……當我爸爸？」

「答對了，但又沒完全對。」宋昀然說：「我不僅想做你爸爸，我還想繼承家產做一個呼風喚雨的霸道總裁。」

秦恪表示聽不懂：「現在不是都達成了嗎？」

宋昀然睨他一眼：「你的理解能力怎麼回事？爸爸很擔心你能不能看懂劇本。」

他鬱悶地撐著下巴，既為兒子擔憂，也為自己惆悵。

「重點在於繼承家產啊！繼、承、家、產！我重生快三年了，現在手裡也只有一家星河！」

「……」

秦恪沉默了，他原以為繼承家產只是個修辭手法而已。

沒想到小宋總竟還真的藏了一點不切實際的念頭？

宋昀然委屈極了：「別人家的霸總都能入主集團總部的。哪像我，只能管管娛樂公司，彷彿一個被發配邊疆的廢太子。」

這下秦恪聽懂了。

多半是宋昀然昨天到了樺嶺村後，看到曾經偏僻慌亂的小村莊，在自己的提議下建成一個高級度假村，一下子沒忍住就膨脹起來，霸總的事業心開始熊熊燃燒。

其實宋昀然只涉足演藝圈也挺好，至少在秦恪看來，他天生注定就是幹這行的人。

距離秦恪捧回影帝獎盃已經過去大半年。

這大半年裡，星河娛樂戰績斐然，年初靠《南華傳》引爆全網話題，緊隨而來的衍生手遊和小說也屢創佳績。

接下來，星河陸續投資的幾個專案也讓宋昀然賺得盆滿缽滿，其中唯一收益普通的，就是呂靜宜導演的那部電影，因為題材過於冷門，在國內票房很一般，算下來也就沒賠錢而已。

但今年秋天，呂靜憑藉這部電影從國外捧回幾座獎盃，沒意外的話，已經提前鎖定明年國內的最佳電影獎。

細數下來，星河近幾年的投資不是叫好就是叫座，又或者兼而有之。

不知道讓多少隔壁家的霸總羨慕哭了。

可目前看來，小宋總並不滿足於現在的成績。

「你還記得沈依依嗎？她做完《假日慢遊》後又收購了直播平臺和遊戲公司，現在已經做起電競了。」說到這裡，宋昀然眼中滿是羨慕，「她爸打算讓她再接管好幾家公司，當沈氏集團的副總裁，還說計畫五年內退休把集團全交給她管理。我要不要把這個消息告訴我爸，暗示他一下？」

秦恪想了想：「我覺得重點不在宋叔叔。」

宋昀然：「？」

「繼承家產的前提，是長輩都從管理層退位。」秦恪斟酌著用詞，委婉提醒，「你認為白阿姨會同意嗎？」

「……」

剛才還躍躍欲試的宋昀然瞬間猶豫了。他捏捏身前的桌布，不願臣服於殘酷的現實，強行辯解。

「說不定她早就看出我的潛力，就等我主動開口呢？」

秦恪挑眉：「要不你問問她？」

宋昀然很不高興，他感覺秦恪不僅是在挑釁自己，也是在質疑他與白婉寧的母子關係！

「好哇，你這人越來越囂張了。」小宋總靠腦補完成自我激將，拿起手機說：「我現在就來打你的臉！」

接著二話不說找到白婉寧的手機號碼。為了讓秦恪聽見打臉聲有多響，還特意按下擴音。

電話撥過去後，那邊遲遲沒有接聽。

秦恪勸他：「你最好不要衝動。」

「我就要衝動。」宋昀然揚起嘴角，宛如已經提前獲得寧東的管理權般，驕傲道，「你看起來好慌張呢，來，告訴爸爸，你在害怕什麼？」

話音未落，秦恪臉色倏變。

「？」宋昀然莫名其妙，「幹嘛，爸爸說的話很嚇人嗎？」

秦恪靜默幾秒，用一種憐愛的目光看著他，指了下他的手機。

宋昀然：「……」

宋昀然：「！」

該死，難怪手機好像沒聲音了！

他面如死灰地盯著螢幕，確切來說，是盯著「通話中」三個字。

「……媽。」

數秒前還威風凜凜的小宋總，把雙手放在腿上，乖乖喊道。

白婉寧語氣嚴厲：『你哪來的孩子？』

宋昀然頭皮發麻：「沒、沒有，妳聽錯了。」

白婉寧：『你當我跟你爸一樣傻？』

怎麼還順便攻擊老宋總呢？

小宋總在心中為父親掬了一把淚，吞吞吐吐地說：「真的沒孩子，我我我跟秦恪開玩笑呢。」

說著就拽了下秦恪的手臂，示意他趕緊幫忙解釋。

誰知秦恪彷彿看不見似的，淡定地轉過頭，佯裝欣賞外面的風景。

手機裡與身邊的人雙雙沉默，讓宋昀然備感煎熬。

他眨眨眼睛，挪到秦恪那邊，想了想乾脆躺到秦恪腿上，用一種可憐兮兮的眼神望著對方。

秦恪低頭與他對視片刻，輕聲笑了一下，總算願意開口：「阿姨，他剛是在跟我鬧著玩。」

白婉寧鬆了口氣：『那就好。』

她似乎輕輕拍了下胸口，『一大清早嚇我一跳，還以為他在外面被人騙了。』

秦恪平靜地解釋：「沒有，您放心。不過小宋總有話想跟您說。」

「？」

宋昀然差點原地彈起來，心想這人搞什麼，剛鬧出個烏龍，顯然不適合再提繼承家產的事吧！

偏偏白婉寧已經在手機那頭問：『寶寶，你要跟媽媽說什麼？』

「喔，不是什麼大事。」宋昀然氣得捶了秦恪一拳，才說：「就是隨便問問，媽，妳打算什麼時候退休啊？」

白婉寧難得愣了愣：『啊？』

「就是我也這麼大了，差不多也可以……」宋昀然清清嗓子，事到臨頭發現這事還挺難開口，「可以幫妳分擔煩惱？」

很好，這個話術是有點技巧在的。

宋昀然想，沒有直說想「繼承家產」，而是提出想「分擔煩惱」，聽起來顯得他格外懂事。

不料白婉寧倒吸一口涼氣，果斷道：『不用了，謝謝。』

秦恪笑得整個人都在顫抖。

宋昀然顏面無存，掙扎著說：「妳真的不考慮考慮？」

『你懂事一點，就是幫媽媽分擔煩惱了。』白婉寧俐落地回絕了小宋總的邀請，轉而囑咐說：『秦恪，你在外面多看著他。』

秦恪忍住笑：「好。」

白婉寧繼續道：『記住阿姨跟你說過的，別讓他到處亂跑，該拴住他的時候就得拴住他。』

聽著全家唯二智商擔當的對話，宋昀然腦袋裡滿是問號。

這兩人什麼時候私底下交流過這些了？而且為什麼白婉寧形容得他好像一條狗！

宋昀然及時插話：「媽！妳以後不要這樣說我，別人聽見會以為妳在說Monica。」

『Monica比你懂事多了。』

白婉寧擺出董事長的氣勢，冷哼一聲，掛斷了電話。

宋昀然沉默了。

萬萬沒有想到，在母親心中，他連一隻只會賣萌的薩摩耶都不如。

「我生氣了。」宋昀然憂鬱萬分，從秦恪腿上爬到沙發另一邊，抓起抱枕埋怨道：「你跟我媽偷偷摸摸說我壞話，你是不是想篡位！」

秦恪內心滿是疑惑。

篡什麼位，地主家傻兒子的位嗎？

那誰能爭得過宋昀然呢？

思考數秒，秦恪感覺有必要澄清：「我們沒有偷偷說你壞話。記得我第一次去你家時，你帶Monica去花園玩飛盤嗎？」

「然後呢？」宋昀然氣鼓鼓地問。

秦恪語氣誠懇：「當時我和阿姨就站在你旁邊聊天。」

他稍作回憶，意識到問題所在，「阿姨說那些話的時候，你和Monica一起衝出去接飛盤了，所以才沒聽見。」

確實是有這麼回事。

宋昀然勉強認可秦恪的辯解，又說：「那我媽還說了什麼？今天爸爸給你個機會，全部交待出來。」

那一天，天氣很好。

可惜看著像狗狗一樣快樂奔跑的兒子，白董的臉色不是很好。

「還是從小對他太放縱了。」白婉寧沉痛地總結說：「只想著他能過得開心就好，沒想到養得傻里傻氣，一點心機都沒有。」

秦恪同樣望著宋昀然的背影，輕聲笑道：「沒心機是好事。」

比起習慣爾虞我詐的精明人，像宋昀然這樣靈魂純粹的人，才更應該是世間難得的寶物。

白婉寧嘆氣：「我和他爸只有一個孩子，將來寧東遲早會交到他手裡。他這樣當然很好，但我總歸不放心。」

「不會的。他只是看上去大剌剌而已，認真起來比誰都可靠。」秦恪回答道。

樺嶺村又開始下雪了。

晶瑩剔透的雪花簌簌落下，在露臺的欄杆邊緣化作點點水滴。

宋昀然伸手接住一滴水，半信半疑：「你真的這麼說？」

「嗯。」

「那就代表你相信我以後可以繼承家產？」宋昀然大喜過望，聲音也不自覺提高，「真是的，你剛才怎麼不說！害得我白白丟臉！」

秦恪笑著把他拉進懷裡：「我說了你就會信？」

好像確實不會。

按照宋昀然的古怪思維，也不知道會腦補出什麼來。

他點點頭，高興地親了秦恪一下，又說：「原來你這麼看好我，你完全沒想過要是我不小心讓寧東破產了，該怎麼辦嗎？」

「能怎麼辦。」秦恪捏起他的臉頰，像是認了命，又像是說出深情款款的許諾，「寧東我不敢保證，至少星河的所有人，我努力拍戲總是養得起的。」

這就等於今生今世，都有人替他擔保了。

而且想像一下秦恪瘋狂工作替他養公司的畫面，也別有一番父慈子孝的意味。

妙啊。

原來兜兜轉轉兩輩子，我的福報在這裡呢，宋昀然想。

做爸爸，果然好快樂。

——《重生後我決定繼承家產》全文完

高寶書版集團
gobooks.com.tw

BL086
重生後我決定繼承家產3

作　　者　貓尾茶
繪　　者　響
編　　輯　林欣潔
美術編輯　4YAN
排　　版　彭立瑋
企　　劃　李欣霓

發 行 人　朱凱蕾
出　　版　三日月書版股份有限公司
Mikazuki Publishing Co., Ltd.
地　　址　臺北市內湖區洲子街88號3樓
網　　址　www.gobooks.com.tw
電　　話　(02) 27992788
電　　郵　readers@gobooks.com.tw（讀者服務部）
傳　　真　出版部　(02) 27990909　行銷部 (02) 27993088
郵政劃撥　50404557
戶　　名　英屬維京群島商高寶國際有限公司台灣分公司
發　　行　英屬維京群島商高寶國際有限公司台灣分公司 / Printed in Taiwan
Global Group Holdings, Ltd.
法律顧問　永然聯合法律事務所
初版日期　2024年11月

原著書名：《重生後我決定繼承家產》由北京晉江原創網絡科技有限公司授權出版。

國家圖書館出版品預行編目(CIP)資料

重生後我決定繼承家產 / 貓尾茶著. -- 初版. -- 臺北市：三日月書版股份有限公司出版：英屬維京群島商高寶國際有限公司臺灣分公司發行, 2024.11-
面；　公分. --

ISBN 978-626-7391-37-2 (第3冊：平裝)

857.7　　113016044

朧月書版

朧月書版

GOBOOKS
& SITAK
GROUP©

GOBOOKS
& SITAK
GROUP ©